ヤッさんV

春とび娘

原宏一

双葉文庫

オッさんV 春とび娘　目次

夫婦《めおと》の触《ふ》れ太鼓

1

大粒の雨が叩きつける山道を上がっていく途中、足を滑らせた。日没後の暗がりに加えて、九月に入って二度目のゲリラ豪雨とあって足元がおぼつかない。あ、とバランスを崩した弾みに濁流と化している山道に這いつくばるようにべちゃっと転倒し、泥まみれになった。

懐中電灯がころころ転がっていく。傘なんか差してきたのが間違いだった。横殴りの大雨に傘など通用しないとわかっていながら、ずぶ濡れを嫌ったばかりに両手を塞がれ、あっけなく倒れ込んでしまった。

んもう、最悪。

悪態をつきながら立とうとした瞬間、今度は後ろに倒れ込んだ。あたたたっ。転んだ拍子に腰を強打してしまった。仕方なく、傍らに投げだしたままの傘を閉じて杖に突き、よいしょと立ち上がり、地面を見据えて一歩一歩慎重に踏みだした。

そのとき、雨音の彼方《かなた》から呼びかけられた。

「ミサキちゃん！　ミサキちゃんだろ！」

顔を上げると坂の上に一筋の光が見えた。

「和哉《かずや》さん！」

ほっとして手を振ると、頭にヘッドランプを灯した雨合羽《あまがっぱ》姿の和哉さんが山道を駆け下りてきて、来ちゃったのかよ！　と目を丸くしている。

「蕎麦《そば》が心配になっちゃって」

泥まみれの手で頭を掻《か》いてみせると、え？　と問い返された。再び激しくなった雨音で聞き取れなかったようだ。

「蕎麦が心配で飛んできたんです！」

叫ぶように声を張ってようやく話が通じた。

今日の午後三時半過ぎ、茨城県北部の蕎麦の里、金砂郷《かなさごう》のピンポイント天気予報を見たら、豪雨の恐れあり、と報じられていた。驚いたミサキは和哉さんに電話を入れた。

ブランド蕎麦として知られる〝常陸《ひたち》秋そば〟の直販契約を結んでいる農家、圷《あくつ》さんの一人息子なのだが、かなりヤバい雨でさ、と沈んだ声で伝えられた。

そうと聞いては居ても立ってもいられない。午後四時前、東京築地《つきじ》の場外市場で営んでいる『そば処みさき』をバタバタと早仕舞いするなり中古で買った軽トラックを飛ばし、二時間半後、しばらくご無沙汰していた金砂郷に駆けつけたのだった。

「わざわざすまん。いま畑を見てきたとこなんだけど、このままがんがん降られたらダメかもしれない」

雨音を遮るように和哉さんが口元をミサキの耳に寄せて言った。

蕎麦という植物は、めっぽう雨に弱い。強い雨で倒伏《とうふく》して水に浸かってしまうと、生育が悪くなるばかりか病気にも罹《かか》りやすくなる。そこで和哉さんは倒伏防止のロープを張って備えていたのだが、つい先週も豪雨に痛めつけられたばかりとあって、効果のほどは〝神のみぞ知る〟だそうで、このままでは一か月後に迫った収穫も危ぶまれるという。

「あたしも畑、見たいです」

せっかくだから蕎麦畑まで連れていってほしい、とミサキも口元を耳に寄せて頼んだ。

「けど大丈夫か？」

傘の杖を突いた痛々しい姿を指差された。

「大丈夫です、お願いします」

すがりつくように頭を下げると、和哉さんは小さくうなずき、泥濘《ぬかるみ》に転げた懐中電灯を拾ってミサキの手を取り、肩を抱きかかえて山道を上がりはじめた。

ちょっとばかり照れ臭かったが、和哉さんのやさしさに身をまかせた。農作業で鍛えられた太い二の腕に支えられてゆっくりと歩を進めていくと、ほどなくして良質な赤土を蓄えた圷家の畑に辿り着いた。

山間《やまあい》の傾斜地に広がる蕎麦畑は、水田かと思うほど大量の雨水に浸っていた。懐中電灯で照らしてもらうと、腰に近い高さまで生育した蕎麦がかなり倒れている。一部には白い花をつけた株も見られるのに、確かに異常事態だ。今後、天候が回復すれば立ち直ってくれる可能性もなくはないそうだが、それにしても収穫量の減少は免れない。

正直、それは困る。この秋以降のそば処みさきの営業に直接響くからだ。十歳以上も年長の夫、タカオと二人で店を開いて三年。かつて常陸秋そばの農作業を体験させてもらった縁で、玄《げん》蕎麦と呼ばれる殻つきの蕎麦の実は、すべて契約農家の圷家から直送してもらってきただけに、ほかに買える当てはない。圷家レベルの玄蕎麦はそうそう入手できるものではない。

大変なことになった、と途方に暮れていると、

「こんなに降るとはなあ」

和哉さんも悔しそうに唇を噛んでいる。

実は和哉さん、ミサキが圷家に住み込みで働いていた四年前は、東京の新宿《しんじゆく》新都心のシティホテルで働いていた。高校卒業後、田舎の零細農家には未来がない、と上京し、ホテル専門学校を経て就職。三十路《みそじ》を迎えるまで着々とキャリアを積んでいたのだ。

ところが三年前の夏、和哉さんは突如シティホテルを辞めて金砂郷に帰郷し、蕎麦農家を継ぎたい、と言いだした。蕎麦農家は当代限りと覚悟していた圷さん夫婦は、東京で何かあったのか、と訝《いぶか》しんだそうだが、本気で後継者になってくれるなら、と息子の申し出を受け入れた。

以来、和哉さんは真剣に蕎麦と向き合いはじめた。農作業自体は子どもの頃から手伝っていたため勝手はわかっていたが、この際、蕎麦栽培を一から学び直そうと一念発起。両親の薫陶を受けながら地元茨城の大学の農学部に出向いて聴講したり、全国の蕎麦農家を訪ねて歩いたり、寝食を忘れて蕎麦の栽培と研究に打ち込みはじめた。

さらには、蕎麦打ち職人とじかにやりとりしたい、と市場への出荷は一切やめ、ミサキの店も含めた数軒の蕎麦屋と玄蕎麦の直販契約を結んだ。それから三年。三度の収穫を経て今年に至ったのだが、これほどの悪天候に直面したのは初めてだという。

「明日には雨も上がるらしいから、残り一か月、なんとか収穫量の確保に努めようと思うけど、もしかしたら迷惑をかけるかもしれない」

和哉さんは恐縮した面持ちで詫びると、戻ろう、とまたミサキの肩を抱きかかえた。

この秋以降の営業はどうなるんだろう。再び和哉さんのエスコートに身をまかせながら不安になった。収穫量が減れば、打てる蕎麦の量も減る。売上げ減少に直結するため、店が立ち行かなくなる。契約農家のみの仕入れだとリスクがあるから、別の仕入れ先も手当すべきだ、と夫のタカオからは何度か言われていただけに、責められるに違いない。といって、いまから別の契約農家を見つけたとしても今年の新蕎麦は間に合わない。穀物問屋からなら買えるだろうが、収穫量が少ない上物ほど老舗《しにせ》蕎麦屋が押さえてしまっている。新参者にはまともな玄蕎麦はまず回ってこないから、このまま収穫減になった場合は緊急事態と割り切り、大量に出回っている外国産の蕎麦粉を使うしかないのだろうか。

いや、それはダメだ。慌てて自分を戒めた。ヤッさんの顔が浮かんだからだ。そんな妥協をしたら最後、ミサキにとって掛け替えのない恩人、ヤッさんに顔向けできなくなる。

一介の宿無し人間でありながら、飲食業界に生きる多くの人たちの敬意を集めているヤッさんがいなければ、いまのミサキは存在しない。蕎麦職人に憧れ、中三にして北海道から家出してきたミサキが東京の中学に転入できたのも、卒業後に銀座《ぎんざ》の老舗蕎麦屋『はし田《だ》』で蕎麦打ち修業をはじめられたのも、当時ヤッさんの弟子だったタカオと結婚してそば処みさきを開店できたのも、すべてヤッさんのおかげといっていい。

その恩人から事あるごとに叱られたり説教されたりして叩き込まれた料理人の心得は、いまなおミサキの心に染みついている。

〝常にお客さんを見据えて、真っ当な食材を真っ当に調理して、真っ当な対価で提供し続けてこそ真っ当な料理人だ〟

この精神だけは自分の店を持ってからも忘れたことはないし、たとえ不可抗力の事態であろうと妥協するわけにはいかない。

じゃあ、どうしたらいいのか。

和哉さんに肩を支えられて濁流の山道を下り、茅葺《かやぶ》き二階建ての坏家に戻ってきたミサキは、よし、と覚悟を決めた。

「泥だらけなんだから、風呂に入ったらよかっぺよ」

坏の親爺《おやじ》さんからはそう勧められたが、まずは前庭に駐《と》めた軽トラックに乗り込み、タカオに電話を入れた。

「おお、蕎麦畑はどうだった？」

開口一番、問われた。

とりあえず金砂郷の状況を説明し、もし坏家の蕎麦が収穫減になった場合は、しばらく店を休業する、と伝えた。

「いや、それはまずいよ」

タカオが慌てている。

「けど、しょうがないじゃん。天気の神様のご機嫌が悪いんだから」

休業中はバイトでもなんでもやって食い繋《つな》げばいいよ、と笑ってみせた。

翌早朝、ミサキは再び軽トラックを駆って築地場外市場に戻ってきた。

睡眠時間は、結局、三時間ほどになってしまったが、今日も通常通り店を営業しなければ、と頑張って未明の金砂郷の山道を下り、朝靄《あさもや》の常磐《じょうばん》自動車道を飛ばしてきた。

ゆうべはあれから圷家の三人にも、収穫減になったら休業する、と伝えた。万一の場合も心配しないで、というつもりで言ったのだが、

「そこまでしなくてよかっぺよ」

圷の親爺さんからたしなめられた。

「いえ、こういう緊急事態に備えてなかったあたしの責任ですから、これを戒めにして、いまから来年の対策を考えます」

とにかく大丈夫です、と微笑んでみせると、和哉さんが口を開いた。

「今後の対策については、ぼくも考えなきゃいけないんだけど、実は去年、茨城の隣、栃木県の茂木《もてぎ》を訪ねたときに同世代の蕎麦農家と知り合ってね」

「ああ、茂木も蕎麦の名産地ですよね」

「そう、その名産の蕎麦をぼくみたく契約農家の跡継ぎになって育ててる人だったんで、たまに情報交換してるんだけど、こうした天候リスクに備えて連携できないかと思って」

「どう連携するんです？」

「それはまだわからないけど、例えば、金砂郷にも茂木にも休耕地がけっこうあるんだよね。それを契約農家同士、共同で借りて双方の作付面積を広げて、天候にやられた場合は玄蕎麦を融通し合えるような補完システムが作れないかと思ってね。広げた農地の面倒をだれが見るのか、とか解決すべき問題はいろいろあるだろうけど」

「ああ、そういうのが実現したらいいですね」

できればあたしにも協力させてください、と話が盛り上がり、多少とも希望を繋いで築地場外市場に戻ってきたのだった。

月極《つきぎめ》で借りた駐車場に軽トラックを駐めて時計を見ると、午前五時半を回っている。店の開店時間は午前八時。ふだんより一時間も仕込みを短縮しなければならないから、けっこうきつい。

うちも開店時間を遅くしようか。ふと思った。

同じ場外市場でも、プロの仕入れ人が顧客の店は早朝五時六時から営業しているが、一か月後の十月六日正午に場内市場が閉場して豊洲《とよす》に引っ越すと、四万人とも言われるプロの大半が豊洲に行ってしまう。移転後も場外に通うよ、と言っているプロもいなくはないが、一般客や観光客をしっかり取り込まなければ店が立ち行かなくなるから、ここにきて開店時間を午前九時や十時に変更する店が相次いでいる。

ただ、そば処みさきは同じ場外でも観光客が少ない隅田川《すみだ》寄りのエリアにあり、以前はプロのほうが多かった。今後、プロが減るとしても一般客との比率は半々と見込まれるため午前八時開店としたのだが、果たしてこのままでいいのか、これまた悩ましい。

いずれにしても、今日も八時の開店に間に合わせなければならない。

頑張らなくちゃ。

まだ痛む腰をさすって自分に気合いを入れ、怒濤のごとく行きかう小型運搬車ターレを避けながら木造二階建ての店舗兼自宅に帰ってくると、店の前に角刈り頭の中年男がいた。白いTシャツにトレパン姿で、まだ閉じているシャッターを背に仁王立ちしている。

「ヤッさん！」

声をかけると、

「おう、今日は休みか？」

久しぶりに会ったというのに挨拶抜きで問われた。

「いえ、今日も営業します」

「だが、まだシャッターも開けてねえようじゃ開店に間に合わねえだろうが」

「ていうか、タカオは？」

昨夜の電話の切り際、朝早く帰って蕎麦を仕込むつもりだから、ほかの開店準備はよろしく、と頼んでおいたのだが、朝寝坊でもしてるんだろうか。

まったくもう、と舌打ちしながらシャッター脇の通用口から二階の自宅に上がると、居間にも寝室にもいない。出掛けたんだろうか、と携帯に電話しても応答がない。

「おいおい、いったいどうなってんだ。おれが目を離してた隙に、夫婦そろって怠け癖がついちまったのか？」

二階までついてきたヤッさんに怒られた。ヤッさんはここ半年ほど、長距離トラックを乗り継ぎながら、本州の太平洋側の魚市場を気ままにめぐり歩いていた。下関《しものせき》を皮切りに広島、岡山、神戸《こうべ》、大阪、京都、名古屋《なごや》、静岡、沼津《ぬまづ》と北上してきたのだが、豊洲移転まで一か月と迫った今日、築地の様子が気がかりで戻ってきたのだという。

「なのに、この体たらくとはな」

へっと鼻を鳴らす。

「おかしいなあ、タカオったら仕入れでトラブったのかな」

天ぷら用の魚介は、いつもタカオが四軒隣の『平埜《ひらの》水産』に出向いて仕入れているから、さほど時間はかからないはずだ。念のため平埜水産に電話してみると、けさはまだ来ていないという。

「じゃあ、どこへ行ったんだろ」

首をかしげていると、

「おい、ちょっくら場内に捜しにいくぞ」

ヤッさんが言いだした。根がせっかちな人だけに、いつまでも待ってらんねえ、ということらしい。

「けど蕎麦の仕込みが」

「馬鹿野郎、何があったか知らねえが、タカオは行方不明、おめえは朝帰り、こんな有様でまともな蕎麦が提供できるわけねえだろが。これでもおれは、そば処みさきの名誉従業員だ。大切なお客さんに、やっつけ蕎麦なんぞ食わせた日には面目《めんぼく》が立たねえ」

臨時半休にしろ！　と怒鳴りつけるなり、行くぞ、と階段を駆け下りていく。

仕方なくヤッさんに続いた。蕎麦畑の話も聞いてほしかったが、名誉従業員を持ちだされては無下にはできない。名誉従業員とは、タカオが発案して、こっちからお願いしたことだからだ。

そもそもヤッさんは食のプロも舌を巻く知識と経験と人脈を有し、多くの飲食店関係者や築地の人たちから慕われている。毎朝のように築地の場内市場と場外市場をめぐり歩き、仲買人の相談に乗ったり、飲食店主や料理人との仲介役を果たしたり、ときに食材産地まで足を運んで現地の関係者と絆を結んだり、いわば食のコーディネーター兼コンサルタントのような役割を担ってきた知る人ぞ知るレジェンドだ。

といっても、報酬は一切受け取っていない。かつては一介の料理人から高級料亭のオーナー兼総料理長にまで伸《の》し上がったにもかかわらず、一夜にして流浪の身に転落した人だけに、苦悩を重ねた末に達観したのだろう。以後、宿無し人生に矜持《きょうじ》を抱き、賄《まかな》いめしや試作メニューをご馳走になる以外は無報酬を貫いている。

ところが、この孤高の姿勢が今回の市場移転で裏目にでた。豊洲の新市場は閉鎖型施設だからだ。開放型の築地場内市場はだれでも出入りできるが、衛生管理を強化した閉鎖型にはプロしか出入りできないという。観光客などの一般人は見学通路に分離されるシステムだから、立場上は一般人のヤッさんも場内の人たちと自由に交流できなくなる。

これには当人も周囲の人間も頭を抱えたものだが、そのときタカオが、名誉従業員になってもらえばプロとして豊洲市場に出入りできる、と思いついた。そんな経緯から、より深い絆を結んだヤッさんの一喝だっただけに、ここは素直に〝臨時半休〟の貼り紙をしたのだった。

それにしても、トラブルとは続くものだ。蕎麦は豪雨に祟《たた》られ、豊洲移転から取り残される場外市場も何かとごたついているさなかに、タカオが店を放りだしていなくなった。

いったいどこへ行ったのか。

嫌な予感を覚えながらも、タカオを捜して場内市場に駆け込んでいくヤッさんの背中を追った。無一文ゆえに移動は常にジョギングと決めている人だけに、うかうかしていると置いていかれる。

2

ツクテン　ツクテン　ツクテンテン

軽やかな太鼓の音が聞こえてきた。見ると、外国人観光客が溢《あふ》れ返る場内の飲食街『魚《うお》がし横丁《よこちょう》』の一角に人垣ができている。

その心地よい響きに惹かれて人垣の合間から覗き見ると、半纏《はんてん》姿の二人の男が太鼓を吊り下げた天秤棒を担ぎ、もう一人の半纏男が二本のバチを器用に操って小気味のいい和のリズムを紡ぎだしている。

ツクテン　ツクテン　ツクテンテン

ツクテン　ツクテン　ツクテンテテン

まだまだ残暑が続く九月初旬ながら、徐々に秋色に染まりはじめている天空に向けて、心地よい音色が響き渡る。

「触れ太鼓か」

ヤッさんがふと立ち止まった。かつて二度ほど出くわしたことがあるミサキも足を止めて見とれていると、二人の動きに合わせたかのように半纏男がバチを休め、群がる人たちに向けて声を張った。

「相撲は〜明日《みょうにち》が〜初日じゃぞ〜」

半纏男は大相撲の呼出《よびだし》さんだった。甲高く謡うような独特の節回しで、明日は初日だからぜひお越しを、と呼びかけている。外国人観光客が、ものめずらしそうに聞き惚れている。その耳も意識してか、ほかの半纏男たちも順々に美声を披露していく。

「釜《かま》ケ岳《たけ》には〜葦切川《あしきりがわ》じゃぞ〜」

「吉野池《よしのいけ》には〜豊島灘《としまなだ》じゃぞ〜」

明日の目玉となる取り組みをそれぞれが紹介し終えたところで、いよいよ最後の締め、

「ご油断では〜詰まりますぞ〜」

早くしないと席がなくなりますよ、と言い添えたところで口上は終了。

ツクテン　ツクテン　ツクテンテン
再び太鼓を叩きながら、つぎの口上場所へ向けて移動しはじめる。

「築地場内でこれを見るのも最後になるなあ」

ヤッさんがしみじみと独りごちた。

触れ太鼓は大相撲の贔屓筋《ひいきすじ》が多い築地に、一月場所、五月場所、九月場所の前日にやってくる風物詩だが、豊洲の閉鎖型施設に移ってからも場内に入れるのだろうか。そう考えると、豊洲移転とは単なる物理的な引っ越しではないのだと、いまさらながら思い

知らされる。

日本の伝統行事に見入っていた外国人観光客が散りはじめた。ミサキもふと我に返り、その場から動こうとしたそのとき、バラけてきた人垣の向こうに捜し人がいることに気づいた。

タカオだった。傍らには小太りの男がいて立ち話をしている。歳の頃は三十半ばといったところか。ほかの見物客と同じように、通りがかりに触れ太鼓と遭遇したらしかった。

「タカオ！」

ミサキの呼びかけに、はっとしたようにタカオがこっちを見る。

「おうタカオ、今日はどうしちまったんだ！」

ヤッさんも声を張ると、

「ああ、どうも」

頭を掻いている。すかさずヤッさんが歩み寄った。

「ああどうもじゃねえぞ、店の準備はどうしたって聞いてんだよ！」

「いえ、いまちょっと案内してたんで」

傍らの小太りの男を紹介する。この夏にたまたま知り合った、京都祇園《ぎおん》の星つき料理屋の脇板《わきいた》、つまり副料理長だった人だそうで、近々移転する築地場内を見せて歩いていたという。

「増岡《ますおか》います、よろしゅうお願い申します」

築地には似合わない関西弁で挨拶し、恥ずかしそうにぺこりと頭を下げる。

「ほう、祇園の板さんだったのかい」

ヤッさんが目を細めている。ミサキも、へえ、と思った。いつも蕎麦のことで頭が一杯のミサキと違って、店の経営を担っているタカオは、こういう一流の料理人とも交流して見識を深めているらしい。

するとタカオが増岡に向き直った。

「それじゃ、今日はこのへんで。またご連絡します」

小太り男は恐縮した面持ちで、

「そないでっか、ほな、失礼しますわ」

再びぺこりと頭を下げ、のしのしと体を揺らしながら立ち去っていった。

「どれ、ちょっくら朝めしでも食いにいくか」

三人になったところでヤッさんが言った。店は臨時半休にしといたから、ゆっくり話そう、と促す。

「え、臨時半休っすか？」

タカオが目を見開いた。

「そんなに驚くこたねえだろが。ミサキは朝帰りで、おめえは朝から油売ってんだから」

「油売ってたわけじゃないすよ。いまからでもチャチャッと準備すれば営業できるし」

不満そうに言い返した途端、

「馬鹿野郎！　たわけたこと言ってんじゃねえ！」

ヤッさんが怒鳴りつけた。近くを歩く外国人観光客が訝しげに振り返っている。それでもヤッさんは収まらない。

「やっぱおめえら、おれが目を離してる隙に怠け癖がついちまいやがったな！　店を開いたときの心意気はどこいっちまったんだ！」

いまにも殴りかからんばかりの勢いに、

「あ、あのヤッさん、とりあえず朝ご飯を」

慌ててミサキが割って入り、ヤッさんの背中を押して歩きだした。

魚がし横丁の隅っこにある鮨屋《すしや》の二階。場内で働く人たち御用達《ごようたし》の大衆食堂『濱田屋《はまだや》』は、いつになく混雑していた。

スポーツ新聞を読みながら丼物をかっ込んでいる若い衆、刺し身定食を肴《さかな》にビールを飲んでいる仕事明けの旦那衆など、朝が早い築地ならではの光景が繰り広げられている。

「おう、どうしたい、商売繁盛だな」

ヤッさんが店の主《あるじ》、濱田のおやじさんに声をかけた。

「いやあ、うちの閉店まであと一週間って聞いた連中が、名残を惜しんで駆け込んでくるようになっちゃってさ」

濱田のおやじさんが苦笑いした。

もともと濱田屋は、うちは豊洲に移転しない、と決めて、当初予定されていた平成二十八年の秋に店を閉めるつもりでいた。ところが、その後の都知事選で新都知事が就任した結果、突然、移転が延期になってしまった。仕方なく濱田屋も閉店を延期して営業し続けてきたのだが、平成三十年十月移転と、今度こそ正式に決定した。そこで場内市場こぞっての引っ越し騒ぎに巻き込まれないよう、移転の二週間前に閉店するのだという。

「そうか、もうそんな間近に迫っちまってんだな。しばらく東京を離れてたんで、まだ移転が実感できなくてよ」

「へえ、どこ行ってたんだい？」

「ここ半年ほど、太平洋側の魚市場をめぐり歩いてた」

「そりゃ優雅な一人旅だなあ」

「いや、そういうわけでもねえんだが」

ヤッさんが頭を掻いた。

そのへんの事情はミサキのほうが知っている。三年前に最初の移転スケジュールが決まったとき、ヤッさんはそば処みさきの名誉従業員になると決めたのだが、移転が延期されて混乱が長期化する見通しになった。以来ヤッさんは、税金も払わず都会の恩恵に与《あずか》っているおれには、政治問題に関わる権利などない、と築地とは距離を置いて千住《せんじゅ》にある足立《あだち》市場に根城を移していた。そして再び移転日程が決定したことを受けて、新市場の開場前に、より視野を広げておこうと地方の魚市場めぐりを思い立ったのだった。

「まあ、どっちにしても、これからはおたがいに新生活だ。体に気をつけて頑張ろうじゃねえか」

ヤッさんが笑いかけると、濱田のおやじさんが大瓶ビールの栓を抜き、

「これ、餞別《せんべつ》がわりに飲んでくれよ」

ちょうど空いたテーブル席にトンと置く。

「おう、ありがとな」

ヤッさんが礼を言い、三人でありがたく乾杯していると、この店のイチ押し、刺し身定食が何も言わないうちに運ばれてきた。

早速、ヤッさんとタカオが箸《はし》を使いはじめた。ちょうどいいタイミングだ、とミサキは箸を置いたまま切りだした。

「ヤッさん、ひとつ誤解を解いておきたいんだけど、あたしが朝帰りしたのは、べつに遊んでたわけじゃないからね」

そう前置きして、金砂郷の蕎麦畑で起きたこと、蕎麦の収穫量が減ったら休業するつもりでいること、そして、和哉さんが天候リスクを補完し合うシステムを考えていることも併せて話した。

「そうだったのか」

ヤッさんはふと箸を置き、

「まあ確かに悩ましい話だよな。その問題は蕎麦に限らず、魚を扱ってる店でも似たようなことが起きてるてな」

「和食の店とかですか？」

「そうだ。近頃は漁師と直販契約を結んで、水揚げした魚をそっくり直送してもらってる店が増えてるだろ？　そのほうが市場を通すより鮮度がいいし、中間マージンなしの価格で買えるからな。また漁師のほうも市場を通すより利幅が大きくなるし、料理人と直接やりとりできるから、どんな品質の魚をどれだけ獲ればいいか事前に把握できるメリットがある。ただ、漁師の水揚げも天候に左右されるから、そこが今回の蕎麦と同じように難しい。だったらやっぱ市場を通して売買したほうがリスクが軽減されるじゃないか、てな話になっちまうんだが、結局のところ、メリットのために、どこまでリスクを取るかってことがポイントになるんだよな」

するとタカオが口を挟む。

「ただヤッさん、うちの店はリスクを取りすぎだと思うんすよ。いまの話はおれも初めて聞いたんすけど、金砂郷が大雨になったから休業なんて、そんなの商売じゃないっすよ。多少の妥協はしょうがない、と諦めて、今後は契約農家にこだわらず穀物問屋の蕎麦粉を使ったほうが、お客さんへの責任が果たせると思うんすよね。いまどきは外国産だってかなり品質が良くなってるみたいだし」

ご飯を頬張りながら、とんでもないことを言いだす。

「ダメだよ、そんなの」

ミサキは反発した。一流の料理人と交流しているわりには安易な姿勢もいいところだ。そんな妥協は常連さんへの裏切りだよ、と付け加えたものの、タカオは聞かない。

「ミサキはそうやって理想ばっか追いかけてるけど、理想倒れで経営が成り立たなくなったら元も子もないだろう。それでなくても場内移転後の場外は先行き不透明なんだし」

「それとこれとは話が別じゃん」

でしょ？　とヤッさんに助けを求めた。

「まあ確かに、ミサキの言い分には一理あるな。タカオの気持ちもわからなくはねえが、妥協した仕事で店が潰れるのと、納得のいく仕事をして潰れるのと、どっちがいいかってことだ」

「ヤッさん、ミサキの肩を持つんすか？」

タカオがいきり立った。

「いや、ミサキの肩を持つとか、そういうことじゃねえ。おれも一度、金砂郷を訪ねて圷さんと話したことがあるが、こっちであたふた騒ぎ立てるより現地のプロにまかせとくべきだと思うし、そもそもおめえらの店は、どんな志で立ち上げたのかよく考えてみろ。最初の志を忘れちまったら、せっかく来てくれてる常連にも申し訳が立たねえだろが」

「ていうかヤッさん、そもそも論はやめないっすか。オープンした当初とは経営環境だって変わってきてるんだし、おれだって経営者として時代の変化に合わせて手を打ってるんすから」

「どんな手だ？」

「それは」

タカオは言葉を濁し、ビールの残りをぐいと呷《あお》った。

3

臨時半休にしたその日からしばらく、ミサキは謝りっぱなしだった。

前日の突然の早仕舞いに加えて、翌朝は臨時半休。この異変に驚いた常連たちから、

「いったいどうしちまったんだ」

「体でも壊したのか？」

といった問い合わせが相次いだのだ。

とはいえミサキとしては、今後の対策が決まっていないだけに本当のことは言えない。半休の理由を問われるたびに、ちょっとしたアクシデントで、とごまかして平謝りし続けた。とりわけ、オープン以来、欠かさずに通い詰めてくれている高鉄《たかてつ》さんこと高橋鉄夫《たかはしてつお》さんからは穏やかな声で苦言を呈された。

「店ってもんには、それぞれに事情があることはわかっているが、ミサキちゃんの蕎麦は、おれの人生に組み込まれちゃってんだよ。そこんとこは忘れないでくれるかな」

西新橋《にししんばし》で『割烹《かっぽう》たかてつ』を営んでいる高鉄さんは、毎朝六時半に自転車を漕いで築地場内にやってきて鮮魚を仕入れ、そば処みさきが開店する八時ちょうどに来店してせいろを二枚手繰《たぐ》るのが日課になっている。ここにきて、ちょっと遠い豊洲市場通いに備

えて電動自転車を買ったそうだが、電車やバスに切り替えないのは築地に立ち寄ってミサキの蕎麦を食べるためだというから、ありがたい常連さんだ。

結局、店というものは常連さんの日常を支えている。それは心しなければならないと改めて痛感したが、だからといって、タカオが言うような妥協はしたくない。ではどうしたらいいのか。答えが見つからない事態に当惑していると、平埜水産の若旦那からも声をかけられた。四軒隣のご近所さんだけに臨時半休が伝わったらしく、訝しげに問われた。

「最近、何かあったのかい? タカオなんか食魂同《しょっこんどう》の会合にも顔を見せてないし」

「ごめんなさいね、食魂同にも迷惑かけちゃってるみたいで。正直、あたしもこのところ、あの人の気持ちがわからなくなってきちゃって」

食魂同とは『築地食魂同盟』の略称だ。場内市場の移転後も、〝食魂〟と名づけた築地スピリットを胸に築地の街全体を盛り上げていこう。そんな志のもとに場外市場の若手店主たちが集まり、結成当初は精力的に活動していた。

ところが結成から半年後、移転が延期されたあたりからメンバーの足並みが乱れはじめた。メンバー各人が先行きの不安に駆られるほどに気持ちが行き違いはじめ、頻繁に開かれていた会合も滞りがちになった。それは主要メンバーのタカオも同様で、ここ一年あまりは食魂同と距離を置きはじめた。これには若旦那もやきもきしていたそうで、

「まあ、このおれも迷走しちまった過去があるから、タカオにとやかく言えた立場じゃないんだけど、築地の食魂を守るためにも、これまで通り頑張ってほしいんだよな」

と最後は発破をかけられた。

若旦那の迷走とは、かつて店の先行きを案じて無謀なテレビ進出を企てたことだ。その失敗に懲りて、ミサキと同じように信頼できる契約漁師から仕入れた魚だけを売る魚屋に転換し、他店と差別化を図っていまに至っている。そんな若旦那と同様、この街のだれもが生き残りに必死なのは抗いようのない現実だ。移転延期を境にタカオが焦りはじめた気持ちもわからなくはないが、安易に外国産蕎麦粉を使うような迷走は困る。

金砂郷の天候不順から生まれた夫婦の齟齬《そご》に不安を覚えつつ、数日が過ぎた。その間タカオは、ミサキの不安を煽《あお》るかのように、これまでにない行動をとりはじめた。毎日午後一時半を回ると、ちょっと店を頼む、と言い置いて出掛けてしまうのだ。

タカオはレジと接客のほか、蕎麦味噌、天ぷら、だし巻き卵など〝蕎麦前〟と呼ばれる酒肴《しゅこう》も作っているから、その仕事もすべてミサキに回ってくる。どうせ暇な時間帯だからとタカオは高を括《くく》っているようだが、ミサキ一人だと、てんてこ舞いの忙しさになる。

見かねた常連さんが自分でビールを抜いたり、酒肴や蕎麦をセルフサービスで運んでくれたりしているが、それでも蕎麦の提供までさんざん待たせてしまう。

「いいかげんにしてよ、こっちは大変なんだから」

夜になって帰宅したタカオに文句を言っても、いずれ事情を話すから、と言うだけで、さっさと寝てしまう。そればかりか翌日もまた、午後一時半を回るなり、そそくさと出掛けてしまう。

まったく、どういうつもりなんだか。

腹を立てても、お客さんはいつも通りやってくる。仕方なく午後四時の閉店まで一人きりで奮闘する日々が続いているのだが、今日もまた一人フル回転で店を切り盛りし、やれやれと暖簾《のれん》を下ろしていると、

「タカオさん、おられますやろか」

声をかけられた。聞き覚えのある関西弁だった。

「ああ、どうも」

触れ太鼓のときに会った増岡だった。午後四時にタカオと約束していたという。

「あらそうでしたか、すいません、いま出掛けてまして」

タカオは何も言っていなかったが、遅れているのだろうか。戸惑いながらも店内で待ってもらっていると、五分ほどして書類鞄を手にしたタカオが息せき切って帰ってきた。

やはりミサキに伝え忘れていたらしい。

「すいません、お待たせしちゃって」

増岡がいるテーブルに駆け寄るなり、ちょっと来てくれ、とミサキを呼びつけ、ひとつ咳払いしてからタカオは言った。

「実は、うちに来てもらうことになってね」

「は？」

「うちで京料理の腕を振るってもらう」

意味がわからなかった。

なぜうちに京料理の板前を入れなきゃならないのか。

唐突な話に戸惑っていると、

「増岡さんは『祇園むらもと』っていう人気店で働いてたんだぞ」

タカオが初めて店名を明かし、何の心配もいらないから、とミサキをなだめて書類鞄からファイルを取りだした。

「しばらく事務的な話になるんで、悪いけど今日の売上げ、締めといてくれるかな」

席を外すように促す。その上から目線の物言いにむっときたが、増岡の前で喧嘩《けんか》をしても、と帳場に下がって売上げを締めはじめると、タカオはファイルを広げて増岡に何事か説明しはじめた。

漏れ聞こえてくる言葉の断片からして、すでに雇用契約の話になっているらしく、タカオの説明を受けて増岡があれこれ質問したり、背中を丸めて書類に書き込んだりしている。

結局、ミサキが知らないところで増岡の雇い入れが決まってしまったのだろう、なし崩しもいいところだった。といって、開店当初から経営面はタカオまかせだっただけに、いまさら首を突っ込むのもためらわれる。苛《いら》つきながらも売上げ伝票を整理していると、

「それじゃ、また改めて」

タカオが愛想笑いを浮かべて立ち上がった。続いて増岡も腰を上げ、先日と同じシャイな微笑みを浮かべてお辞儀を返し、

「ミサキさんも、よろしゅう頼んますわ」

帳場にも声をかけてきた。どう応じたものか迷ったが、とりあえず会釈を返した。

小太りの体を揺すりながら増岡が帰っていった。すかさずミサキは店のシャッターをガラガラッと閉め、テーブル席で再び書類に目を通しはじめたタカオに声を荒らげた。

「どういうつもりよ！」

うちの店に京料理の板前を入れる意味がわからない、と詰め寄った。

蕎麦に関しては仕入れから蕎麦粉挽き、蕎麦打ち、蕎麦つゆ作りに至るまでミサキが責任を持ってやっている。ほかに料理面では、タカオがやっている蕎麦前の酒肴作りがあるが、そのために京料理の板前を雇うなんてありえない。いつだったかミサキが、パ

ートの客席係がほしいね、と言ったときは、そんな余裕はないよ、とけんもほろろだったくせに、タカオの仕事を軽減するためにそこまでするのか。

「いや違うんだ、増岡さんには本格的な懐石料理を作ってもらおうと思ってる」

「は？」

「今後は〝蕎麦懐石〟が売りの店にしたいんだよね」

「蕎麦懐石？　そんなの聞いてないよ」

「この前言ったろう、おれも経営者としていろいろと手を打ってるって」

「けど蕎麦懐石なんて、ひと言も聞いてない。だいいち、そもそもうちは、そういう店じゃないし」

「だから、そもそも論はやめようってヤッさんにも言ったろう。いよいよ場内が移転するんだ。そうなったらますます経営環境が厳しくなるから、これからは、ただ蕎麦を売るだけじゃなく付加価値をつけなきゃダメだと思うんだ。おまけに蕎麦の収穫量が減っちまう問題だってあるんだろ？」

「それとこれとは別の話だよ。収穫減については金砂郷の和哉さんが手を打ってくれてるし、あたしだっていろいろ考えてる」

「考えてるだけじゃダメなんだよ。いますぐ新たな手を打って新規の客を呼ばないことには、ジリ貧が目に見えてんだぜ。蕎麦懐石で付加価値をつければ客単価もぐんと上げられるし、しかも、蕎麦懐石コースだったら蕎麦は最後にちょこっと出すだけでいいから、玄蕎麦の使用量が格段に減って収穫減対策にもなる」

「んもう、タカオったら、そんな小賢《こざか》しいこと考えてるわけ？」

呆《あき》れ返った。

けっして蕎麦懐石が悪いわけではないが、この店とは業態が違いすぎる。蕎麦メインの直球勝負でお客さんの心をつかんでいるそば処みさきが、蕎麦が懐石料理の添えもののような店になってしまったら、いまの常連さんたちはどうなるのか。ミサキちゃんの蕎麦は、おれの人生に組み込まれちゃってんだよ、とまで言ってくれた蕎麦っ食いの高鉄さんにはがっかりされるどころか激怒されるに違いなく、ミサキの蕎麦職人としての存在価値すら問われる。

「そんなの、あたしは絶対に受け入れられない。いまからでも増岡さんは断って」

きっぱり拒んだものの、タカオは引かない。

「いまさら断れないよ。もともとこっちからお願いしたんだし、触れ太鼓が来たあの日は、場内の仲買人にも紹介して歩いて、最後の条件面でもやっと折り合いがついたんだぜ」

目前に迫った豊洲移転を契機に、蕎麦懐石をスタートさせるべく急ピッチで準備を進めているのだという。

「何でそんな急な話になっちゃったのよ、あたしに何も言わないで」

「経営改革ってのはスピードなんだ。ミサキの蕎麦自体はこれまでと変わらないまま、増岡さんの懐石料理がプラスされるだけなんだから、何の問題があるんだよ」

「問題大ありじゃん。タカオは店を開いたときの志を忘れちゃったの？　〝ふつうの蕎麦屋だと思って入って食べたら、途轍《とてつ》もなくおいしい〟。そういう町場のお蕎麦屋さんを目指そうって二人で決めて、ヤッさんもそれはいいって喜んでくれたんじゃん。なのに蕎麦懐石の店なんかにしちゃったら、毎日通ってくれてる常連さんたちに申し訳ないし、そんな大事なことを何で勝手に決めちゃうのよ」

声高になじった途端、それは違うだろう、とタカオが眉を吊り上げた。

「ミサキこそ好き勝手し放題だろう。知らないうちに金砂郷の坏さんと直販契約を結んじまったり、石臼《いしうす》探しのために一週間も休業しちまったり、蕎麦の穫れ高が悪かったら休業するとか言いだしたり。ちょっとは店の経営のことも考えてくれよ」

「けどそれは、うちの店で一番大事な蕎麦のためだし」

「蕎麦のためならどうなってもいいのか！」

両手でテーブルを叩く。それでも怯《ひる》まなかった。

「ああそう、そこまで言うんなら、このことヤッさんに話す」

タカオがどれだけ理不尽なことをやろうとしているのか、ヤッさんにたしなめてもらおうと思った。

「ヤッさんは関係ないだろう」

顔をしかめている。さすがのタカオも、どん底から救ってくれた恩人、ヤッさんには頭が上がらないからだろう。

「ヤッさんも関係ある。うちの名誉従業員なんだから」

「いいや、名誉従業員ってのは名誉教授と同じで、称号でしかないんだ。雇用関係もなければ報酬も発生しない第三者的な立場なんだから、うちの経営に口出しする権利はない」

「そういう言い方はないよ。タカオって、そんな恩知らずだったわけ？　あたしたち二人が、いまこうしていられるのは全部ヤッさんのおかげなんだよ」

「それだって別の話だろう。とにかく蕎麦にばっかりこだわってて店が潰れちまったら本末転倒もいいところで、それこそ困るのはヤッさんなんだ。市場に出入りできない食の達人なんてありえないだろうが」

嫌味たっぷりに切り返されて、

「もう最低！」

ミサキも両手でテーブルを叩き、憤然と席を立った。

4

翌朝、仕込みの合間にヤッさんを捜してあちこちに電話した。

あれっきり口を利いていないタカオは、朝からさっさと出掛けてしまった。経営についてはおれの領域だとばかりに、もはやミサキの意見に耳を貸す気はないらしく、そっちがその気ならヤッさんの力を借りるしかないと思った。

ただ、そもそもが住まいも携帯電話も持たないヤッさんだ。いざこっちから連絡を取りたいと思うと意外に難しい。早朝に場内市場の仲買店を訪ね歩けば出会える可能性が高いことはわかっているが、ミサキには蕎麦の仕込みがある。それでなくてもタカオとぶつかった直後だけに、意地でも蕎麦打ちを怠けたと誹《そし》られるような行動は控えたい。

まずはヤッさんと親密な間柄の新大久保《しんおおくぼ》のオモニに電話を入れた。中三のときに家出してきたミサキを、中学卒業まで韓国食堂兼自宅に同居させてくれた東京の母ともいうべき存在だ。

「ヤッさん？　さあ、ここんとこはうちに寄りついてないから、銀座界隈《かいわい》を根城にしてるんだと思うけど、何かあったのかい？」

電話の向こうから問い返された。オモニだったら隠し立てする必要はない。タカオと

ぶつかった経緯をざっくりと話すと、

「だけど、なんでまた蕎麦懐石なんだろうね」

再び問い返された。

「今年の夏頃に、たまたま京料理の板前と知り合ったせい、としか言いようがないんだけど、市場移転が延期になって不安な時期が二年も続いてきたことが大きかったと思うの。このままじゃ、うちの店もヤバいことになる、って思い詰めて、タカオのほうから声をかけたみたいで」

「要は付け焼刃の思いつきってわけだ。移転延期がらみのすったもんだは、あたしもいろいろ耳にしてるけど、いるのよねえ、土壇場になると急に浮き足立っちゃう人が」

オモニはくすくす笑うと、ふと気づいたように言葉を継いだ。

「それにしても、その板前もよく町場の蕎麦屋なんかで働く気になったわね。祇園の星つき店の脇板だったんなら、ほかでいくらでも雇ってくれると思うよ」

「そのへんの事情はあたしもわからないんだけど、どっちにしてもタカオはもう聞く耳を持たないから、ヤッさんに叱ってもらわなきゃどうしようもないと思って。このまま蕎麦懐石の店にされちゃったらマジで困るし」

ミサキが嘆息すると、

「確かに困ったことだわねえ。あんたたちの店にとって一番大事なのは、これまで通りの仕事をブレずに続けていくことだし」

オモニも危機感を抱いてくれたようで、もしヤッさんに連絡がついたらすぐ電話するね、と最後に言ってくれた。

やっぱあたしの感覚は間違ってなかった。なんだか急に心強い味方を得た気がして、ミサキは再び携帯のアドレス帳を開いた。

かつて蕎麦打ち修業をした銀座『はし田《だ》』の橋田《はしだ》さん、銀座八丁目の鮨屋『みの島《しま》』の簑島《みのしま》さん、場外の卵焼き店『玉勝屋《たまかつや》』の香津子《かつこ》さん、入船《いりふね》二丁目の居酒屋『魚太郎《うおたろう》』の女将さんなどなど、ヤッさんと縁が深い人たちに片っ端から電話した。

いずれも朝が早い人たちだから、全員がすぐに応答してくれたが、ヤッさんの居所はわからなかった。今日はもう無理かも、と半ば諦めつつも最後の頼みとばかりに場内の仲買店『笹本《ささもと》瀬戸内水産』の笹本さんにも電話してみると、願ってもない情報が入った。

「さっきまでうちにいたけど、仕入れにきてた真菜《まな》さんの店に行ったんじゃないかな。蛤《はまぐり》の煮ツメを改良したから味見してほしいって頼まれてたんで」

真菜さんとは、かつてヤッさんが窮地を救った西麻布《にしあざぶ》『鮨まな』の女性鮨職人だ。そば処みさきの開店記念パーティにも来てくれたからミサキも面識がある。ヤッさんにはいまも相談に乗ってもらっているらしく、電話を入れると、ああ、いるわよ、と即座にヤッさんに代わってくれた。

「おう、朝っぱらからどうしたい。また夫婦喧嘩でもしたか」

いま煮ツメの味見を終えて賄いめしを食べるところだそうで、ちょうどよかった。早速、蕎麦懐石の店にされちゃいそうなの、と泣きつくと、

「へえ、あんときの小太りを雇っちまったのか。そういや祇園の脇板だったたって言ってたが、なんて店だ？」

淡々とした口調で聞き返された。

「祇園むらもとっていう星つきの店だって。ネットで調べたらグルメサイトでも評価を得てる人気店らしいの」

「うーん、知らねえな。まあ星だのグルメサイトだのには端《はな》っから興味がねえが、その名店の板前が、なんでまた蕎麦屋に来るんだ？」

オモニと同じことを聞く。

「詳しいことはわかんないけど、とにかく勝手に話を進められちゃって困ってるの」

「ったく、相変わらずタカオはしょうがねえやつだな」

はっはっはと笑っている。

「笑いごとじゃないよ、こんなんじゃ常連の高鉄さんにも怒られちゃうし」

「まあ高鉄は怒るだろうな」

ヤッさんは割烹たかてつにも、ときどき顔をだしているだけに、あいつは怒らせると

怖《こえ》えぞ、と脅かす。

「もう、他人事みたいに言わないでよ！」

「そうカリカリすんなって。そんなもなあ、しょせんタカオの悪あがきだ。とりあえずは、蕎麦前の延長程度にしとけって釘だけ刺して、ミサキはこれまで通り真っ当な蕎麦を打ち続けてりゃいい」

「だから、もうそんな呑気なこと言ってる場合じゃないの。このまま放っといて店が潰れたら、ヤッさんは豊洲市場に入れなくなっちゃうんだよ」

「なあに、そんときゃそんときだ。名誉従業員ったって経営には口出しできねえ立場だし、タカオが独りよがりで突っ走ってるときは下手に介入しねえほうが身のためだ。ミサキはミサキで自分を貫き通して、それで店が潰れたら潰れたでいい教訓になるし、また一から出直しゃいいってことよ」

しれっと言い放つ。

「けどあたしは」

「なあミサキ、そろそろ賄いめし、食いてえんだよな。真菜親方を待たしちまってるし、おれも腹ぺこでよ」

こっちの気持ちも知らずに、あっさり電話を切ってしまった。

そうこうするうちにも、タカオは着々と蕎麦懐石店に切り替える準備を進めていった。その立役者でもある増岡とは、その後、正式に雇用契約書を取り交わしたそうで、

「やだもう、無茶はやめてって言ったじゃん」

と非難したものの取り合ってくれない。

「いいかミサキ、あれだけの逸材はめったに見つかるもんじゃないんだ。しかも給料は、うちの事情を考慮して当面は試用期間として見習い並みでいいって、そこまで言ってくれたんだぞ」

これで採用しなかったら契約違反になるし、ペナルティだって発生する、とまで言われては黙らざるを得ない。

となると今度は厨房《ちゅうぼう》のことが心配になるが、それもまったく問題ないという。

「彼が働いていた祇園むらもとは、カウンター主体の店なんだよな。狭い厨房は慣れてるから、いまおれが蕎麦前を作ってるスペースで十分だってよ」

そう言われるとうまく言い返せなくなる。仕方なくヤッさんの言葉を借りて、

「とにかく、蕎麦前の延長程度にしとかないと、あたしは許さないからね」

と釘を刺すだけで精一杯だったが、それがいけなかったのかもしれない。

牽制《けんせい》はしても止めないミサキの態度に調子づいてか、このところのタカオは事務作業にかかりきりになっている。営業中もあれこれ書類を書いたり、それを手にしてどこか

へ飛んでいったりする日々が続いていて、相変わらず二人ぶんの仕事に追われているミサキの苛々はさらに募った。

そんなある日の午後四時過ぎ、ミサキが一人で店仕舞いしていると、どこからか戻ってきたタカオが書類を突きだしてきた。

「今日からミサキは取締役だ」

「は？」

「これからは事業の幅を広げなきゃならないから、会社を設立した」

見ると書類は、履歴事項全部証明書と題された法人の登記簿謄本で、商号という欄には『株式会社Ｔ＆Ｍフーズ』と会社名が記されている。

「タカオのＴとミサキのＭだ。代表取締役はおれで、ミサキは取締役。ちゃんとここに書いてあるだろ？」

下の欄を指さす。

「え、うちみたいなちっちゃい店を会社にしちゃったわけ？」

「第二ステップに踏みだすためには法人化が絶対条件なんだよ」

今後、蕎麦懐石の導入によって売上げがぐんと伸びた際、税金対策で有利になるばかりか、金融機関からの融資が下りやすくなって資金繰りも楽になるそうで、法人化はむしろ遅すぎたくらいだ、と口角を上げてみせる。

「けど蕎麦懐石は、あくまでも蕎麦前の延長程度っていう約束だよ。売上げがぐんと伸びる保証なんてないじゃん」

「いまさら後ろ向きなこと言うなよ。従業員は雇ったし、会社設立にも資金を投入した。もう事業は動きはじめてるんだ」

「事業？」

「そう、事業だ。豊洲新市場の開業によって、これから東京の飲食業界は激変する。その新しい波に乗り遅れたら、おれたちに明日はない。いつまでも個人経営でチマチマやっててもしょうがないし、これからはT&Mフーズとして蕎麦だけにこだわることなく、飲食事業の多角化を推進するのがおれたちに課せられた使命なんだよ」

「んもう、いつからタカオはそんな人になっちゃったの？　とにかくあたしは」

言いかけた言葉を遮られた。

「まあ聞けよ。もう個人経営じゃ生き残れない時代になったんだ。祇園むらもとだって法人化してバリバリ稼いで、店主はジャガー、奥さんはBMWを乗り回してんだぜ。増岡さんもアドバイスしてくれたけど、今回の市場移転は、うちが生まれ変わる絶好のチャンスなんだ。移転と同時に蕎麦懐石コースをスタートさせて、新生そば処みさきを気合いを入れてアピールすれば、黙ってたって売上げはついてくるんだよ」

何かに取り憑かれたように唾を飛ばして言い募る。

ミサキは絶望のため息をついた。

『いるのよねえ、土壇場になると急に浮き足立っちゃう人が』

オモニは笑いながら言っていたが、こうなると笑いごとではない。

このまま既成事実がどんどん積み上げられていったら、どうなってしまうんだろう。店を開いたときに、蕎麦はミサキ、経営はタカオ、と約束したから何があろうと真摯《しんし》に蕎麦のことだけ考えていればいい。あたしは〝蕎麦馬鹿〟になろうと思っていた。そしてヤッさんも、ミサキは真っ当な蕎麦を打ち続けてりゃいい、と言ってくれた。

なのに、もうそれどころではなくなってきた。単なる蕎麦馬鹿のままでは、もはやタカオの暴走を止められそうにない。ミサキの手に負えないまま暴走した挙げ句に、夫婦ではじめたそば処みさきは破綻のときを迎えるかもしれない。そう考えるほどに、得体の知れない恐ろしさがこみ上げてくる。

あたしたちは何のためにこの店をはじめたんだろう。あたしは何のために蕎麦一筋に打ち込んできたんだろう。

改めて自問してみた。でも、いくら考えても答えはでなかった。

金砂郷の和哉さんから電話がかかってきたのは、そんなときだった。

5

高層ビルの十六階。ロビーフロアに降り立つと、大きな窓ガラス越しに東京の街がパノラマのごとく視界を覆い尽くした。

右手には東京タワーがそびえ立っている。正面には高層マンションが建ち並ぶ東京湾岸の街が広がり、手前には、なんと隅田川に面した築地市場が見下ろせる。

「せっかくだから眺めのいいレストランでランチを食べよう」

そう言われて、ちょっとだけおしゃれして銀座八丁目のシティホテルまで足を運んだのだが、こんなに眺めのいいロケーションだとは思わなかった。

指定されたレストランはフロントを横切った先にあった。昼どきはランチビュッフェが人気らしく、けっこう賑わっている。待ち合わせです、とスタッフに告げて店内に入ると、窓際のテーブルにいるスーツ姿の男性が立ち上がり、手を振ってきた。

一瞬、だれだかわからなかったが、和哉さんだった。ラフな野良着姿しか見たことがなかったから、ぴしりとスーツをまとって背筋を伸ばした佇《たたず》まいは別人のようで、いつもの陽焼け顔がやけに都会的に見える。

「まずは料理を取ってこようか」

挨拶もそこそこに席を立ち、ずらりと並んでいる色とりどりの料理を皿に盛りつけて戻ってくると、店のスタッフが生ビールを運んできた。あら、と驚いていると、

「おたがい休日だし、軽くどうかと思って」

遅れて戻ってきた和哉さんが、肉料理をどっさり盛りつけた皿を手に微笑んだ。

「贅沢ですねえ、こんな高い場所から築地を眺めながら昼ビールなんて」

ミサキも微笑みを返した。

「今日は久しぶりの上京だから、ミサキちゃんに移転前の築地の全景を見せてあげたいと思ってね」

新宿新都心のホテルマンだった当時は、休日になると勉強のために自腹でシティホテルを泊まり歩いていたそうで、そのとき印象に残った築地市場が一望できるこのレストランを思い出したのだという。

「だけど不思議ですよね。あんな川沿いの一画で理不尽な政治問題に振り回されて、みんなが右往左往してると思うと、なんだか虚しくなっちゃう」

ミサキは言った。自分たち夫婦もまた、その渦中でもがいているのだと思うと、なおさら虚しくなる。

「まあ実際、下界で起きてることって理不尽だらけだもんなあ。ぼくも三年前まで東京の仕事で理不尽に振り回されて、うんざりして田舎に帰ったら、今度は自然の理不尽に

翻弄されている。世の中って、結局、そういうものなんだろうね」

和哉さんは肩をすくめ、フォークとナイフを手に料理を食べはじめる。

「東京の仕事で理不尽って、やっぱいろいろあったんですか？」

なぜ和哉さんは金砂郷に帰ったのか。圷家にいるときは聞きにくかったが、いまなら大丈夫な気がした。

「いやあ、ぼくが味わった理不尽なんて、ありきたりなものでさ」

ふとフォークを止め、どれだけ結果を出しても高卒は大卒を追い越せない世界にうんざりしちゃったんだ、と和哉さんは笑った。

ホテル専門学校を卒業した和哉さんだが、社内的には高卒扱いだったそうで、大卒なんかに負けるか、と自腹で泊まり歩いたホテルの従業員と交流したり、語学学校に通って英語に磨きをかけたり、できる限りの努力を重ねたという。結果、ベルマンからスタートして飲食部門のスタッフリーダー、フロント主任と、高卒にしては異例の早さで昇進できたものの、三十路を迎えた途端、先が見えた。

和哉さんより遅れて入社して、叩き上げの和哉さんに尻拭いばかりさせていた大卒の男が、いきなり課長職に抜擢されたのだ。これにはショックを受けて、それはないでしょう、と上司に詰め寄ったものの、納得のいく説明はなかった。早い話が大卒者には、実力とは無関係のシード権がある。そう思い知らされたにすぎなかった。

故郷に目が向いたのは、そんなときだった。

「実は、たまたま帰省したときに、親父からミサキちゃんの話を聞いてね」

中学卒業と同時に蕎麦打ち修業に入り、蕎麦農家体験も含めて蕎麦一筋に打ち込み、いまやいっぱしの蕎麦職人として自分の店を切り盛りしている。学歴とは無縁の世界で自分の道を切り拓いてきたその生き方を知って、自分も学歴とは関係なく自立できる仕事に残りの人生をかけよう、と実家の仕事を継ぐ決意をした。いまからほかの仕事に飛び込むよりも勝手はわかっているし、その厳しさも幼い頃から体感しているだけに、やりがいがあると思ったのだという。

「まあはっきり言って、早く気づけよって話なんだけど、そう思ったら後に引けなくなっちゃってね。で、当時の妻に話したら、蕎麦農家なんか嫌、って言われて、結局は別れて帰郷したわけ」

あ、と思った。和哉さんが元妻帯者だったことに加えて、離婚してまで蕎麦農家になったその思いの強さにも驚かされた。

「そんなこんなで、いまのぼくにとって蕎麦一筋で生きてきたミサキちゃんは、ある意味、目標でもあるんだよね」

和哉さんは恥ずかしそうに笑い、またフォークを動かしはじめる。

でも正直、ミサキのほうこそ恥ずかしかった。そこまで腹を括った人を前に、どんな顔をしていいかわからなくて生ビールを口にしていると、和哉さんがふと真顔になってミサキを見る。

「その意味で、いま課題になってる天候リスク対策については、ぜひミサキちゃんにも協力を仰ぎたくて、今日、時間を作ってもらったんだ。実はあれから、例の茂木の蕎麦農家の人と何度か話し合ってね」

「何かいいアイディアが？」

「ていうか、基本的にはこの前話したように、契約農家同士、おたがいの地元の休耕地を共同で借りて作付面積を広げて、不作のときは蕎麦を融通し合う。いわば契約農家のセーフティネットみたいなシステムを作れたらと思うんだけど、ただ、契約農家ってどこも小規模な個人事業主だから、うちと茂木の二軒だけだと非力すぎて難しい。それでなくても蕎麦の生産量って米の二百分の一程度しかないから、もっとネットワークを広げて全国の契約農家が連携しないと、資金的にも規模的にも、本当の意味でセーフティネットとして機能しないんだよね」

そうかといって、いますぐ全国規模に広げるのも難しいから、まずは第一段階として、茨城と栃木のほか、同じ近県の蕎麦産地、福島の契約農家とも連携してスタートを切れないか。そう考えて、あらゆる伝手《つて》を辿《たど》って信頼できる契約農家に声をかけているのだという。

「ただ、そうなると作付面積を広げる資金も必要になる。で、思いついたんだけど、最近、各地の自治体が〝そばオーナー制度〟っていうのをやってるんだよね。知ってるかな？」

「ああ、金砂郷もやってますよね」

以前、ネットで見たことがある。一般の人たちが出資金を払い、地元農家に指導してもらいながら金砂郷の畑で蕎麦を栽培し、収穫した玄蕎麦を出資金に応じて分けてもらえる制度だ。

「あれの応用で、契約農家の上質な玄蕎麦を安定的に仕入れたい蕎麦屋やその常連から出資金を募って、セーフティネットを構築できないかと思ったんだよね。毎年一定額を出資してもらって、天候不順で不作の場合は栃木県の茂木はもちろん益子《ましこ》や日光《にっこう》、あるいは福島県の会津《あいづ》や湖南町《こなんまち》といった連携産地の玄蕎麦を優先的に融通してもらえる。豊作だったらそばオーナー制度と同じように玄蕎麦の配当がある。とまあ、そんな感じでね」

「面白いアイディアですね。けど、店の常連さんからも募るんですか？」

「もちろん基本的には蕎麦屋がメインだと思うんだけど、蕎麦屋を通じて常連に参加してもらうのもありだと思うんだ。不作のときは別産地のブランド新蕎麦が割安に食べられて、豊作だったらいつもの新蕎麦を割安に食べられるとなれば、面白がって参加してくれる人がいると思うし」

ただし、これを実現するためには契約農家に加えて志の高い蕎麦屋も数多く集めなければならないが、正直、どれだけの店が賛同してくれるかわからない。そこで、果たして実現可能なのかどうか感触を摑《つか》もうと、今回、和哉さんは上京したというのだ。

「なんだか凄いことになりそうですね」

急にわくわくしてきて、ミサキは生ビールの残りを飲み干した。

「だろ？　実際にうまくいくかどうかは別にして、とにかく動いてみることに意義があると思って、まずはミサキちゃんに話そうと思ったわけ。で、もし賛同してくれるなら、都内の志の高い蕎麦屋に片っ端から声をかけて、感触がよかったら本気で詳細を詰めてみようと思うんだけど、どうかな？」

ミサキの目を覗き込んでくる。

「ぜひやりましょう」

大きくうなずいた。

「ありがとう！」

和哉さんは陽焼け顔をくしゃくしゃにして笑うと、じゃ、せっかくだから前祝いに、もう一杯飲もう、と手を挙げてスタッフを呼んだ。

翌早朝の開店前、いつものように蕎麦を打っていると、

「ちょっといいか」

タカオに呼ばれた。

昨日は結局、夜まで和哉さんと一緒にいたのだが、タカオはタカオでどこかへ出掛けていたようで、けさ起きて店に降りてみると厨房の中がかなり変貌していた。とりわけ食器棚は大幅に模様替えされていて、渋いデザインの大皿や角皿、小鉢や汁椀といった和食器が所狭しと並べられている。そのぶん、以前置いてあった蕎麦セイロや丼鉢、蕎麦前用の小皿などは、厨房の隅に組み立てられた新しいパイプ棚に追いやられている。

早い話が、これも蕎麦懐石に向けた準備の一環らしく、増岡と一緒に合羽橋《かっぱばし》の調理道具街に出掛けて買ってきたという。

「ただ、それとは別に、こっちの大皿と角皿は増岡さん自身のコレクションでね。わざわざ京都から持参してくれたんだ」

慎重な手つきで取りだして見せる。大皿は江戸の名陶工、尾形乾山《おがたけんざん》。角皿五枚セットは北大路魯山人《きたおおじろさんじん》の作だそうで、それぞれ値付けすれば二十万円近い名品だという。

「こんな高い食器を自前で持ってるんだ」

ミサキは声を上げた。祇園むらもとにいたときも、増岡が自分のコレクションを持ち込んで使っていたというから驚く。

「やっぱ京都の板前は違うだろ？」

タカオは得意げに鼻をうごめかせ、ここまで本格派の蕎麦懐石は、まずないと思うんだよな、と白い歯を覗かせた。

正直、いい気分ではなかった。あくまでも蕎麦前の延長、という約束はどこへいったのか。これでは蕎麦前の延長どころか蕎麦と懐石料理、どっちがメインだかわからなくなる。蕎麦屋だって食器に気を遣わないわけではないが、乾山だ魯山人だと名品をひけらかす店にはしたくないし、このままでは、せっかく常連さんに親しまれてきたそば処みさきが一変してしまう。

和哉さんの陽焼け顔が脳裏をよぎった。昨日はあれから二杯目の生ビールを飲みながら、さらに二人でいろいろと話し合った。気概のある契約農家と蕎麦屋を巻き込み、いかにセーフティネットを立ち上げて天候リスク対策に結びつけていくか。農家と飲食店、両方の立場から議論を重ね、その後、二人が思い当たった都内の蕎麦屋を何軒か飛び込みで訪ね歩き、店主と意見交換もした。

なのに一方のタカオは、まるで違う方角を向いている。ほんとにタカオは、どうしちゃったんだろうと思う。そんな状況をまだ知らない和哉さんには申し訳なくてならないのだが、でも、ミサキの口からは言えなかった。農作業の合間に泊まりがけで上京し、契約農家と蕎麦屋のために頑張ってくれているのに、当のミサキの店が真っ当な蕎麦屋とは真逆の方向へ向かっているなんて、とても言えない。

『ぼくはミサキちゃんが打つ蕎麦を、一発で好きになった男だからさ』

昨日の別れ際、和哉さんはそう言ってくれた。彼が蕎麦農家を継いだ直後に、ミサキが金砂郷まで出向いて打った祝い蕎麦のことを改めて褒めてくれたのだが、すごく嬉しかった半面、なおさら後ろめたさを覚えた。

ふと、豪雨の金砂郷で肩を抱きかかえてくれた和哉さんの二の腕の感触を思い出した。耳に口元を寄せて話しかけられたことや、陽焼け顔をくしゃくしゃにして笑っていた姿も瞼に浮かび、なぜか甘酸っぱい気持ちがこみ上げた。あの人にはタカオにはない何かがある。そう思うほどに、こんな感情を持ってはいけないと自戒しつつも、ときめきを抑えられなかった。

「あ、それと新しいメニューも作ったんだ。ちょっと見てくれるかな」

ひと通り食器を自慢したタカオが蕎麦懐石の献立表を差しだしてきた。ミサキは、はっと我に返り、パソコンで自作したという献立に目を通して呆気《あっけ》にとられた。

最初に書かれていたのは蕎麦懐石コースの価格だった。昼は五千円と八千円、夜は一万円と一万五千円の二種類ずつが並んでいる。いったいどこの高級料理屋かと見まごう高額設定だ。

「築地場外のこんな奥地で、昼八千円、夜一万五千円って、どういうことよ。だれも来なくなっちゃうよ」

たまらずダメ出ししたものの、タカオは鷹揚に首を左右に振る。

「いいや、そこが違うんだよ。たとえ場外の奥地であろうと、うちには星つき料理屋で腕を振るってた板前がいるんだから、隠れ家的な名店として、わかる客はきっと来てくれる。いまどきは、富山の山奥にあるフランス料理店にだって、星つき店で修業した料理人がいるだけで、遠方から客が押し寄せてるんだぞ」

「だけど、単品の蕎麦はどうなっちゃったのよ、どこにも書いてないし」

「単品のことなら、ここに書いてある」

端っこの小さな文字を指さす。『※単品の蕎麦も用意がございます』。

「こんなのだれが見るのよ。おまけに昼は午前十一時から午後一時半、夜は午後五時半から午後十時って、こんな営業時間じゃ常連さんが来らんないじゃん」

「常連ったって、彼らはプロだろうが。場内が移転したらプロより一般人がメインの客になるんだから、営業時間だってふつうの客に合わせなきゃしょうがないだろう」

その訳知り顔の物言いに、ついにミサキは切れた。

「冗談じゃないよ！　こんなの、なし崩しもいいとこじゃん！　蕎麦前の延長って約束はどうなったのよ！　タカオったらあたしのことも常連さんのことも、全然無視してんじゃん。高鉄さんなんか、場内が移転しても毎朝八時に来るって言ってくれてんだよ。

そのために電動自転車まで買ったんだよ。なのに、こんなの最低だよ！　こんな滅茶苦茶なやり方、あたしは絶対にやだ！」

6

上空をヘリが舞っている。おそらくはテレビの中継なのだろうが、今日は朝からずっと、この調子で築地界隈はざわついている。

平成三十年十月六日の正午、八十三年続いた築地市場は、ついに閉場する。翌早朝からは、場内に二千台ほどあるターレとフォークリフトが豊洲市場へ移動し、それを皮切りに二トントラックに換算しておよそ五千三百台分の冷蔵庫や水槽などの荷物が豊洲に続々と運び込まれ、九百店近い仲買店や飲食店がわずか四日間で史上空前の引っ越しを完了させる段取りになっている。

以前から準備を進めていたとはいえ、閉場前は買い溜め客が押し寄せるに違いない。開場直後の新市場も怒濤の混乱に見舞われるだろうから、ここ最近、場内の関係者は不眠不休の日々だと聞く。それだけに引っ越し中は、銀座の高級鮨店など場内市場だけが頼りの飲食店の多くが休業するそうで、まさに前代未聞の事態といっていいだろう。

一方、場外市場も朝から尋常でないほどごった返している。今日で築地はおしまい、とテレビや新聞が伝えている影響で、場外も一緒に移転すると勘違いしている人が多いらしく、これが最後とばかりに押しかけてきて写真を撮りまくっている。そこに外国人観光客も参戦し、場外の路地にはターミナル駅のラッシュ時のごとき喧噪《けんそう》が渦巻いている。

テレビや新聞の取材陣も、いつになく目につくが、彼らの中にも場内と場外の区別がつかない人間がいる。ただもう世紀の市場移転の現場に居合わせることだけが仕事だとばかりに、ミサキの店にもカメラやメモ帳を片手にアポなしで飛び込んでくる。

そんなメディアをさらりとあしらいながら、今日もミサキは黙々と蕎麦打ちに励んでいる。いつもより遅くなるかもしれないけど、蕎麦を手繰りにいくからよろしくな、と常連さんたちから言われていることもあるが、それに加えて、イベント気分でやってきた一般のお客さんも続々と来店するから一刻たりとも手を休められない。

正直、明日からの場外が、これだけ賑わう保証はまったくない。そんな状況を危惧して場外の商店会は『築地場外市場は移転しません！』と印刷したレジ袋を配布しているほどだし、

「場内に棲みついてた大量のネズミどもが、餌を求めて場外に移転してきて、客よりネズミで繁盛するかもな」

といったシャレにならない冗談も飛びかっている。

だからといって、タカオのように闇雲に不安を募らせているわけにはいかない。いまのミサキにできることは気合いを入れて蕎麦を打つことだけだ。ここで手を抜いてしまったら、蕎麦懐石に活路を見いだそうと必死なタカオに押し切られてしまう恐れがあるだけに、のし棒を握る手には、なおさら力が入る。

その後もミサキは、タカオの攻勢に抵抗し続けている。それでも二人の思いは行き違うばかりで、業を煮やしたタカオから、ここにきて妥協案を持ちかけられた。

「だったら、こうしないか。いまいる常連の救済策として、朝から昼まではミサキ一人で営業してくれないか。そのぶん夜は、増岡さんの献立に合わせて、ちょこっとだけ蕎麦を打ってくれればそれでいい」

早い話が一日二本立てで営業しようという提案だった。ただ、この案でいくと、ミサキは朝八時から夜十一時近くまで働き続けるブラック企業並みの毎日になる。夜はちょこっと打つだけ、とタカオは言うが、ちょこっとだろうと蕎麦打ちは真剣勝負だ。きついことに変わりはない。

でも、結果的には妥協案を呑まざるを得なかった。少なくとも常連さんが来店する時間帯は従来通り蕎麦メインにすると約束されたわけで、これ以上、こじれたら店も夫婦仲も崩壊する。それだけは避けたくて、しぶしぶながら了承したのだった。

そんな鬱々《うつうつ》とした気分の中、めずらしく嬉しいニュースが飛び込んできた。心配された金砂郷の蕎麦が、和哉さんと圷夫婦の努力が功を奏し、奇跡的に持ち直してくれたのだ。

「このまま順調に運べば、例年の八割方の穫れ高が見込めそうだよ」

和哉さんから弾んだ声で電話があったときは、心底、安堵《あんど》したものだった。

もちろん、これで一件落着ではない。来年以降に向けて天候リスク対策も頑張ると言ってくれた和哉さんに報いるためにも、これ以上、この店を間違った方向に進ませないようにしなければならない。そう思うと、ますます日々の蕎麦打ちに力が入るが、いずれにしてもミサキとしては、移転が終わって二本立て営業になってからが勝負だと心している。ここは歯を食いしばって真っ当な蕎麦を打ち続けなければ、タカオと増岡のやりたい放題になってしまう。

実際、今日の仕事終わりもそうだった。いつものように午後四時に店を閉めて蕎麦打ち場を片づけ、日用品の買い物に出掛けて午後六時過ぎに帰ってくると、今日は午後から店に出てきた増岡が蕎麦打ち場に入っていた。

「勝手に入らないで！」

思わずミサキは叱りつけたが、

「いや、ちゃうんですわ。ミサキさんが忙しいときは蕎麦打ちを手伝えたら思うてね」

悪びれる様子もない。ミサキにとって蕎麦打ち場は、いまや唯一の拠《よ》り所だ。蕎麦に関してはあたしが全部やるから、二度と入らないで、と念押しして追い払った。

すると今度は、しばらく厨房でごそごそやっていたかと思うと、

「すんまへん、ちょいと試食してもらえへんやろか」

と言ってきた。気弱そうな物腰にしては押しの強い男で、蕎麦懐石用の献立を試作したから意見を聞きたいという。

「あたし、蕎麦打ち以外はやらないから」

取り込まれてなるものかと拒んだものの、ノートパソコンに向かっていたタカオが顔を上げ、

「あのさあ、ミサキの蕎麦との相性を確かめとかないとまずいだろう」

と咎《とが》められた。そう言われると拒み続けるわけにもいかない。仕方なくテーブルに着くと、増岡が小太りの体を揺らして料理を運んできた。

まず〝先付《さきづけ》〟は胡麻《ごま》豆腐、菊花蕪《きくかかぶ》、飯蛸《いいだこ》煮《に》の三品。〝お凌《しの》ぎ〟は蟹《かに》と水菜の蕎麦鮨。〝お椀〟は松茸と鱧《はも》。さらに〝焼き物〟の鰆《さわら》、〝蒸し物〟の海老芋《えびいも》蒸し煮と続き、最後の〝締め〟に蕎麦。いずれも懐石料理っぽい見た目で、味もそこそこよかった。先日ヤッさんが、そんな名店の板前がなんでまた蕎麦屋に？　と訝っていたが、腕がないわけではなさそうだ。

ただ、それはそれとして、ひとつ大きな問題があった。お凌ぎの蕎麦鮨だ。蟹と水菜

を蕎麦で海苔《のり》巻きにした一品だが、いざ食べてみて肝心の蕎麦にがっかりした。外国産蕎麦粉を機械打ちした出来合いの乾麺《かんめん》を使ったに違いなく、香りも味もミサキの蕎麦とはまったくの別ものとあって、

「こういう蕎麦は使わないでほしい」

箸を止めてダメ出しした。

「せやったら、蕎麦鮨もミサキさんの蕎麦で巻かせてもらえへんやろか」

媚《こ》びるように迫られた。こんなかたちでミサキの領域に踏み込まれようとは思わなかった。

「それはダメ。あたしは締めの蕎麦だけ。懐石には一切関わらない約束だし」

「そんな殺生《せっしょう》な」

増岡が大げさに嘆いてみせた途端、またタカオが介入してきた。

「なあ、ミサキはこの店を潰したいのか？　おれも増岡さんも、場内が移転しても生き残れるように毎日必死で頑張ってんのに、身内のミサキが意地悪してどうする」

とんでもない言いがかりをつけてくる。

「意地悪なんかじゃないよ！　そうやって、なし崩しにしようとするタカオたちが狡《ずる》いんじゃん。あたしは蕎麦に命をかけてんだから、二人で勝手なことばっかりしないで！」

売り言葉に買い言葉でタカオも声を荒らげた。

「勝手なのはミサキのほうだろ！　いいかげん我儘《わがまま》はやめろ！」

「どこが我儘なのよ！　あたしの気持ちも知らないで、タカオなんか！　タカオなんか！」

興奮のあまり言葉に詰まり、力まかせに箸を投げつけ、店を飛びだした。

「どうしたの、そんな恰好で」

キティちゃんのエプロンを着けたオモニが目を瞬かせている。そう言われてようやく気づいた。激情に駆られて調理白衣のまま店を飛びだし、築地をぶらついたものの気持ちが収まらず、電車を乗り継いで新大久保のオモニの韓国食堂まで来てしまったのだった。

時計を見ると午後八時近くになっていたが、深夜まで営業しているこの店にとっては宵《よい》の口。畳敷きの店内にはチャプチェやケジャンをつまみにビールを飲む一人客がいるだけで、がらんとしている。

「もうあたし、タカオとなんかやってけない」

座敷の隅の座卓に着くなりミサキは毒づいた。新大久保に着くまでも、なんであんな男と一緒になっちゃったんだろ、とそればかり考えていた。

「この前言ってた蕎麦懐石の件かい？」

察しのいいオモニがマッコリを注いでくれ、向かいに腰を下ろした。

「だって、最初にちょっと妥協させといて、そっからぐいぐい攻め込んでくるんだから、卑怯ったらないよ」

ミサキはマッコリを喉に流し込んだ。板前の増岡にしても、最初はシャイな男だと思っていたが、小心そうな態度の裏に人知れない小狡さが渦巻いている気配がする。

「けどそれって、ヤッさんに相談できたのかい？　うちには相変わらず姿を見せてないんだけど」

「一応、電話で捕まえて相談したけど、店が潰れたら潰れたでいい教訓になるし、また一から出直せばいい、って突き放されちゃって」

「あらま、ヤッさんらしいわね」

オモニはふっくらとした丸顔を綻《ほころ》ばせ、くすくす笑う。

「笑いごとじゃないよ、このままじゃマジで店が潰れちゃうんだから。せっかく和哉さんが頑張ってくれてるのに、冗談じゃない」

悪態をついてマッコリを呷ると、和哉さんって？　と問い返された。

「金砂郷の坏さんの息子。それがもう頼もしい人で、東京のホテルマンだったんだけど家業を継ぐって田舎に帰ったの」

離婚のことは言わなかった。

「へえ、脱サラして農家の跡継ぎかい」

「いまどき、なかなかできないでしょ。そういう気骨のある人だから、とにかく蕎麦と真摯に向き合ってるわけ。いまは天候リスク対策のために奔走してるんだけど、どうやって蕎麦で儲《もう》けるか、じゃなくて、どうやればよりおいしい蕎麦を食べてもらえるか、それだけを考えてるわけ。蕎麦懐石コースにすれば客単価が高くとれるし、蕎麦はちょこっと出すだけですむ、なんて姑息《こそく》な計算してるタカオなんかとは大違い」

不満をぶちまけるほどに怒りがこみ上げ、ミサキは憤然とマッコリを飲み干した。昔はあんな男じゃなかったのに、なんでああなっちゃったんだろ。悔しさもこみ上げて、はあ、と嘆息していると、オモニが座卓に肘をついて身を乗りだした。

「あんた、惚れたんでしょ、その和哉って男に」

どきりとした。

「べつにそんなんじゃないよ」

とっさに繕ったものの、

「いいや、そんなんだと思うよ。いまのあんたの顔、タカオと付き合いはじめた頃とおんなじだし」

にやにやしながら指差されて、ミサキは俯《うつむ》いた。シティホテルのレストランで和哉さんへのときめきを自覚して以来、これはいけないことだ、と自分に言い聞かせてきた。なのに、こうもあっさり見抜かれると慌ててしまうが、実際、あれから何度も和哉さんの夢を見た。

ミサキは金砂郷に移住して和哉さんと二人、山間の一軒家で蕎麦屋をやっている。朝は二人で蕎麦畑に行って耕し、午後からは和哉さんが畑に残り、ミサキは店に出向いて玄蕎麦を粉に挽き、蕎麦を打ち、蕎麦前を誂《あつら》えて客を迎える。夕暮れどきになると、畑仕事を終えた和哉さんも店にやってきて、蕎麦前でゆったりと酒を愉しんでから蕎麦切りを手繰る。

夢の中で綴られた日々は、和哉さんと二人きりの、のんびりとした蕎麦生活だった。現実には隣でタカオが寝息を立てているのに、ミサキは和哉さんのために蕎麦を打ち、和哉さんが舌鼓《したつづみ》を打ってくれる甘い暮らしを夢想していたのだが、あんた、惚れたんでしょ、と指摘されて初めて、和哉さんが一人の男として生々しく浮かび上がってきた。

「ほら、やっぱ図星だった」

オモニは動揺しているミサキをからかいながらマッコリを注ぎ足し、

「そんな湿っぽい顔するもんじゃないわよ。女ってもんは、いくつになっても恋心を忘れたらおしまいなんだから、けっして悪いことじゃないよ。そういうことは、結婚していようがいまいが関係ないし、惚れた男ができたら思いっきり胸をときめかせればいいの」

そう言われて、え、とミサキは顔を上げた。和哉さんへの恋心を肯定されるとは思いもしなかっただけに、嬉しいような後ろめたいような気持ちでいると、

「ただ、これだけはきちんと言っとくけど、恋心と現実は別ものだからね」

ミサキの目を射すくめ、母親のような口調で続ける。

「あんたの現実は、タカオの奥さんなの。タカオが馬鹿なことをやってると思うんなら、その馬鹿をなんとかできるのは、あんたしかいないの。だからいいこと、胸がときめく男を心の支えにして、目の前に立ちはだかってる現実をどうにかする。いまのあんたにできることは、それしかないの」

翌日、ミサキは午後三時で店を閉めた。

まだ場内の引っ越し期間中とあって相変わらず客は少ないし、常連さんは全員、午前中にやってきたから早仕舞いしても問題ないと判断した。

タカオは朝から増岡と連れ立って外出してしまった。またあたしの一人営業？　と文句を言ったものの、

「今日は都内の企業めぐりに行くんだよ。客単価が高い商売を成立させるためには、接待需要を見越した企業の人脈作りが大事だからさ」

おれはおれで忙しいんだ、とばかりにそそくさと飛びだしていった。

企業の人脈作りって、そんなの蕎麦屋がやること？　と言い返したかったが、もはや何を言ったところで聞くわけがない。

こうなったらタカオはタカオ、あたしはあたしだ。そう割り切って、手早く店の後片づけをすませると、『明朝の仕込みまでに戻ります』と書き置きしてシャッターを閉め、軽トラックがある駐車場へ急いだ。

常磐自動車道は思ったより空いていた。軽トラのエンジンを全開にして茨城方面へ飛ばし、二時間半かけて秋の紅葉真っ盛りの金砂郷に到着した。

今日は早仕舞いして和哉さんに会いに行こう。そう思い立ったのは、けさ方、蕎麦を打っているときだった。オモニからゆうべ、恋心と現実は別ものだからね、と釘を刺されたことで、逆に恋心に駆られてしまい、すぐにでも和哉さんに会いたくなった。

夕暮れどきの山道を辿って圷家の近くまでやってくると、洗濯物を取り込んでいた母親の初江《はつえ》さんが気づいて目を丸くした。

「あらまどうしたの、おとついヤッさんが来たばっかだよ」

「え、ヤッさんが来たんですか？」

ミサキもびっくりした。跡継ぎ息子に会いたいと、わざわざ配送トラックを乗り継いできてくれたのだという。そういえば、ミサキが圷家で世話になっていた当時も、ヤッさんがサプライズで訪ねてくれたことがあるが、今回も人知れず気にかけてくれていたと思うと嬉しくなった。

「和哉さんは？」

「まだ畑」

一人で居残っていると言われてほっとした。運よく二人きりで話せそうだ。あたしもちょっと畑を見てきます、と言い残し、豪雨の日に転んだ狭い山道をそそくさと駆け上がった。

蕎麦畑に辿り着くと、和哉さんは夕焼け空のシルエットになって畑の農具を片づけていた。

「和哉さん！」

自分でも驚くほど可愛い声をだして呼びかけると、

「おお、どうしたんだ」

初江さんと同じように目を丸くしている。

「蕎麦がどうなってるか気になっちゃって」

本当は会いたくて飛んできたのに、急に恥ずかしくなって照れ笑いしていると、和哉さんは畑一面に広がる蕎麦を見やって、

「あれからぐんぐん持ち直して、こんな立派に育ってくれてね」

と目を細めている。

蕎麦に近づいてみると、茎の先端にぷちぷちと実っている粒々が、五、六割ほど黒ずんでいる。この黒化率が七割ほどになったら刈り取り時期とされているから、まさに収穫目前の状態だ。

「あの豪雨をものともしなかったやつらだから、中身もしっかり詰まってんだよな」

指先で実をつまみ取り、ミサキの手のひらにのせてくれる。

「ああ、いい蕎麦が打てそうですね」

「だろ?」

にんまりと目尻を下げた和哉さんの笑顔が眩しくて、

「なのにタカオったら」

つい愚痴《ぐち》が口を突いてしまった。

「何かあったのかい?」

「いえ、あの」

口ごもっていると、座ろうか、と和哉さんは畑道に腰を下ろした。一瞬、ためらったものの、すぐに肩を並べて腰を下ろすと、

「何があったんだ? 話してよ」

もう一度、促された。

その抑えた声に背中を押されて、紅の空を仰ぎながらタカオの暴走ぶりについて話した。せっかく素晴らしい新蕎麦が収穫できても、このままでは満足のいく蕎麦が打てそうにない。それが申し訳なくて、と苦しい胸中を打ち明けた。

和哉さんは黙っていた。ミサキの告白に相槌《あいづち》ひとつ打つことなく、ひたすら沈黙を保っている。

何を考えているんだろう。ふと不安になった。わざわざ金砂郷まで押しかけてきて、夫への不満をぶちまけているあたしに呆れているんだろうか。

その沈黙の意味がわからなくて和哉さんの顔色を窺《うかが》っていると、不意に問われた。

「で、ミサキちゃんはどうしたいの？」

少し考えてから答えた。

「あたしは、自分が納得する蕎麦を打ち続けたいだけです」

本音だった。ミサキが望むものは本当にそれしかない。

「だったら、そうしていればいいんじゃないかな。だれが何と言おうと、ミサキちゃんは自分が納得する蕎麦を打ち続ける。それで店が潰れたんなら諦めがつくけど、妥協を重ねた挙げ句に潰れたら立ち直れないと思うんだよね。タカオさんはタカオさんで必死なんだと思うし、それを非難するつもりはない。ただ、ミサキちゃんには意地でも自分を貫き通してほしい。それが職人の生き方だと思うし、ぼくもそういう気持ちで蕎麦と向き合ってるし」

穏やかに諭されて、はっと気づいた。和哉さんはヤッさんと同じことを言っている。

「あの、ひょっとしていまの話、ヤッさんから聞きました？」

思いきって確認した。和哉さんに会いにきたのなら話題に上った可能性がある。

「いや、ヤッさんとは天候リスク対策の話をしただけだ。そば処みさきの名誉従業員として、玄蕎麦が安定供給される仕組み作りに協力させてほしい、と言ってくれてね」

「あ、そうなんですか」

「ああいう人がいてくれるんだから、ミサキちゃんは幸せだと思うよ。ふつう、そこまでしてくれるもんじゃないし。その意味でも、たとえ夫婦で意見が違ったとしても、ここでブレちゃいけないと思うな。もちろん、ぼくも志は同じだから、旨い蕎麦のために一緒に頑張っていくつもりだけどね」

和哉さんは静かに微笑み、ぽんと肩を叩いてくれた。

胸が疼《うず》いた。恋心と現実は別もの、という言葉もわかるけれど、あたしにとっての現実は、やっぱこの人なんじゃないのか。そんな思いが湧き上がってきた。

気がつけば蕎麦畑は夕闇に包まれている。

7

数多《あまた》の混乱を乗り越えて豊洲市場が開場した十月十一日の朝。そば処みさきに胡蝶蘭《こちょうらん》が届いた。

添えられた立札には聞いたこともない会社の名前が書かれている。おそらくはタカオが築いた企業人脈の賜物《たまもの》だろうが、正直、ミサキには忌まわしい花にしか見えなかった。そば処みさきが二本立て営業に切り替わる日の象徴とも言うべき花だからだ。

ただし、今日からの二本立て営業は、タカオの当初案とは違う。朝昼はミサキ一人で営業し、夜は蕎麦懐石に合わせて蕎麦だけ打つ。これが当初案だったが、金砂郷から帰ったミサキは宣言した。

「二本立てになったら、あたし、朝昼しか蕎麦は打たない。夜の蕎麦には一切関わらない」

やっぱあたしには蕎麦しかない。蕎麦を軽んじるような仕事は絶対にやらない。改めて、そう腹を括っての決断だった。

当然ながらタカオは強く反発した。

「それはないだろう！　うちの店はミサキの蕎麦が売りなんだぜ」

「あたしの蕎麦が売りなら、蕎麦懐石なんかやる必要ないじゃん」

「だから、それは何度も話したろう。これからは付加価値をつけなきゃダメだって」

しかしミサキは譲らなかった。

「とにかく、あたしは蕎麦だけで勝負したいの。あたしが納得のいく蕎麦だけ打ってお客さんに喜んでもらいたいの」

何と言われようと頑として突っ撥《ぱ》ね続けていると、あまりの強硬姿勢にタカオも根負けしたのだろう。

「わかった。そういうことなら、おれたちも何があろうと朝昼の営業には一切関わらない」

いいな、と逆に宣言された。

以来、二人は冷戦に突入し、タカオとは口を利いていない。事務的な会話すら交わすことなく、ミサキは毎日一人で朝八時から昼一時半まで蕎麦を打ちながら店を回した。幸か不幸か、豊洲市場が開場した影響で客足が落ちているから、一人でもどうにか回せた。そして昼一時半を回ると即座に店を飛びだし、街をぶらぶらして過ごした。

一方のタカオは、どこからかパートのおばさんを見つけてきて増岡と三人で夜営業に臨んでいる。朝昼は邪魔な胡蝶蘭を厨房の奥に引っ込めているのだが、夜になるとタカオが店頭の目立つところに並べ直し、朝昼とは一変、ネクタイにダークスーツ姿で訪れる接待客を媚びた笑顔で迎え入れている。

　その後、お凌ぎの蕎麦鮨や締めの蕎麦に増岡がどんな蕎麦を使っているのか。いまやまったくわからないが、何を使っていようと知ったことではない。もはや夜は別の店だと割り切って、たまに店内でタカオや増岡とかち合っても淡々とやり過ごしている。それは二階の自宅にいるときも同様で、これを家庭内別居というのだろうか、おたがいにあえて干渉しないようになり、できるだけ顔を合わせないように行動した。

　この男とはもうおしまいだ。そう思うほどに、ミサキの肩には、あのときの感触がよみがえる。夕暮れどきの金砂郷の蕎麦畑。逡巡《しゅんじゅん》しているミサキに本気で寄り添ってくれた和哉さんが、ぽんと肩を叩いてくれた。ごつくて大きな手に宿っていた温《ぬく》もりとやさしさを思い起こすたびに、ミサキの胸には、ほのかな明かりがぽっと灯る。

　そういえば、夕闇に包まれた蕎麦畑から山道を下ってくるとき、それとなく聞きたくなったものだった。

　いま彼女はいるの？

　離婚後のことを知りたかったからだが、聞けなかった。和哉さんもまた、あたしを思ってくれているんじゃないか。いつの日か思いを打ち明けてくれるんじゃないか。そんな妄想を膨らませながらも何も聞けないまま、その晩、金砂郷を発《た》つときも、じゃあまた、としか言えなかった。

あたしはこれから、どうしたらいいんだろう。あたしはいったい、どうやって生きていけばいいんだろう。

焦燥感にも似た切なさに駆られつつ、二本立て営業になって一週間が過ぎた。

場内市場がそっくり消え去った築地の街には、相変わらず摑みどころのない虚脱感が漂っている。とりわけ朝の早い時間帯は、プロの仕入れ人やターレの行き来が極端に減ったため、だれもが拍子抜けした面持ちでいる。午前八時近くになれば、いまや当たり前のように外国人観光客が押し寄せてくるから、それなりに活気は出てくるものの、やはり違和感は否めない。

それでもミサキは黙々と蕎麦を打ち続けている。余計な雑音には耳を貸さず、ひたすら蕎麦を打ち続け、ざわつく心を抑え込もうとしている。

常連の高鉄さんから久々に声をかけられたのは、そんなある日の朝だった。いつものように午前八時ちょうどに来店し、せいろ二枚を手繰り終えたところで、

「午後四時半頃、うちへ来てくれるかな」

ぼそりと告げられた。

賑々《にぎにぎ》しい新橋駅前の飲食店街を抜け、西新橋に入ると一転してオフィスビルとマンションが立ち並ぶ静かな街並みが広がった。

こんな街外れに飲食店なんかあるんだろうか。訝りながらも狭い路地を進んでいくと、小さなマンションの一階に『割烹たかてつ』と行燈《あんどん》を掲げた小体《こてい》な店があった。

この時間、まだ暖簾は掛けられていない。ガラス格子の引き戸をノックして、ちょっとだけ開けて店内を覗いた。

「おう、来たか」

黒光りするカウンター席にいる角刈り頭の男が振り返った。

まさかヤッさんがいるとは思わなかった。カウンターの中には和の調理白衣をまとった高鉄さんがいて、まあ座ってよ、とヤッさんの隣を指差す。営業は夜六時からだが今日は早めに仕込みを終えたそうで、ビールいくかい？と勧められた。

すると、すでに飲みはじめているヤッさんが、ほれ飲め、とグラスに注いでくれる。

営業前の高鉄さんは飲んでいないが、ありがたく口にすると、

「ミサキは、もう豊洲に行ったんだろ？」

ヤッさんに聞かれた。

「まだちょっと」

店のドタバタでそれどころではなかった。

「なんだ、おれなんか連日通ってるぞ」

「みんな、ちゃんとやれてるの？」

噂で聞いたところでは、築地時代より仲買店の敷地が狭くなった、通路も狭いからターレが走りにくい、場内の動線がなっていない、都心からの交通の便が悪い、とまあ不満だらけの施設らしいから、みんな大変な思いをしているんだろうと思った。

「大丈夫だ、もうみんな元気にやってる」

「え、そうなの？」

「開場初日は通常の五割増しの魚がどっと集まってきたから、そりゃもう大騒ぎになっちまった。それでも、器は変わっても中身は河岸《かし》の人間がそっくり移ってきたわけだから、一週間もしねえうちに築地時代と変わらねえ雰囲気になってた。まあもちろん、不満を言いだしたらきりがねえし、不安がねえといったら嘘になる。だが、これからは豊洲市場にぶつくさ言うより、豊洲市場をなくさねえように頑張らねえといけねえしな」

「なくさないように？」

ミサキが首をかしげると、これには高鉄さんが答えてくれた。

「いまどきはネットの時代だから、産地と小売業者が直接売り買いする市場外流通がますます増えてるんだよ。そのせいで、市場を通した取り引きは築地市場がピークだった頃の半分ほどになってるそうだから、無事に移転できたからって安心してられないわけだ。実際、おれの店にも、携帯でポチッと注文すればすぐ届きます、なんて売り込みがくるし、みんながそっちに流れたら、豊洲市場なんて単なる巨大物流センターに成り下がっちまうし」

言われてみれば、ミサキもまた市場を通さずに玄蕎麦を仕入れているわけで、これも時代の流れというものだろうか。するとヤッさんが身を乗りだした。

「まあしかし、今回の移転もそうだったが、河岸の人間は強《つえ》えからよ。びしっと気持ちを切り替えて、築地仕込みの魚の目利きだけはだれにも負けねえ、って根性入れて頑張れば、きっと乗り切れると思うんだよな。ネットも便利だろうが、人と人が触れ合って、これぞって魚を売り買いする場は掛け替えのねえものだ。だからおれは、今後も河岸の人間にがっちり肩入れしていこうと思ってんだよな」

そう言ってビールをぐいっと飲み干すと、

「で、ここからが本題なんだが」

ミサキに向き直って言葉を継ぐ。

「高鉄の話だと、最近、おめえの蕎麦が妙なことになってるらしいじゃねえか。ここんとこおれは、あれこれ手一杯でしばらく食ってなかったが、高鉄がえらく心配しててよ。いったいどうしちまったんだ?」

「どうって言われても、あたしの蕎麦のどこが妙なんです?」

高鉄さんに目を向けた。何か気に入らないなら、ヤッさんを通さず直接言ってくれればいいのに、と思ったからだが、高鉄さんはミサキの内心を見透かしたように言った。

「こういう話をミサキちゃんの店ですると、ほかにも客がいるから客商売としちゃまずいだろう。だからヤッさんにも来てもらって、きちんと話そうと思ったんだけど、このところのミサキちゃんの蕎麦は、はっきり言って腑抜《ふぬ》けちゃってるんだよな」

「腑抜けてる？」

むっとして睨みつけた。

「いや言葉が悪かったら許してほしいけど、とにかく不思議なもんで、蕎麦ってやつは打ち手の体調とか精神状態とかで打ち上がりがまるで違ってくるんだよな。それはおれの割烹料理も同じだから自戒も込めて言ってるんだが、疲れてたり、苛ついてたり、心が浮ついてたりすると、それが全部、味や仕上がりに現れてしまう」

わかるかい？　とミサキの目を見据える。無言のまま目を伏せた。わざわざ店に呼ばれて吊るし上げられるとは思わなかった。

それでも高鉄さんは続ける。

「ここ最近、ミサキちゃんの店には、いろんなことが起きている。それはおれたち常連もわかっているけど、客が余計な口出ししちゃいけないと思ってみんな黙ってるんだ。ところが、ここ一週間ほどは目に見えて蕎麦がひどくなってきたもんだから、このまま黙ってたらヤバいんじゃないかと、さすがに心配になってね。で、ヤッさんとも話したんだけど、この際、ミサキちゃんは気晴らしをしたほうがいいと思うんだ」

「気晴らし？」

いまそんなことをしている時間はない。

「いや、無理にでも時間をつくったほうがいいと思う。おれみたく外から出入りしてるとよくわかるんだが、ここにきて豊洲に移った連中も、築地に残った連中も、自分らが思ってる以上に疲れちゃってるんだよな。そのひずみが、一見、関係なさそうなミサキちゃんの店にも影響を及ぼして、夫婦でぎくしゃくしちまってる。そんな状況をおれたちも黙って見てらんなくなってさ。実際、このところお客も減ってきてるだろ？」

「いえ、それは場内が豊洲に移ったからで」

「移転のせいにしちゃダメだ。夫婦がぎくしゃくしはじめてから、ミサキちゃんの蕎麦は腑抜けてきた。それで客離れがはじまってるってことに気づかないと、店なんてもんはあっというまに潰れるからね」

「でもヤッさんからは、一途《いちず》に蕎麦を打ち続けろって言われたし」

ヤッさんを見やると、

「さて、本当に一途に打ってたかな。タカオに嫌気がさして、ほかの男に目移りしたりしてんじゃねえのか？」

皮肉めかして言われてどきりとした。だれから聞いたんだろう。オモニだろうか。あるいは、ヤッさん一人で金砂郷を訪ねたそうだから、まさか和哉さん本人だったりして。

「いやもちろん、おれはそこを追及したいわけじゃねえ。とにかく高鉄も言ったように、ミサキはあれやこれやの異変に巻き込まれて疲弊しきっちまって、精神的に不安定になってると思うんだよな。だから、ここらでちょいと気晴らしでもしねえことには、店どころかミサキ自身が潰れちまうと高鉄もおれも心配になってよ。で、考えたんだが、京都なんかどうだろう」

「京都？」

「ミサキとは旅したことがねえから、おれが若え時分《わけ》に料理修業した街をゆっくり案内してやろうと思ってよ。せっかくの機会だから、たまには骨休みしろ」

このタイミングで京都。何やら思惑がありそうな気がして、

「でも店があるし」

やんわりと拒んだが、たたみかけられた。

「この際、店のことは忘れろ。いまミサキは一人で朝昼だけやってんだろ？　だったら二、三日休養したところでタカオの蕎麦懐石に影響はねえし、ちょいとミサキを借りるっておれから伝えとくよ。常連たちだって、ミサキの旨い蕎麦が復活するためだ、しばらく辛抱してくれるよな？」

目顔で高鉄さんに問いかけると、うん、と大きくうなずいている。

ここまで追い込まれては拒めない。仕方なくミサキもうなずいてみせた途端、

「よし決まった！」

ヤッさんがパンッと手を叩いた。

8

京都市街に入った直後に、交差点の信号が赤に変わった。すかさず運転席の政《まさ》やんが、プシッと排気ブレーキを鳴らして大型トラックを停車させると、

「おう、ここで降りるぞ」

不意にヤッさんが助手席のドアを開け放ち、ありがとな、と歩道に飛び降りた。慌てミサキも飛び降り、ドアを閉めた瞬間、信号が青に変わった。

「そんじゃまたな！」

政やんが金鎖のブレスレットをチャラチャラ揺らして手を振り、走り去っていった。

ヤッさんと昔から懇意にしている政やんは、関東圏のほか関西、四国、九州と西日本各地も網羅している長距離トラックドライバーだ。けさの九時過ぎ、真新しい豊洲市場の駐車場で京都方面行きのトラックを探しているときにたまたま通りかかり、和歌山に行くついでだ、乗ってきな、と便乗させてくれた。

それからおよそ六時間半。途中、日本坂《にほんざか》パーキングエリアでの休憩を挟みつつ、政や

ん自慢のコクピットカラオケで歌いまくっているうちに京都に到着し、

「とりあえず祇園に行くか」

ヤッさんのひと声で近場まで来てもらったのだった。

時計は午後四時を回ったばかり。すぐさま走りだしたヤッさんについていくと、しばらくして京都市街を東西に貫く賑やかな繁華街に入った。ここが四条通《しじょうどおり》か、と周囲の風景を携帯の写真に収めていると、ほれ、先を急ぐぞ、とヤッさんに促された。

そのまま軽快な足どりで、平日から群れ集う外国人観光客をひょいひょい避けながら四条通を東へ進むヤッさんを追っていくと、やがて土産物店が並ぶアーケード街から〝花見小路《はなみこうじ》〟と刻まれた石標が立つ角を右折して祇園の中心街に入る。

八坂《やさか》神社の門前町として開けた祇園は、かつて花街だった名残から高級料理屋やお茶屋が何百軒と集まる一大歓楽街になっている。そのメインストリートたる花見小路を駆け抜け、細い路地へ左折。犬矢来《いぬやらい》と呼ばれる竹の囲いが置かれた京町家が軒を連ねる路地を進んでいくと、『祇園たまの』と小さな看板を掲げた料理屋があった。

その風情ある佇まいに魅せられてまたシャッターを切りはじめたミサキを尻目に、

「忙しいとこ、ごめんよ！」

ヤッさんはさっさと格子戸を開けて店に入っていく。慌てて後に続くと、長いカウンターの中で仕込みに励んでいる中年の板前が顔を上げた。

「なんやヤッさん、また京都に来たんかい」

包丁を片手にきょとんとしている。

「いや実は、あれから名古屋、静岡、沼津と立ち寄って東京に戻ったんだが、ちょいと野暮用ができちまってな」

ヤッさんが頭を掻いていると、まあ座んなよ、と板前がカウンターの椅子を勧める。

「おう、急にすまんな。こいつはミサキ。まあ娘みてえなもんだな」

「へえ、若い娘と一緒に野暮用かいな。そらお楽しみで」

からかうように言って板前は包丁を置き、親方やっとる玉野《たまの》言います、とミサキに頭を下げ、お茶を出してくれた。

親方はヤッさんが料理修業していた頃の同僚だそうで、その後、父親が営んでいたこの老舗料理屋を継いだという。どうりで気の置けない会話を交わしているはずだ。ちょっと安心してミサキも腰を下ろすと、ヤッさんがズズッとお茶を啜《すす》ってから親方に聞いた。

「実は、祇園むらもとって店を知らねえかと思ってよ」

増岡がいた料理屋の名前を口にした。やっぱそうだったか。そのひと言で、休養と称してわざわざ京都まで連れてこられた意図を理解した。

「ムラモトやて?」

はて、と親方は口をすぼめて考えてから、

「ああ、あの落下傘店《らっかさんてん》かいな」

苦笑いしている。

「落下傘店？」

ヤッさんが首をかしげた。

「いや、わしが勝手にそう呼んどるだけなんやけど、最近になってほかの土地から祇園に舞い降りてきた店のことや。けど勘違いせんといてや、けっしてよそ者を嫌《きろ》うてるわけやないで。祇園も昔より敷居が低うなってきたもんやから、いろんな人が店を開いて盛り上げてくれはるのは、街にとってもええことやと歓迎しとるんや。ただなあ」

言葉を切ると、親方はふと周囲を見回す素振りをしてから声をひそめた。

「まあヤッさんやから言うんやけど、なかには祇園の名前だけ利用して、ぼったくり商売をやっとる輩《やから》も一部におるわけや。跡継ぎがおらんようになった料理屋に居抜きで入りよるんやけど、そないな輩に限って、祇園の評判を落とすだけ落として、さっさと逃げてまう。せやから、ずっと祇園でやっとるわしらは、ほとほと迷惑しててな。こっちは長いことかけて信用を培《つちこ》うてきて、これからも祇園で商売していかなあかんいうのに」

まあ難儀なことやで、と嘆息し、再び包丁を手にして魚を捌《さば》きはじめる。

「なるほどなあ」

ヤッさんはまたお茶を啜り、しかし、その手の輩は、どんなあくどいことをやるんだ？　と重ねて聞いた。

「いやそれは」

親方は口ごもった。あれこれ引き合いに出すと差し障りがあるようだった。

「だったら、祇園むらもとに限って言えば、どうなんだろう」

ヤッさんが聞き方を変えた。

「まあその、グレーな店ってとこやろな」

言いにくそうな口ぶりだった。悪い噂はいろいろと耳にするものの、しれっと居座っている、ということらしい。

「結局、星なんてもんをもろてしもたさかい、妬《ねた》みやっかみと思われてもかなわんから、地元の人間としてはとやかく言えへんいうか」

「でも、そんな悪い噂がある店が星なんかもらえるんですか？」

ミサキが口を挟むと、親方は笑った。

「グルメガイド本かて商売や。いっつもおんなじ店ばっかり載せとったら本が売れへんやろ？　せやから毎年、ちょいと目新しくて話題になりそうな店に、一つだの二つだの星をつけてやるんやな。もし星つけて失敗した思たら翌年降格させたらええいう前提で、新鮮さを演出して新しいもの好きにアピールしとるわけや。けど、そこに目えつけて、星ウケする店づくりをする輩がおるんやなあ」

「そんなことできるんですか」

「まあ、これも噂の範疇《はんちゅう》やけど、そういうノウハウを聞き込んで、ガイド本の関係者に手え回して食い込む輩もおるらしいで」

要はネットのグルメサイトと同じことで、一歩裏に回れば生々しい話ばかりだそうで、そうと知っている地元の人間は惑わされたりはしないが、よそから遊びにくる無垢《むく》な人たちはまんまと乗せられる。

「わしらが食べたら、こないに原価かけとらん料理で四万も五万もとるんかい、て呆れてまうんやが、なんも知らん素人《しろうと》はんは、さすがは祇園の料理屋や、言うてぼったくられとるんやから、まあ申し訳のうてなあ」

真っ当な食材を使って真っ当な手間をかけた料理がそれなりの値段になるのは当然としても、上っ面だけの京料理が幅を利かせるほど腹立たしいことはない、と親方は憤る。

「ちなみに、その祇園むらもとで働いてた増岡っていう脇板は知ってるかな」

ヤッさんがさらに踏み込んだ。

「むらもとの脇板て、ああ、名前はわからへんけど噂だけは聞いとるで。悪さして叩きだされた輩がおったらしいな」

「え、グレーのむらもとから叩きだされたんだ。そりゃまた大した脇板だなあ」

呆れ顔のヤッさんに、親方が言い添えた。

「まあ類は友を呼ぶいうやつやろけど、そういう話は、わしなんかより市場の仲買さんのほうがよう知っとる思うで」

祇園むらもとの立ち位置を興味深く聞き込んだところで、実際の店舗を覗きに行くことにした。

花見小路を挟んで反対側の一角。祇園たまのと同じ伝統の京町家に入っている祇園むらもとに辿り着くと、夜は午後五時からの営業らしく、暖簾が掛けられたばかりのようだ。その佇まいも念のため写真に収めていると、

「どれ、店ん中を見てやっか」

予約をしていないのにヤッさんは格子戸を開け、

「ヤスってもんだが」

白木のカウンターとテーブルが二卓置かれた店内にずかずかと入っていき、厨房にいる板前たちの様子を観察している。その大胆な行動につられてミサキもこっそりシャッターを切っていると、着物姿の女性が飛んできて、

「あの、お名前が見当たらないんですけど」

予約帳を広げて見せる。

「おかしいなあ。だったら、いまから二人、いいかな」

じろじろと店内を見回しながらヤッさんが言った途端、

「うちは半年先まで満席です！」

着物女性が眉を吊り上げ、ほかの客の邪魔だと塩を撒《ま》かんばかりの勢いで追い払われた。

「いやひでえ厨房だったな」

路地を歩きだしたヤッさんが苦笑した。

直前まで仕込みに追われていたのだろう。調理台には野菜屑が散らばっていたし、まな板には数本の包丁がバラバラの向きで置かれていた。真っ当な料理屋だったら仕込み直後の掃除は当たり前だし、包丁はいつもきちんと定位置に並べられている。

結局、店内を見られたのは、ほんの一、二分だったが、それでも、実際の店に接したおかげで、玉野の親方が言った〝グレーな店〟という言葉がリアルに浮かび上がってきた。

「よし、今日はこれまでだ」

店を後にしたところでヤッさんに告げられた。陽も暮れたことだし、宿を探して休め、と言い添えるなり、どこかへ走り去っていった。

相変わらずマイペースな人だった。置き去りにされたミサキは仕方なく、ネットで四条烏丸《からすま》のビジネスホテルを見つけて投宿したが、ヤッさんは今夜、知人が管理している雑居ビルの機械室に泊まると言っていた。雨風は防げるものの、京都市内は十月半ばでも朝晩はぐっと気温が下がるらしいから大丈夫だろうか。

いささか心配しながら一夜を過ごし、翌朝の八時。待ち合わせた京都市中央市場に駆けつけると、ヤッさんは正門脇の空き地で筋トレに励んでいた。

健康あっての宿無し生活、と自覚しているヤッさんは、ジョギング移動に加えて毎日の筋トレも欠かさない。おかげでゆうべの野宿も屁でもなかったそうで、腹筋、背筋、腕立て伏せを余裕で百回ずつこなしたところで、よし、行くか、と歩きだした。

京都市場はプロ御用達だが、移転前の築地市場と同じく開放型のため、二人ともすんなり場内に入れた。

「ここも数年で閉鎖型になっちまうそうだが、これも時代の流れってやつだよなあ」

すでに忙しい時間帯を終えた仲買店を見て歩きながら、ヤッさんがしみじみと言った。

ほどなくして『森山《もりやま》水産』という看板を掲げた店に辿り着き、

「おう、また来ちまったよ」

ヤッさんが声をかけた。すると鱧《はも》のトロ箱を積み直していた禿《は》げおやじが憎まれ口を叩いた。

「なんや、また京都のおなご狙《ねろ》うて遠征してきたんか」

「馬鹿野郎、こっちは端っからおなご連れだ」

ヤッさんは言い返し、禿げおやじこと店主の森山さんにミサキを紹介すると、

「ちょいと聞きてえことがあってよ」

さらりと切りだした。

「金ならないで」

「金はいらねえから情報をくれ」

「そらまた金より高《たこ》うつくこと言いはるなあ」

はっはっはと声を上げて笑い、ほんで？　と先を促す。

「実は祇園むらもとにいた脇板の件なんだが」

ヤッさんが小声で言う。途端に森山さんは若い衆に、店番頼むで、と命じて店の隅に丸椅子を三つ置いて座り、声をひそめた。

「むらもとの脇板いうたら、仕入れをごまかしとったやつやろ？」

ミサキは息を呑んだ。

「ごまかしって、どうやってたんだ？」

ヤッさんがたたみかける。

「そこそこの魚を買《こ》うて、仲買店には上物《じょうもの》並みの納品書を切らせて、差額を折半して

懐《ふところ》に入れとったんや」

「そんなことして祇園むらもとの店主にバレなかったのか？」

増岡に加担していた仲買店も仲買店だが、気づかない店主も店主だ、と言っている。

「これまた呆れた話なんやが、店主の村本《むらもと》は料理のことは何もわからんやつやったから、増岡はやりたい放題やったみたいでな」

そもそも村本はバーテンダー上がりで、千葉で創業したダイニングバーで一発当てた。勢いに乗って東京に開いた支店も波に乗せ、つぎの進出先を探して京都に足を運んだ。そのとき、よその土地から祇園に出店して儲けている料理屋に出会い、これだ、と目をつけた。東京進出の際、ブランド力がなくて苦労しただけに、祇園ブランドを手に入れれば一気に飛躍できると閃《ひらめ》いたのだった。

早速、祇園の物件を探したところ、居抜き物件が見つかった。村本は千葉と東京の店を若手にまかせ、京都市内の料理屋から増岡のほか三人の板前を引き抜いて祇園むらもとを開いた。つまり、料理はすべて脇板の名のもと増岡に仕切らせ、当の村本は、昼は外回りのプロモーションに飛び回り、夜の数時間だけ親方づらして接客に努めたのだった。

「そんなやり方で祇園の店が成り立つものなんですか？」

思わずミサキは口を挟んだ。料理ができないのに料理屋の親方だなんて、ありえないと思ったからだが、森山さんは肩をすくめた。

「そらまあ舌の肥えた地元の客は、こらあかんわ、言うて触れ回るさかい、地元の人間は相手にせんようになる。せやけど村本は、端っから観光客相手の店にするつもりやったんやろな。祇園の料理屋いう看板のおかげで、ちょいと気張った器を並べて、京料理を齧《かじ》った板前がおるだけで素人はんは騙《だま》されはる。客の大半は関東やらから遊びに来よる観光客やから、えらく高《たこ》うついたけど、それも京都の思い出や、ぐらいのもんで喜んで帰りよるんやな。おまけに、プロモーションの効果で星をもろたりグルメサイトで上位になったりしたもんやから、中国やらヨーロッパやらからも、わけわからん外国人観光客が押し寄せてきて、そらもうウハウハいうやつや」

「やっぱグルメガイド本の威力って、すごいんですね」

玉野の親方の話を思い出してミサキは言った。

「そら素人はんには威力絶大や。星がついた途端、予約が殺到しよったんやから。そんで村本は調子に乗って、おまかせコース二万円を倍の四万円に値上げしよって、酒も飲んだら五万六万は当たり前の店にしてもうた。おまけにカードお断り、現金払いのみの店にしたいうのに、それでも予約が取れんようになったんやから、まあ笑いが止まらへんわ」

つぎは京都嵐山《あらしやま》に二号店、東京銀座に三号店をオープンさせる、と村本は言いだし、店には顔を見せずに駆け回りはじめた。

「店主がそないになったら、そら実質的に店を仕切っとる増岡だって図に乗るわな。半年先まで満席御礼になっとる店の大枚の売上げ金を、ちょろまかすようになったわけや」

仕入れのごまかしも小遣い銭になるが、現金商売の売上げ金には、それにも増して旨味がある。一気に金回りがよくなった増岡は、店を終えた深夜に祇園のクラブ街に繰りだして豪遊するようになった。結果、夜の街で儲けた金は夜の街に消えるという典型で、その噂がいつしか村本の耳にも届くようになった。

「そんでまあ、村本が探りを入れよったら、瞬く間に増岡の悪行が発覚したわけや」

森山さんは肩をすくめた。

「てことは、増岡は一度はお縄になった身ってわけか」

ヤッさんが聞く。

「いや、それはなかったみたいやな」

「しかし増岡がやったことは、立派な横領だろう。なんで村本は訴えなかったんだ？」

「それがまあ呆れた話で、もし増岡を訴えたら祇園むらもとの脱税もバレてまうから、訴えるに訴えられへんかったんやな」

脱税の手口はいたって初歩的なもので、毎日現金で入る売上げから何割か抜いて裏金としてストックしていた。その金は星を獲得する工作資金などに使っていたらしく、実質的に店を仕切っていた増岡がそれを知らないわけがない。要は増岡も共犯者だったわけで、これでは横領に気づいた村本も邪険には扱えない。手切れ金がわりに増岡の横領を見逃して店から追いだした、というのが真相だという。

「ただ、増岡としては悔しかったんやろな。イタチの最後っ屁やないけど、店で使《つこ》うた魯山人やら乾山やらの名品を持ちだしたいうんやから、まあたいしたタマや。せやけど、なんも知らん観光客は、いまも半年待ちで祇園むらもとにやってきて、ぼったくられとるんやから、ほんまに可哀想なもんやな」

森山さんは嫌々をするように首を振った。

9

梅小路《うめこうじ》公園の木々は、早くも紅葉しはじめていた。

京都市場の間近にある広大なスペースに、芝生広場、日本庭園、河原遊び場のほか水族館や鉄道博物館まで設けられた憩いの都市公園だ。

京都市場の森山さんの口から、増岡と祇園むらもと店主のとんでもない話を明かされ、いささか重い気持ちになったこともあって、

「ちょっと休んでいくか」

とヤッさんが連れてきてくれた。

道すがらミサキが自販機で缶コーヒーを買い、園内に置かれていたベンチで肩を並べた。

「しかしまあ、えらいやつと関わり合いになっちまったもんだよな」

秋空を見上げながらヤッさんが言った。

「あくまでも噂話だって森山さんは念押ししてたけど、やっぱ本当の話だよね」

ミサキも空を見た。

「まあそうだな。昨日会った玉野も仲買の森山も、昔から懇意にしてるやつなんだが、二人とも根も葉もない噂を言い触らすような男じゃねえ。リアルに受け止めたほうがいいだろうな」

ヤッさんの言葉に、シャイな物腰とは裏腹な増岡という男に空恐ろしさを覚えた。と同時に、そんな男に店の将来を託そうとしているタカオが初めて不憫《ふびん》に思えてきた。

市場移転が延期になる前は真っ当に頑張っていた。なのに、二年間の混乱の中で移転後の経営に不安を抱いたばかりにタカオは迷走しはじめた。星つき料理屋の脇板という触れ込みと手土産《てみやげ》がわりの魯山人や乾山に目が眩《くら》み、増岡頼みの蕎麦懐石路線に突き進んでしまった。このまま手をこまねいていたら、いずれ増岡は本性を現すに違いない。

というより、すでに仕入れをごまかしたり、売上げ金をかすめ取ったりしているのではないか。そればかりか、タカオも増岡に感化され、裏金作りに走ったり星の裏工作に励んでいる可能性だってなくはない。

悪い想像を膨らませるほどに血の気が引いた。夫婦二人で一から築き上げてきた店が滅茶苦茶にされる。そう思うほどに悔しさがこみ上げ、こんなことでそば処みさきが終わってしまうなんて絶対に嫌だと思った。

「あたし、築地に帰る」

ミサキは言った。

「帰ってどうすんだ」

穏やかに問い返された。

「タカオに本気でぶつかって、徹底的に話し合う。最近は口を利くのも嫌になってたけど、もうそれしか解決策はないし、夫婦の店の危機は夫婦で乗り越えなきゃいけないと思った」

言葉を選びながら答えた途端、

「初めてその言葉が出たな」

ヤッさんがにやりと笑い、思いを馳せるようにしばし遠くを見てからまた問う。

「タカオと一緒になって何年になるかな」

「確か、七年目」

「七年か、早《はえ》えもんだなあ。七年も一緒にいると倦怠期《けんたいき》ってやつに見舞われる夫婦も多いらしいが、おめえたちがそれだったかどうかは別として、いまの言葉を聞いて、正直、ほっとした。夫婦の店の危機は夫婦で乗り越えなきゃいけない。おめえが本当にそう思ったんだとしたら、京都に連れてきた甲斐《かい》があろうってもんだ。だから、ちょいと早《はえ》えかもしれねえが、ここで思いきって種明かしをしとこうと思う」

「種明かし？」

「タカオに本気でぶつかって話し合うとなりゃ、本当のことを言っといたほうがいいしな」

ミサキは小首をかしげた。するとヤッさんは角刈り頭をぞろりと撫で上げ、押し殺した声で言った。

「実は、増岡と祇園むらもとの正体は、高鉄の店で話したとき、すでにわかってた」

思わずヤッさんを見た。

「いや、怒らないでくれ。おめえから初めて増岡のことを相談されたあと、京都の人間に聞き込んでみたんだよな。そしたら、たまたま森山がさっきの話をしてくれたんで、おめえたちに伝えなきゃいけねえと思った。ただ、あんときのミサキは、蕎麦を打てば腑抜けちまうし、よその男に岡惚れしちまうしで、ぐだぐだになってた。それはタカオもおんなじで、増岡にそそのかされて迷走の真っ最中だった。おれの口から京都の話をしたところで、疑心暗鬼のおめえらにはちゃんと伝わらねえだろうし、ますます夫婦の溝が深まっちまう気がしてよ」

考えた末にヤッさんは、最近のミサキをよく知る高鉄さんに相談した。すると、同じように憂えていた高鉄さんから、京都に連れだしたらどうか、と提案された。先に迷走しはじめたタカオよりは、ミサキのほうが目を覚ましやすい。まずは現実から切り離し、祇園や京都市場に足を運んで現地の人の口から聞いたほうが、ミサキの頭も整理がつきやすいだろうし、タカオが食いものにされかけている状況もリアルに伝わるに違いない。

その上で、事の真相をミサキからタカオに伝えさせれば、事態の収拾だけでなく夫婦関係の修復にも繋がるのではないか、という高鉄さんの提案にヤッさんも賛同したのだった。

「じゃあ、玉野の親方も森山さんも、わざわざあたしのために会ってくれたの？」

ヤッさんがこくりとうなずいた。

胸が熱くなった。そこまでしてくれたヤッさんと高鉄さんのやさしさが身に染みて、ミサキは再び秋空を見上げ、こみ上げる涙を堪《こら》えた。

築地に戻ったのは、その日の夜十一時過ぎだった。

タカオときちんと向き合うためには、閉店後のほうがいい。そう判断してヤッさんとは梅小路公園で別れ、夜まで京都の街を散策した。北大路《きたおおじ》にある蕎麦の名店を二軒はしごしたり、錦市場《にしきいちば》のだし巻卵専門店や湯葉《ゆば》専門店を訪ねたり、宇治《うじ》まで足を延ばして抹茶に親しんだり、思いつくままに京都の食を味わい、夜八時の新幹線に乗って帰ってきたのだった。

すでにシャッターが下りている店の二階に上がると、タカオは居間のソファでうたた寝していた。このところのごたごたで、タカオもまた疲れているのだろう。ちょっとばかり躊躇《ちゅうちょ》したが、話すなら今夜しかない。

「ねえ、起きて」

体を揺すった。寝ぼけ眼のタカオがむっくりと体を起こし、

「どこ行ってたんだよ、勝手に仕事休んで」

ガラガラ声で怒られた。かまわずたたみかけた。

「顔を洗ってきて。大事な話がある」

真顔で迫るミサキに異変を感じたのだろう。タカオは一瞬、何か言い返しかけたが、ふと口をつぐみ、黙って洗面所へ向かった。

久しぶりに二人分のコーヒーを淹《い》れて待っていると、ほどなくしてタカオが緊張した面持ちで戻ってきた。

いよいよ正念場だ。ミサキは身構えた。七年目の妻として、そば処みさきの共同経営者として、今夜、きっちり決着をつけよう。そう自分自身に言い聞かせ、おもむろに携帯電話を差しだした。

「これ、見てほしいんだけど」

京都で撮ってきた写真だった。祇園たまの、祇園むらもと、京都市場の森山水産など、現地を訪ねてきた証拠写真を見せながら、玉野の親方と仲買の森山さんから聞いた増岡の正体について順を追って話した。

タカオは最初、戸惑っていた。突如、京都の話をはじめたミサキを訝しげに見ていたが、仕入れのごまかし、売上げ金のちょろまかしと脱税の片棒担ぎ、さらには乾山と魯山人の出どころに至るまで、増岡の裏の顔が明らかになるにつれて、みるみる顔色を変えていった。

「この話は、ヤッさんが裏で動いてくれたおかげでわかったことなの。常連の高鉄さんとも相談して、わざわざあたしを京都に連れだしてわからせてくれたの」

すべてを打ち明けたところで、ミサキは付け加えた。

タカオは言葉を失っていた。初めて明かされた増岡の正体をどう受け止めていいのかわからないのだろう。コーヒーに手をつけることも忘れて茫然《ぼうぜん》としている。

ミサキは続けた。

「でもね、あたし、思ったの。これってタカオだけを責めちゃいけないなって。なんでタカオは不安になったのか。なんでタカオは暴走しちゃったのか。よくよく考えてみると、実は、あたしにも責任があるって気づいたのね。あたしは蕎麦打ち職人として、蕎麦のことさえ考えていればいいと思い込んでた。一途な蕎麦馬鹿でいることが、かっこいい、とも思ってた。けどそれって、実はタカオに甘えてただけだったんだよね。あたしが蕎麦馬鹿でいるために、どんだけタカオに負担がかかっていたか、あたしは気づけないでいた。蕎麦を思いやるのと同じぐらい、タカオのことも思いやらなきゃいけなかったのに。だから、ヤッさんからも叱られた。今回のことは、そば処みさきの経営問題じゃねえ、おめえら夫婦の問題なんだ、って。このまま夫婦仲が冷え切っちまったら、あの増岡のことだ、夫婦不和に付け込んで店ごと乗っ取るぐれえのことは十分考えてるはずだ。そんな事態にまで追い込まれちまったのは、すべておめえら夫婦の至らなさゆえだ。いつまで喧嘩してるつもりだ！　って」

ミサキは言葉を止め、大きな息をついた。その瞬間、タカオがゆっくりと顔を上げ、呻《うめ》くような声を吐いた。

「殴れ」

え？　とタカオを見やると、思い詰めた顔で言葉を継ぐ。

「ミサキが言いたいことはよくわかった。それでも、一番悪かったのはおれだ。ひと回り以上も歳上のくせして浅はかだった自分が恥ずかしくてならない。だから、殴ってくれ。そうじゃないとおれの気がすまない」

「けど」

「いいから殴れ。これは儀式だ。おれたちがやり直すための儀式だから、思いきり殴れ！」

最後は涙声で懇願された。

ミサキは、もう一度、大きな息をついた。そして、すっかり冷めてしまったコーヒーをゆっくりと飲み干してから腰を浮かせ、夫婦二人にまとわりついた邪気を振り払うように、力一杯、タカオの頬を張り飛ばした。

10

脱穀《だっこく》したばかりの新蕎麦と一緒に和哉さんが築地にやってきた。

先日の予測通り、あの大雨にもかかわらず収穫量は幸い、例年にちょっと欠ける程度だったそうで、

「さあ、今年も旨い蕎麦打ってくれよ」

玄蕎麦を詰めた袋をどすんと床に置いて和哉さんは微笑んだ。

「ありがとうございます。ほんとに、ほっとしました」

ミサキが礼を言うと、店の奥からタカオが飛んできて、

「わざわざすいません。今後とも頑張りますんで、よろしくお願いします！」

恐縮した面持ちで頭を下げた。

早いものであれから一か月が過ぎた。そば処みさきは夜の蕎麦懐石を打ち切り、再び蕎麦メインの店に復帰して、営業時間も以前と同じ午前八時から午後四時までに戻して頑張っている。

こんなに早く原点帰りできたのは、タカオの速やかな行動のおかげだった。夫婦の儀式を終えた翌日には、早速、増岡の周辺に探りを入れ、三日としないうちに彼の怪しい動きを摑んできた。

蕎麦懐石の魚介は、かつてタカオが出入りしていた縁から高級魚専門の『浜中《はまなか》鮮魚商店』に増岡を紹介し、豊洲に移転した直後から仕入れていた。その帳場を預かる女将《おかみ》が、増岡がごまかしを持ちかけてきた、と証言してくれたのだ。

「最初は関西人の冗談かと思ったんだけど、おたくにもメリットがあるんやからって、こそこそ何度も持ちかけてくるもんだから、途中から相手にしないようにしてたの」

なにしろ店主にして夫の浜中さんは、慣れない新市場での仕事に忙殺されていた。当面は女将の胸に納めておき、いずれ落ち着いたところで店主とタカオ、両方を呼んで打

ち明けようと思っていたという。

そうと聞いて、タカオは野菜や鰹節《かつおぶし》の仲買店にも探りを入れた。すると、そっちもまったく同じ状況だったため、増岡を問い詰めて懲戒解雇した。抵抗される恐れもあったが、増岡としても分の悪さを悟ったのだろう、祇園むらもとからくすねた魯山人や乾山を手に店を去っていった。

「彼からは、いい話ばっかり聞かされて、すっかり丸め込まれてたけど、どっちにしても悪いのはおれだ。おれがつまらない不安に駆られてブレたばかりに、こんなことになっちまって本当に申し訳ない」

増岡を辞めさせてからもタカオは自分を責め続けているが、ミサキとしては、これで一件落着、と割り切った。割り切るべきだと自分自身に言い聞かせた。

こんな結末を迎えてみると、あの築地場内の触れ太鼓は、夫婦がぶつかり合う前触れだったのかもしれない、といまにして思う。市場移転の荒波にさらされたミサキたち夫婦は、怒濤の一戦を交えたものの、結果的には痛み分けの千秋楽を迎えた。それが、ここ二か月余りの騒動だったのではないか。

「じゃ、蕎麦に打ってみますね」

和哉さんが届けてくれた玄蕎麦の手触りを確かめながらミサキは言った。いざ三稜形《さんりょうがた》の粒を触ってみると黒褐色の一粒一粒がふっくらと大粒で、品質もなかなかのものだ。

あの豪雨の中、よくぞ育ってくれた、と改めて目を細めていると、

「こんにちは」

若い女性の声だった。目を上げると和哉さんの後ろに、こんがりと陽焼けした小柄な女性が立っている。

「彼女は佳織《かおり》さん。前から話してた茂木の蕎麦農家なんだけど、この機会に顔見世《かおみせ》興行したいって上京してくれてね」

和哉さんに紹介されて、え、と思った。茂木の蕎麦農家のことは以前から聞いていたが、まさか女性だとは思わなかった。そんな気持ちが佳織さんに伝わったのかもしれない。

「若い女性の蕎麦農家はめずらしがられるんですけど、同じ女性の蕎麦打ち職人、ミサキさんのこともずっと気になってたんです」

はにかみながら言うと、今日はうちの玄蕎麦もぜひ試してみてください、と頭を下げる。

すかさず冷やかすような声が飛んだ。

「おう、お二人さん、今日は初お目見えだな」

ヤッさんだった。高鉄さんとオモニを連れていま到着したらしく、

「で、挙式はいつなんだ？」

と二人に聞く。ミサキにとっては二度目の、え、だった。

「いえ、まだしばらくは」

和哉さんが照れ笑いしている。金砂郷と茂木は車で四十分ほどの距離だが、両方の畑の面倒をどう見ていくか、それをクリアにしてから結婚したいという。

「なるほど。だがまあ、なんとかなるよ。二人に志がある限り、大丈夫だ」

ヤッさんが励ますように言って、だよな、とミサキに笑いかける。そういうことだったのか、とミサキは内心苦笑いした。

『新蕎麦の試食会がてら、天候リスク対策のセーフティネットの議論を深めよう』

そんなヤッさんの発案で、今日は初めて関係者全員が集まったのだが、この会合にはもうひとつ、ヤッさんの思惑が秘められていたのだろう。タカオとミサキが仕切り直しをした節目に、ミサキの恋心にも区切りをつけてやろう、と考えていたに違いない。いかにもヤッさんらしいサプライズだった。でも、悪い気はしなかった。ちょっとした切なさも疼いたものの、素直に和哉さんを祝福する気持ちになれた。

「それでは、今日は二人の前祝いに、金砂郷と茂木の蕎麦を食べ比べましょう」

ミサキは和哉さんと佳織さんに微笑みかけ、蕎麦打ちに取りかかった。打ち上るまで、ヤッさんたちにはセーフティネットの議論を深めてもらおうと思った。

その後、セーフティネットの確立に向けた活動は徐々に本格化しはじめている。和哉さんと佳織さんは各産地の蕎麦直販農家に働きかけ、ヤッさんは飲食業界の人脈に協力を求め、高鉄さんは蕎麦の名店に集う常連たちに声をかけ、いまや農家と店と常連のトライアングルが生まれつつある。

またタカオは、そば処みさきを元の個人店に戻し、迷走が生んだ株式会社T＆Mフーズを『株式会社蕎麦セーフティネット』と社名変更し、みんなの拠点となれる事務局を立ち上げた。

いろいろあったけれど、結局、これでよかったんだと思う。市場が移転しようと、時代が変わろうと、常にお客さんを見据えて、真っ当な食材を真っ当に調理して、真っ当な対価で提供し続けてこそ真っ当な料理人だ。このヤッさんの教えさえ忘れなければ何も恐れることはない。

「お、そろそろ茹《ゆ》で上がるか？」

客席で議論していたヤッさんが声を上げた。

「はい、もうじき食べられます」

湯切りザルを手にミサキが応じると、

「じゃ、とりあえず議論は中断して、新蕎麦二種の試食会だ」

ヤッさんのひと声でビールが抜かれ、日本酒も注がれ、テーブルに並べられていく。ミサキはオモニに手伝ってもらい、二種の新蕎麦をせいろに盛りつけはじめた。そのとき、オモニがふと身を寄せて耳打ちしてきた。

「いろいろと無事に収まったことだし、そろそろ子作りしてもいい時期かもね」

昔から子は鎹《かすがい》って言うじゃない、と言い添える。ミサキはふふっと笑って肩をすくめ、小さくうなずき返した。

「さてと、新蕎麦は行き渡ったか？　そんじゃ、いただきます！」

ヤッさんの音頭《おんど》で全員が唱和し、待ちかねたように高鉄さんが真っ先に啜り込んだ。ヤッさんとオモニも肩を並べて蕎麦を手繰り、和哉さんと佳織さんは、それぞれの蕎麦を交互に味わい合っている。

二組のカップルの仲睦《なかむつ》まじさに当てられたのか、タカオも蕎麦を啜り上げるなり、旨い、とばかりにミサキに目配せしてきた。その目に微笑み返しながら、ミサキもキリッと冷水で引き締めた金砂郷の新蕎麦を箸先でつまみ、まずは何もつけずにズズッと啜り上げた。

その瞬間、山間の赤土に育《はぐく》まれたほの甘い素朴な香りが、ふわりと鼻腔《びこう》を抜けていった。

ニューウェイブの調べ

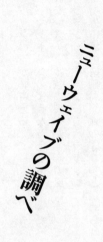

1

マンドリンの音が聴こえる。

いや、マンドリンのような音色と言うべきだろうか。エキゾチックな哀愁を滲《にじ》ませた耳慣れないスチール弦の調べが、春の風に乗って通りの彼方から流れてくる。

シャラン　シャラン　シャラララン
築地場外市場の南側、築地の守り神と崇《あが》められる波除稲荷《なみよけいなり》神社へ向かう波除通り。定時の午後三時過ぎに店の仕事を終え、カフェで一服しようと三角巾《さんかくきん》にエプロン姿でぶらぶら歩いてきた香津子は、不思議な音色に吸い寄せられるように足を速めた。

香津子の店『玉勝屋』と同じ卵焼き屋のほか、肉屋、八百屋《やおや》、豆屋、鮨屋、パン屋、食器屋など雑多な店が軒を並べる通りには、この時間になっても外国人観光客が行きかっている。今日は朝から街の恒例行事〝春まつり半値市〟が開催されていたから、その名残なのだろう。さまざまな人種国籍の人びとの合間を縫《ぬ》うようにして音色に導かれていくと、段ボール箱が雑然と積み上げられた店と店の狭間に、不思議な音色の主はいた。

シャラン　シャララン　シャララン　シャラララン

マンドリンに似た丸っこいボディでありながらギターほどの大きさがある。塗装が剝《は》げ落ちた、かなり使い込まれたその楽器を爪弾《つまび》いているのは、髭面《ひげづら》の大男だった。

上背は香津子より二十センチほど高く、百八十センチはあろうか。国籍は日本、だと思われる。まだ四月下旬だというのに鮮やかな赤と緑を配した半袖Tシャツに、白い短パン。長い髪を侍のごとく頭の後ろで結わえ、シャラン、シャランと異国情緒たっぷりのメロディを奏で続けている。

男の傍らには自転車が置かれている。ママチャリの前後に子ども用の座席をつけたタイプだが、子どもはいない。前の座席にはクーラーバッグが括《くく》りつけられ、後ろの座席には卓上用の電気フライヤーとバッテリーが据えつけられている。ハンドルの前籠《まえかご》には調理道具や角型のテイクアウト容器が積まれ、手作り感たっぷりの下手くそな文字が躍る幟旗《のぼりばた》が立てられている。

『これが噂の〝テンペイロ屋〟！
南蛮渡来《なんばんとらい》の揚げ立てが一パック四百円！』

香津子は足を止めた。移動販売のようだが、どこから来たんだろう。このあたりでは見かけない一風変わった客引きパフォーマンスをぼんやり眺めていると、そんな香津子

に気づいた髭男が、ストラップで吊り下げた楽器を爪弾く手を止め、

「旨いよ、食べてって！」

髭面をくしゃくしゃにして笑いかけてくる。

怪しげな風体にしては屈託のない人懐こい笑顔だった。一見、国籍も年齢も不詳だが、やはり日本人らしい。香津子と同じ三十そこそことといったところだろうか。

「何なの？　テンペイロって」

仕事柄、知らない食べ物には興味がある。

「烏賊《いか》や干し鱈《たら》、蛸《たこ》とかの魚介に衣をつけて揚げたポルトガル風の〝フリート〟、つまりはフリットなんだけど、戦国時代にテンペイロっていう名前で日本に伝わってきたんだよね。早い話が天ぷらの元祖」

「へえ、そうなんだ」

「まあ、諸説あり、らしいんだけど、とにかくそんな歴史にあやかってテンペイロと名づけたファストフードを開発したんだよね。天ぷらと違うのは、魚介や肉でリコッタチーズやピクルスを巻いてデュラムセモリナ粉の衣をつけて揚げること。そして〝マッサ〟をつけて食べること」

マッサとは赤パプリカを塩漬けにしたポルトガルの万能調味料だそうで、現地では日本の醤油《しょうゆ》のように、あらゆる料理に使うという。

「それで赤が入ったTシャツを着てんだ」

「いや違うんだよね、赤と緑はポルトガルの国旗の色」

「じゃあ、そのマンドリンみたいな楽器もポルトガル？」

「うん、これはポルトガルギター。正式には〝ギターラ・ポルトゥゲーザ〟って呼ぶんだけど、ギターと違って十二本の弦がついてる」

得意げに説明すると、シャランと鳴らしてみせる。さっき奏でていたのは、ファドというポルトガルの民族歌謡の名曲だそうで、へえ、そんなのがあるんだねえ、としみじみ異国の楽器を眺めていると、

「せっかくだから、食べてみる？　烏賊リコッタと鰯《いわし》ピクルスがあるんだけど」

大きな背中を丸めてママチャリのクーラーバッグを開け、輪切りの烏賊と捌《さば》いた鰯を見せてくれた。リコッタというのは、おぼろ豆腐のような乳清《にゅうせい》チーズだという。

「本場のイタリアだとスイーツでよく使われるチーズなんだけど、烏賊で巻いて揚げると、ふわっとクリーミーでおいしいんだよね。今日は半値市らしいから二百円でいいよ」

「あらそう、じゃあ烏賊リコッタをお願い」

仕事終わりに賄《まかな》いを食べたばかりだったが、試してみたくなった。

「オブリガード！」

髭男は満面に笑みを浮かべて礼を言うと、ポルトガルギターをくるりと後ろに回して背負い、烏賊の身でリコッタを巻いて衣をつけ、フライヤーの中にジャッと放り込む。ほどなくして香ばしい揚げ油の匂いが漂いはじめ、心地よく鼻腔《びこう》がくすぐられる。

「この揚げ油ってオリーブ油？」

香津子は聞いた。

「そう。やっぱ向こう流にオリーブ油で揚げないとね」

せっかくだからポルトガルワインと一緒にどう？　とまた勧める。見ると、ママチャリのハンドルに下げたトートバッグに、赤ワインと白ワインのマグナムボトルが入っている。

「これも一杯四百円だから、今日は二百円でいいよ」

「え、二品も半値ってルール違反じゃない？」

「ルール違反？」

きょとんとしている。

「知らないの？　半値は一品だけって決まりだけど」

「いやぼく、本日開店なんでわからなくて」

「あらそうなんだ。でも、とにかくそれがルールだから、うちの店も厚焼き卵だけ半値にして売ったんだよね」

途端に髭男が、すぐそばにある卵焼き屋に目線を投げた。

「違う違う、うちは、あっちの角を曲がった築地東通りにある『玉勝屋』って店。今日はもう店閉めちゃったけどね」

すると今度は髭男が興味を惹かれたらしい。

「築地場外は長いの？」

「昭和二十二年創業」

「へえ、老舗なんだ」

「まあね。あたしで三代目なんだけど、伝統を受け継いできた厚焼き卵には、けっこうこだわってる」

つい自慢すると、

「すごいなあ」

髭男は目を見開いて感心するなり、あ、ヤバっ、とフライヤーにトングを突っ込み、こんがりと揚がった烏賊リコッタのテンペイロを摑《つか》み上げた。滴《したた》る油を二度三度と切り、テイクアウト容器にガサガサッと盛りつけ、真っ赤なマッサをちょんちょんと刷毛《はけ》で塗る。

「はい、お待ちどおさま」

プラスチック製のフォークを添えて香津子に差しだしてくる。ありがと、と硬貨を手渡して受け取ると、続いて髭男は紙コップに白ワインを注ぎはじめる。

「あ、ワインは頼んでないけど」

「二品半値がダメなら、ワインは開店記念サービスにしとくよ。お姉さん、べっぴんさんだし」

わざとらしくウインクしてみせ、また相好を崩す。これもポルトガル流なのか、相変わらず屈託がない。

「もう、上手なんだから」

香津子も笑った。器量は人並みと自覚しているものの、不思議と悪い気がしない。ここは遠慮なくサービスされちゃおうと、まずは白ワインで喉を湿らし、マッサの赤がアクセントになっている烏賊リコッタのテンペイロを食べてみた。

オリーブ油を使っているからか、カラッと香ばしい揚げ上がりで、リコッタチーズのやさしい旨みと、マッサのパプリカ風味と酸味が相まって悪くない。

ただ、烏賊の鮮度がいまいちなのだろう。白ワインと合わせるとほのかな生臭さが立ち上がる。アイディアはいいのに、商品としてはいまいちなのが残念だ。

それでも白ワインのお礼のつもりで、

「なかなかじゃない」

とりあえず持ち上げて、もうちょい烏賊の鮮度がよければ最高、と正直な感想も伝えて愛想笑いしてみせると、そのとき、だれかが割り込んできた。

「おい、どこの許可取ってやってんだ！」

見ると、近くの鮮魚店のおやじだった。

「いや、とくに許可は」

髭男が頭を掻《か》いている。

「ダメだろう、ここで勝手に商売しちゃ」

「けどちょっとだけなんで」

「ちょっとも何もダメなもんはダメだ！」

鮮魚店のおやじは怒鳴りつけ、ママチャリのハンドルを掴んで退《の》けようとする。

「じゃ、じゃあ、すぐ移動するんで」

髭男が慌ててフライヤーの蓋を閉じ、おやじからハンドルを奪い返すなりサドルに跨《また》がり、幟旗をはためかせて走り去っていった。

卵をひっくり返すタイミングとコツが、ようやくわかりはじめてきた。

以前は店頭の接客と業務用の受注販売を担当していた香津子だが、四か月前からガスコンロが並ぶ調理場に入り、卵焼き職人の手ほどきを受けている。玉勝屋の一人娘として子どもの頃から店は手伝ってきたものの、調理場の仕事は初めてのこと。接客と受注販売は母親とアルバイトの中国人、楊《ヤン》さんにまかせて、ずぶの素人状態から修業しはじめ、いまや毎日、厚焼き卵の製造に追われている。

ほどよく熱した四角い卵焼き器に、卵が七、出汁《だし》が三の割合で混ぜ合わせた卵液を、お玉一杯分だけ注いで全面に広げる。強めの中火でちょっと熱を通したら、ざっくり混ぜて固まった部分を奥に寄せ、まだ半生のまま残っている卵液をまた全体に広げる。やがて、ぷくりぷくり膨れてくる表面の泡を菜箸《さいばし》でちょんちょんと潰したら、いよいよ返しどき。卵焼き器をひょいと振り上げ、奥に寄せた卵を半回転させて手前に返す。京都の出汁巻き卵の場合は奥に返すそうだが、このとき一瞬でもためらったらうまく返らない。返す卵に軽く菜箸を当て、思いきりよく一気に撥《は》ね上げないと、きれいに着地できなかったり形が崩れたりする。

とまあ、言葉にするのは簡単だけれど、この一連の作業を厚焼き卵一個につき三回繰り返し、最後に四角い押し蓋で形を整えてはじめて売り物になるわけで、これをマスターするだけでも並大抵ではない。四か月かけてとりあえず焼き上げられるようにはなったものの、それだけでは現場の戦力にならない。

日々大量の注文が舞い込む玉勝屋の職人には、きちんとした商品に焼き上げる技術に加えてスピードも要求されるからだ。調理場のガスコンロは数年前、二十台に増やしたのだが、いま現在、まともに扱えるのは大河内《おおこうち》さんとマサヒコのみ。それぞれ五台のコンロを同時進行で操りながら、てんてこ舞いの忙しさで焼き上げている。

一方の香津子は、もともと目玉焼きぐらいしか作ったことがなかった。それだけに、四か月頑張って多少コツが摑めてきたとはいえ、操れるコンロは三台が限度。いまだ十回に一回は失敗する体たらくで、一度だけ四台に挑戦してみたときなど、

「香津子ちゃん、左端が焦げてる」

「あ、ごめんなさい」

「それだと箱に入らない」

「あ、ヤバっ」

白髪《しらが》頭の大河内さんに叱られてばかりだった。

玉勝屋の厚焼き卵は、ほどよく甘みを抑えて出汁をしっかり効かせた味が特長で、焼き色は均等に淡い黄色。しかも玉勝屋の名入り折箱にぴたりと収められるよう、きちんと角がついた横長の直方体に仕上げなければならない。また、同業者は海老焼き卵、枝豆焼き卵、松茸焼き卵といった新しい商品も投入しているが、玉勝屋は伝統の厚焼き卵のほかは正月限定の〝伊達《だて》巻き〟と夏限定の鰻《うなぎ》入り〝う巻き〟のみ。ほぼ一品入魂の伝統を守り続けている。

この伝統が香津子にはプレッシャーになる。おかげで数を焼かなければならない繁忙日ほど失敗作を連発してしまい、

「また賄いのおかずが増えたなあ」

と大河内さんに笑われ、商品供給が追いつかなくなる。

「ごめんね、とにかく頑張るから」

店頭で商品を待っている母親と楊さんにはいつも謝りっぱなしで、結局、三台の壁を越えられないでいる。

それでも調理場に立たないわけにはいかない。ここにきて香津子の父親が体調を崩してしまったからだ。かつて父親は、築地市場の移転騒ぎで多忙を極めた時期に倒れたことがある。そのときは数日間の点滴と休養で復帰できたのだが、豊洲市場が開場して移転騒ぎが収まった直後に、緊張の糸が切れたのか、再び倒れて入院した。以来、一進一退を繰り返しているものの、もはや現場復帰は難しい、と医者は見立てている。

そこで当面は、宿無し無一文のヤッさんに、時間が許す限り助っ人《すけと》を頼んでいる。元は料亭の料理長だった人だけに腕は立つ。以前から何度となく助っ人に来てくれたことがあり、角刈り頭にねじり鉢巻きを締め、五台のコンロを操って卵を焼く姿は堂に入っている。大河内さんやマサヒコとも気心が通じているし、三台のコンロを相手にもたもたしている香津子にも目配りを欠かさず、

「なあに、なんとかなるって。基本的な技術さえ身につけちまえば、あとはもう伝統だのしきたりだのに振り回されねえで、香津子がやりたいようにやればいいんだしよ」

と励ましてもくれる。

そうはいっても、ほかの店や料理人からも引っ張りだこのヤッさんに、いつまでも頼ってはいられない。新たな職人を育成したり、大河内さんばりの熟練職人を雇うことも考えなければならないが、その当ても資金的な余裕もない。やっぱあたしが頑張るしかない。そう腹を括って日々奮闘しているのだが、一日の仕事を終えて、いつものカフェで一人コーヒーを啜《すす》っていると、これからどうなるんだろう、と得体の知れない不安がこみ上げてくる。

「えらいわねえ、香津子ちゃんは。しっかり家業を継いで」

周囲の人たちはそう言って持ち上げてくれるものの、それがまた香津子のプレッシャーになる悪循環が続いている。

そもそも香津子が高校卒業後も定職に就かずに家業を手伝ってきたのは、一人娘ゆえに跡継ぎを目指したからではない。高校の部活でのめり込んだ演劇の楽しさが忘れられず、プロの役者を志して劇団に入ったため、手伝わざるを得なかっただけの話だ。

多くの劇団員は安アパート暮らしで、昼は劇団の稽古《けいこ》、夜は飲食店などのバイトに通って頑張っている。それに対して香津子は、築地の店舗ビルの三階が自宅だから、一階に降りればすぐにバイト感覚で働ける。しかも、その頃の場外市場はプロの仕入れ人が多く、玉勝屋は早朝のほうが忙しかった。この築地のサイクルが劇団員には打ってつけで、早起きしてひと働きしてから稽古に通っていた。夜が遅い日は早起きがきつかったが、多少の睡眠不足は若さでカバーできたし、築地に生まれた幸運に感謝したものだった。

ただ、香津子が築地から離れ難かったのは、それだけの理由ではない。実は、場内市場の老舗仲買店『カネマサ水産』の跡取り息子、正《しょう》ちゃんと付き合っていたことも大きかった。

出会いは高校一年の六月、築地波除稲荷神社の大祭『つきじ獅子祭《ししまつり》』の日だった。祭《まつり》囃子《ばやし》に浮かれて露店を冷やかしているとき、

「おう、香津子じゃねえか」

当時も玉勝屋に出入りしていたヤッさんに声をかけられた。その傍らにいたのが三歳上の正ちゃんで、おたがいにひと目惚れした。

以来、狭い築地だけに両家の親の目を忍びつつ逢瀬《おうせ》を重ねていたのだが、正ちゃんは高校卒業と同時に跡継ぎを前提に家業に就いた。朝は三時起きでセリ場へ向かい、五時には店を開けて仕入れ人相手に接客し、電話注文の客への配達にも追われる日々。仕事が終わるのは昼過ぎで、劇団の稽古がある香津子とは夜しか会えないから、デートのたびに二人とも寝不足になったものだった。

そんな二人に転機が訪れたのは香津子が二十四歳になった直後だった。ある晩、劇団

の代表から思わぬことを言い渡された。

「つぎの公演からスタッフに回ってくれ」

ショックだった。それまでは主役級ではないにせよ、バイプレイヤーとして実績を挙げてきたつもりでいただけに言葉を失った。

「ねえ聞いてくれる？」

その晩、正ちゃんを呼びだして香津子は不満をぶちまけた。何度も公演を観ている正ちゃんならわかってくれると思ったからだが、

「けど、おれもそっちが向いてると思う。香津子は派手な表舞台に立つより地道に下支えするタイプだし、そういう香津子が好きだな」

ショックに追い打ちをかけられた。

劇団代表も正ちゃんも、あたしのことを何もわかってくれていない。そう思った瞬間、すべてが嫌になった香津子は劇団を辞め、正ちゃんとも別れて家業に専念することにした。自分の青春を全否定された悔しさに打ちのめされた末の決断だった。

市場移転騒動が佳境に入ったのは、そんな頃だった。家業に生きると決めた香津子も否応《いやおう》なく騒動に立ち向かわざるを得なくなり、築地に居残る場外の仲間たちと連携したり、外国人観光客のために英会話を習ったり、バイト気分は捨てて玉勝屋の存亡を懸けて奮闘しはじめた。

ここまではよかった。危機感を抱きながらも、いつになく充実した日々を送っていたのだが、父親の二度目の入院で再び歯車が狂った。こうなったらあたしが卵を焼くしかない。香津子は覚悟を決め、慣れない調理場に入ったものの、いまもって先行きは混沌《こんとん》としている。

「すまんなあ」

父親からは見舞いに行くたびに、かすれた声で謝られるが、香津子のほうこそ謝りたかった。もっと早いうちから跡継ぎを視野に入れていれば、父親が元気なうちに新たな職人を育てておくこともできたろうし、もっと違う展開になっていたはずだ。

でも、泣き言は言っていられない。ヤッさんが助けてくれているうちに店を立て直さなければ明日はないから、めげずに精進するのみ。そう自分を鼓舞して今日もまた三台のコンロと格闘し、相変わらずダメな自分にうなだれながら閉店後の賄いを食べていると、

「ねえ香津子、変な人が来たんだけど」

店頭に居残ってレジを締めていた母親が調理場に飛んできた。

また外国人観光客と揉めてるんだろうか。中国人だったら楊さんが対応できるが、英語が話せるのは香津子だけだから、たまに呼ばれる。箸を置いて店頭に出てみる。

「ああ、あなただったの」

髭の大男がいた。

「ありがとう、覚えててくれたんだね」

先週と同じポルトガル国旗色のTシャツ姿で、人懐こい微笑みを浮かべている。背中には丸っこいポルトガルギター、傍らには移動販売用のママチャリが停めてある。

「で、どうしたの?」

小首をかしげて聞くと、

「実は、ちょっとお願いがあって」

しおらしい目を向けてきた。

2

男は片桐《かたぎり》礼音《れおん》と名乗った。

「へえ、かっこいい名前じゃない」

どこかのモデルさんみたい、と香津子が笑うと、

「親が二人とも音楽好きだったから、こんな名前つけられちゃって」

礼音も髭面を綻《ほころ》ばせる。その佇《たたず》まいには不思議な存在感があった。間口二間《にけん》ほどの店先に立っているだけで、別世界から風が吹いてきたような気分になる。

「あらそれ、どうしたの？」

ふと気づいた。礼音の目尻に絆創膏《ばんそうこう》が貼ってある。

「ああ、ちょっと殴られただけ」

「殴られた？」

ゆうべの深夜、新橋の飲み屋街でテンペイロを売っていたら、近所の居酒屋の店長に怒鳴りつけられ、撤収にもたもたしていたら殴られたのだという。

「また無許可でやってたんじゃないの？」

じっと目を覗き込むと、礼音は恥ずかしそうにうなずいた。

「だったらあなたが悪いわよ、殴ったのは行きすぎだけど、街中で商売するときは、いろいろと許可が必要なわけ」

香津子は以前、銀座の歩行者天国で焼き立ての厚焼き卵を売れないか調べたことがある。その記憶によると、基本的に街中で食べ物を売るには保健所の許可が必要になる。さらに公道では警察の許可も取らなければならないが、めったに許可されない。それでも公道で売っている人は、大方、礼音と同じく無許可でやっている。

「ちなみに、仕込み場所はどこなの？」

礼音が首を左右に振った。

「え、ないってこと？　ちゃんとした仕込み場所がないと、移動販売は許可されないのよ。路上で食材を切ったり混ぜたりする調理行為にも制限があるし」

「それはわかってるんだけど」

「わかってるのに仕込み場所もなしに無許可販売し続けてるなんて、そんなのダメだよ」

ほかにも二十四時過ぎのアルコール販売は深夜酒類提供飲食店営業の届け出が必要だとか、移動販売のアルコール飲料は開栓して売らなければ酒税法に抵触するとか、細かい規制がいろいろある。

「とにかく商売をやるためには、決められたルールを守るのが基本なの。そんないいかげんなことやってて、警察に捕まんなかっただけラッキーだよ」

嘆息しながら諭すと、礼音は大きな体を丸めてうなだれた。実際、一昨日の午後、銀座の路地でテンペイロを売っていたら警察官に咎《とが》められ、交番に引っ張られたという。

「ああ、やっぱ捕まったんだ」

「でも、事情を話したら同情されて見逃してくれて」

「いまどきの警察ってそんなに甘いの？」

「まあラッキーだったたってことで」

「ダメだよ、ラッキーなんて思ってちゃ！　とにかく商売は遊びじゃないの。ちゃんとやんないと、もっと痛い目に遭うわよ！」

つい叱りつけてしまった。

おそらくは新しいアイディアを思いついた勢いで突っ走っているのだろうが、これだから素人《しろうと》は困る。いいかげん呆れていると、

「どうした香津子」

ヤッさんが調理場から出てきた。今日も朝から助っ人に来てくれて、一緒に賄いを食べていたのだが、よほど香津子の声が大きかったのだろう。レジを締めている母親も怪訝《けげん》そうにしている。

「いえ、あの、彼はテンペイロを売ってる礼音っていいます」

慌ててヤッさんに紹介した。

「テンペイロ？　南蛮渡来のあれか？」

なんとヤッさんは知っていた。

「そうなの。それを彼がアレンジして移動販売してるんだけど、ルールを無視して出鱈《でたら》目《め》やってるから、殴られたり警察に咎められたりしてるらしいの」

苦笑しながら説明したものの、

「ほう、このママチャリでテンペイロを移動販売してるわけか。そいつは面白いことを考えたなあ」

ヤッさんはやけに感心している。そう言われて礼音も嬉しかったのだろう。

「あの、よかったら食べます？」

いそいそとママチャリのフライヤーの蓋を開け、烏賊リコッタと鰯ピクルスに衣をつけて放り込んだ。すでにオリーブ油は熱してあったようで、すぐにジュワジュワッと油が泡立ち、香ばしい匂いが漂いはじめる。

ほどなくして二種類のテンペイロが黄金色に揚げ上がり、礼音はテイクアウト容器に盛りつけ、マッサをつけて差しだした。すかさずヤッさんが烏賊リコッタをつまんで、はふはふと口に運び、

「ほう、確かにマッサは合うな」

にんまりと笑い、

「で、売れてんのか？」

ストレートに聞く。

「邪魔が入らなければ、それなりに」

礼音の答えに香津子はかちんときた。

「邪魔って言い方はないでしょう。営業許可を取ってない、仕込み場所もないって状態で商売してたら、怒られて当然なんだから」

それでもヤッさんは笑顔を崩さない。

「いまどこに住んでんだ？自宅を仕込み場所にしてる人もいるらしいから、規定を調

べて手続きすりゃいい話だろう。ルールさえ守りゃ堂々と売れるんだし」

途端に礼音が頭を掻いた。

「手続きしたいのは山々なんすけど、ぼく、住所不定なんで」

「は？」

「住むとこがないんで、申請できないんすよ」

そこで今日は、香津子に名義を貸してもらおうと頼みにきたのだという。

「え、そんな用事で来たわけ？」

またしても香津子は呆れた。住所不定もそうだが、一度会っただけの相手に名義貸しを頼むなんて非常識にもほどがある。

それでもヤッさんは淡々と聞く。

「じゃあ、いまどこで寝てんだ」

「いまどき、どこでも寝られるし」

「おお、そういうことか。だったらおれと同じだ」

「同じ？」

礼音が首をかしげている。

「違うの、この人はヤッさんといってね」

香津子が説明しかけると、

「ねえ、ちょっと向こうで話してくれるかい」

母親が口を挟んできた。店先で話し込まれても困るから、奥の調理場でゆっくり話しなさい、と追い立てられた。

ポルトガルギターを背負った礼音とともに調理場に入ると、

「お先します」

従業員たちが席を立った。店頭でのやりとりが耳に届いていたのだろう。ゆっくり話せるように気遣って、さっさと食事を切り上げてくれたらしい。

野菜炒めや豚生姜《しょうが》焼きといった賄い料理が並んでいる調理台を、ヤッさんと香津子と礼音、三人で囲んだ。母親はまだ店頭でレジを締めている。

「ほれ、しっかり食え」

ヤッさんが箸を手にして礼音を促した。

「ちょ、ちょっと待って」

香津子は制し、さっき話しかけたヤッさんの生き方と人となりについて改めて礼音に説明した。ヤッさんは黙って箸を使っていたが、途中で照れ臭くなったのだろう。

「なあ香津子、そのへんにしといてくれねえか。早《はえ》え話が、食い意地の張った宿無しおやじってことだ」

よろしくな、と礼音に向き直り、

「で、おめえの話に戻すが、なんでまた宿無しなんだ？」

目を覗き込む。

「それは」

礼音が箸を止めて考えている。

「昔、おれの弟子だったタカオってやつは、ＩＴ会社を飛びだして宿無しになったんだが、おめえもそのクチか？」

「いえ、サラリーマンはやってないっす」

もともとは、地方から上京して入った大学を二年で中退し、バンド活動に打ち込んでいた。ところが、五年頑張った末にバンドは解散。それをきっかけに、もっと広い世界を見てやろうと海外放浪の旅に出たのだという。

「ほう、要は自分探しのバックパッカーってわけだ。で、自分ってやつは見つかったのか？」

冷やかし口調でヤッさんが突っ込むと、

「まあいろいろあったんすけどね」

照れ笑いしている。

「でも海外って、どこ行ってたの？」

母親の声だった。レジを締め終えたらしく、よいしょと賄いの席に着く。

「アジアとヨーロッパの国々を行き当たりばったりっすね。最初はタイに渡ってミャンマー、ネパール、インド。そこからギリシャに飛んでクロアチア、ドイツ、オランダ、フランス、スペインって感じで、ギターを背負って三年ぐらいぶらついてたんすよ」

「その丸っこいギターかい？」

母親が礼音の傍らを指差す。

「いえ、最初はふつうのギターを背負って歩いてて、金がなくなると街角でストリートミュージシャンをやって投げ銭で暮らしてたんすね。けど、最後に辿り着いたポルトガルのリスボンで安宿に泊まったときにギターを盗まれちゃって。仕方なく蚤《のみ》の市でおんぼろポルトガルギターを買ったんす」

「やっぱり外国って物騒なのねえ」

母親が顔をしかめて言うと、またヤッさんが聞く。

「しかしそれくれえは、バックパッカーあるあるってやつだろ？　もっと危ねえ目にも遭ったんじゃねえのか？」

「まあそうっすね。日本だったらせいぜい殴られるくらいっすけど、命を取られかねない国もあるし」

実際、夜半の路地裏でナイフを突きつけられる恐怖体験もしたそうだが、間一髪のところで現地の人に助けられて、どうにか生き延びられたという。

「やっぱそうだよな。それに比べりゃ警察に咎められたぐれえ何だってんだ。近頃の若《わ》えやつは、ちんまりまとまっちまってるが、若者にはそういう無鉄砲さも必要だしな」

はっはっはと笑っている。それとこれとは話が違うんじゃないか。香津子は釈然としなかったが、ヤッさんは続ける。

「じゃあ言葉はしゃべれるんだな」

「ていうか、世界の共通語、ブロークンイングリッシュで何とかなるんすよね。とくに英語圏以外の国は、ブロークン同士のほうが意思疎通しやすかったりするし、あと、ぼくの場合、音楽っていう共通言語もあったんで」

バンドで鍛えたギターの腕のおかげで、現地の音楽好きと意気投合し、近寄らないほうがいいエリアを教えてもらったり、一杯奢《おご》ってもらったりもしたという。またヨーロッパに入ってからはストリートミュージックが根づいている土地柄とあって、そこそこ稼げたそうで、大衆食堂に入ったり安宿に泊まったりもできた。

「稼ぎが少ないときはパンと水だけで野宿してたんすけど、それでも楽しかったんすよね。三年なんて、あっという間だったし」

「なのに、結局は日本に帰ってきたと」

「そうっすね。リスボンの街角の公園でポルトガルギターを練習してたら、散歩中の爺さんに声をかけられたんすね。で、いろいろ話してるうちに歳を聞かれて、はっと気づいたんす。ぼくは来年、三十になるんだって」

その瞬間、切り上げどきかもしれない、と里心がついた。翌日には日本人が経営している飲食店を探し歩き、鮨屋《すしや》の店主にこっそり皿洗いに雇ってもらった。そして、飛行機代が貯まった三か月後、LCCを乗り継いで帰ってきたのだが、そのフライト中に、帰国したら何をしようか考えた。

ストリートミュージシャン暮らしは日本では難しいだろうし、いまさら会社勤めが無理なのもわかっている。大学を中退した時点で父親が激怒して実家との縁も切れたし、かつてのバンド仲間とも音信不通。さてどうしよう、と頭を悩ませているときに思い出したのが、リスボンの街の大衆食堂で食べた烏賊のフリートだった。

「ポルトガル人は、烏賊のほかにも蛸とか干し鱈とかの魚介類、サヤインゲンや玉葱《たまねぎ》とかの野菜もフリートにして食べるんすね。初めて食べたときから天ぷらみたいだと思ってたんだけど、雇ってくれた鮨屋の店主が天ぷらのルーツだって教えてくれたことも思い出して、天ぷら好きの日本にフリートを再輸入したら受けるかも、って閃《ひらめ》いたんすね」

帰国した翌日には日雇い仕事を見つけて、家賃節約のために野宿しながら資金を稼ぎはじめた。その合間に、粗大ごみ置き場でママチャリを拾ったり、中古のフライヤーとクーラーバッグを買ったりして移動販売の準備を進めた。

食事は毎食、フリートを揚げて食べた。最初は天ぷらっぽくなってしまったが、揚げ物に合うオリーブ油を見つけて、魚介や肉にリコッタ、ピクルス、生ハム、アボカドなどを合わせるアイディアが浮かんだ。さらにポルトガルで好きだったマッサを輸入食材店で買ってつけてみたら、あっさりした食べ心地になることに加えて、真っ赤な色で目立つ効果もある。

これならいける、と屋号を『テンペイロ屋』と決めて幟旗を手作りした。客の呼び込みにポルトガルギターを弾くことも思いつき、いよいよ初営業だ、と勇んで築地場外にやってきたところ、香津子と出会ったのだった。

「じゃあ、まだはじめたばっかってことか」

ヤッさんが聞いた。賄いは食べ終えてお茶を啜っている。

「そうなんすよ。だからまだまだ試行錯誤って感じで」

たとえば初日の烏賊と鰯は下町の激安スーパーで買ったのだが、香津子から鮮度の悪さを指摘された。だったら新しい豊洲市場で仕入れようとこっそり潜り込んでみたが、素人には売れない、と仲買店に断られた。仕方なく先週追い払われた築地場外にこそこそと戻ってきて、通りがかりの鮮魚店で烏賊と鰯を仕入れ、その足で、名義を貸してもらおうと香津子を訪ねてきたそうで、

「こんな状況なんで、正直、ほかに頼める人がいないんすよ。どうにかして移動販売の営業許可と豊洲の買出人章を手に入れたいんす。お願いします！」

深々と香津子に頭を下げる。途端にヤッさんが笑った。

「早《はえ》え話が、行き当たりばったりの大冒険の末に帰国したはいいが、またまた行き当たりばったりでやってるわけだ。しかしまあ、ありきたりな身の上話っぷりがショータのやつにそっくりだな」

ショータとはヤッさんの三番目の宿無し弟子で、香津子は面識がないが、いまは更生してミラノのレストランで料理人修業をしているという。

「そんなにありきたりな話っすかね」

礼音は肩透かしを食らったらしく、ぽかんとしている。それでもヤッさんは笑っている。数奇な人生を歩んできたヤッさんにとっては、礼音の大冒険など、本当にありきたりでしかないのだろう。

ただ、香津子には笑いごとではない。どこか憎めない笑顔にほだされて身の上話まで聞いてしまったが、そう簡単に名義など貸せるわけがない。どう断ったものか考えていると、

「貸してあげよっか」

まだ賄いを食べている母親が口を挟んできた。

「ダメだよ、そんなの」

慌てて制した。

「けど可哀想じゃない」

「そういう問題じゃないでしょう。この人、先週出会ったばっかりなんだよ、いまの話だって、どこまでほんとだかわかんないし」

ねえヤッさん、と助けを求めると、

「まあ確かに、香津子やお母さんに頼るのはお門違いだな。礼音の気持ちもわからなくはねえが、もっと違う方法を考えてみろ」

ぽんと礼音の肩を叩いた。

3

翌日の閉店間際、後片づけの手を止めてふと店頭を見ると、見慣れない男がいた。つるんとした彫りの深い顔を綻ばせて母親と話している。

だれだろう。一瞬戸惑ったが、その人懐こい笑顔でようやくわかった。礼音だった。初めて見る髭のない素顔は意外に若々しく、Tシャツが白だったこともあって、すぐに気づかなかった。

そういえば、三十を目前にして帰国した、と身の上話のときに言っていた。だとすると香津子より五つも歳下だから素顔が若くて当然だ。これには母親も若やいだ気分になったのか、レジを締める手を止めて嬉しそうに話しているが、しかし香津子は訝《いぶか》った。どういうつもりだろう。

昨日、名義貸しを断られた礼音は意地になって、若さをアピールして母親に取り入ろうとしているんだろうか。だとしたら、その執念深さに苛《いら》つくが、とりあえずは無視して後片づけをすませ、今日も助っ人に来てくれたヤッさんも交えてみんなで賄いを食べはじめた。

すると、母親が調理場に礼音を連れてきた。

「ほう、ますますイケメンになったじゃねえか」

髭のない顔を見たヤッさんが声を上げた。ヤッさんもまた礼音をすんなり受け入れている。そんな状況にますます香津子は苛つき、

「また食べさせるの？」

思わず嫌みを口にすると、母親が眉間に皺《しわ》を寄せた。

「ケチ臭いこと言うもんじゃないの。この子は野宿してまで頑張ってるんだよ」

たくさんお食べね、と礼音に微笑みかける。その当てつけがましい態度にかちんときたが、従業員たちの手前もある。しぶしぶ引き下がると、

「いただきます！」

礼音が嬉しそうに箸を手にして賄いを食べはじめた。

まったくもう。香津子は一人そそくさと賄いをすませ、母親に耳打ちした。

「勝手に名義貸しちゃダメだからね」

母親は知らんぷりしていた。それがまた腹立たしくて、

「ごちそうさま！」

声を荒らげて店を飛びだした。

ヤッさんといい母親といい、何を考えてるんだろう。得体の知れない男に警戒心も抱かず、まんまと取り込まれている。その無防備さにむかっ腹が立ってならず、この日は昼から飲める入船二丁目の居酒屋に飛び込み、ぐだぐだと一人飲みして一日を終えた。

ところが、礼音の攻勢は終わらなかった。一夜明けた翌日の午後、またしてもやってきたかと思うと、しれっと店頭に立って母親の接客を手伝いはじめた。

どこまで図々しい男なのか。忌々しく思いながらも、昨日の今日でまた母親とやり合うのも面倒臭い。無視して黙っていると、礼音は結局、閉店時間まで店頭に立ち続け、最後はまた和気藹々《わきあいあい》と賄いを食べて帰っていった。

これで味を占めたのかもしれない。香津子の沈黙をいいことに、その翌日も、そのまた翌日も、礼音は店にやってきた。しかも日を重ねるごとに、より早い時間に姿を見せ

るようになり、気がついたときには大きな体に小さな店のエプロンを着け、昼から閉店時間まで従業員のごとく接客に励むようになっていた。

接客中の礼音は、主に欧米からの外国人観光客を相手にしていた。なにしろ礼音には、世界を渡り歩いてきたコミュニケーション力がある。得意のブロークンイングリッシュでやりとりしていると、言葉や文化習慣の違いによるトラブルが格段に減るものだから、

「助かるわねえ、礼音がいると」

母親も楊さんも大喜びしている。

こうなると、香津子としても無視を決め込んでいるわけにはいかない。母親たちが喜べば喜ぶほど礼音の思う壺なのは目に見えているだけに、

「お母さん、あんまり頼っちゃダメだよ。彼には下心があるんだから」

何度となくたしなめたものの、

「下心って何よ、こんなおばさんを口説こうとしてるってこと？」

笑いながら肩をすくめる。

「そういう意味じゃなくて」

「だったらどんな下心よ。賄いだけご馳走《ちそう》になるんじゃ申し訳ないからって、お礼がわりに働いてくれてるんだよ。自由奔放《ほんぽう》にやってるかと思えば、義理堅いところもある。なんだか若い頃のお父さんを見てるみたいだよ」

自分の夫まで引き合いにだして礼音を持ち上げる始末。香津子も最初は屈託のない彼の笑顔に惹かれたものだが、まったくババ殺しもいいところだ。あの笑みの裏には、したたかな企《たくら》みが渦巻いているに違いないのに、母親ときたら気にもかけない。

そういえば、同じ築地場外で蕎麦屋を営んでいるミサキさんが言っていた。市場移転騒動のさなかに、怪しげな料理人が夫に取り入って店を乗っ取られそうになったという。詳しい顚末《てんまつ》は聞いていないが、うちだってうかうかしていられない。当初は名義借りを狙っていた礼音が、店主の入院でごたついている玉勝屋に目をつけて乗っ取ろうとしている可能性だってなくはない。

なのに母親ばかりか、毎日のように助っ人に来てくれているヤッさんまでもが、まるで気にかけていない。昨日など、仕事終わりに香津子をつかまえて、

「そういやあ、どこやらの学者さんが言ってたが、古い価値観ってもんは〝若者〟〝ばか者〟〝よそ者〟が変えるんだってよ。礼音みてえな若え新参者こそ、まさにそれだと思わねえか?」

なんて呑気なことを言っていた。ヤッさんもまたジジ殺しの術中に嵌《は》まったに違いなく、さすがに不安に駆られる。

といって礼音が乗っ取りを企てている証拠はないから、下手に騒ぎ立てられないのがもどかしい。疎外感を覚えながらも香津子は厚焼き卵を焼き続けた。こうなったら一日

も早く一人前の職人になるしかない。そう思い詰めて頑張っているのだが、一朝一夕に上達するわけもなく、焦りばかりが募る。

そうこうするうちに二週間が過ぎた。その間も礼音は当然のように店頭に立ち続けていたが、ついに香津子にも我慢の限界がきた。もうダメだ。これ以上は耐えられない。閉店時刻の午後三時、店頭の後片づけをしている礼音に、

「ちょっと話がある」

押し殺した声で告げた。


築地本願寺の境内はがらんとしていた。

午後の遅い時間なら参拝者も少ないだろうと、新大橋《しんおおはし》通りに面した境内の一角、親鸞《しんらん》聖人《しょうにん》像や記念碑が立ち並ぶミニ公園に礼音を連れだしてきたのだが、正解だった。ここなら築地の知り合いはまず来ないし、万一、礼音と揉めた場合も、すぐさま通りに逃げられる。

周囲の様子を確認しながら香津子はミニ公園の真ん中で足を止め、戸惑い顔でついてきた礼音に切りだした。

「あなた、何を狙ってるの？」

「は？」

「うちの店で何をしでかそうとしてるのか、って聞いてんの」

「お母さんに勉強させてもらってるだけだけど」

「勉強？」

「そう。玉勝屋がなぜ長く続いてるのか、その秘訣《ひけつ》を知りたいんだ。老舗の伝統ってどうやって守られてるのか、お母さんの切り盛りの仕方とかから学んで、ぼくのビジネスの成功に結びつけたいと思ってる」

「ビジネスって、乗っ取りビジネス？」

ずばり言ってやった。

「どういうこと？」

怪訝そうに問い返された。

「だから、父がいなくなったうちの店を乗っ取るつもりでしょ、って言ってんの」

「あ、あの、何か勘違いしてないかな。ぼくはテンペイロのビジネスで成功したいと思ってるんだ。そのためには接客も大切なスキルだから、きちんと身につけたいと思ってるだけで」

「え？　テンペイロの商売って、まだやってるんだ」

最近は例のママチャリに乗ってこないから、てっきりやめたのかと思っていた。

「やめてなんかいないよ。玉勝屋にいるときは接客に集中してるけど、それ以外の時間は、移動販売の許可が取れたからテンペイロ屋のことばっかりやってる」

「けど、どうやって許可取ったの？」

「それは」

言いかけて礼音は口をつぐんだ。その物腰で直感した。母親が名義貸ししたに違いない。そうでなければ許可なんか取れるわけがない。

最悪の事態だ、と内心舌打ちしていると、礼音がふと話を変えた。

「実は、内緒にしてたんだけど、そう遠くない時期に一号店をオープンしようと思ってるんだよね」

「一号店？」

「うん、なんか誤解されてるみたいだから、この際、きちんと話すけど、ぼくはテンペイロを〝プラットフォームフード〟として世の中に認知させたいと思ってるんだよね。そのためにも、一刻も早く路面店を開いて、それを足がかりにプラットフォームフード化を進めたいと思ってるんだ」

「それって、どういう意味？」

初めて聞く言葉に困惑していると、

「ちょっと座ろうか」

礼音はミニ公園に置かれているベンチを指差し、先に座った。仕方なく香津子も腰を下ろすと、礼音は続ける。

「プラットフォームフードっていうのは、イギリスの歴史学者が提唱した料理の概念なんだよね。食べる人の好みに応じて、どんな食材や調味料にも自由自在に適応できる料理のことをそう名づけたわけ」

例えば〝サンドイッチ〟。そもそもはイギリスパンに肉や野菜を挟んだ食べ物だったが、いまや世界中であらゆるスタイルのサンドイッチが食べられている。フランス人はクロワッサンにチーズを挟むし、ドイツ人はブロートヒェンと呼ばれるパンにソーセージを挟む。北欧の人は具材をのせただけのオープンサンドにするし、アメリカ人はハンバーグを挟んでハンバーガーにする。日本人に至っては麺《めん》を挟んだ焼きそばパンなる珍妙なものまで生みだした。

〝ラーメン〟もまた同様だという。もともとは中国の拉麺が原型とされているが、麺の形状やスープの味、トッピングなどに工夫を凝らすことで日本独自の発展を遂げ、そればかりか、いまや世界の国々に進出して現地でもまた独自に進化しはじめている。

「そう考えると、実は揚げ物だってプラットフォームフードじゃないかと思ったんだよね。衣をつけて油で揚げる料理って、ポルトガルのフリートはもちろん、イタリアのフリット、フランスのベニェ、アメリカのフリッター、中国の油炸《ヨウジャー》食品、そして日本の天ぷらも含めて、世界のどこの国へ行っても、独自の具材を独自の味つけで揚げて、独自のソースをかけて食べる料理になっている。ただ、サンドイッチやラーメンみたいにそれを総称する言葉がないんだよね。だから、ぼくは〝テンペイロ〟と名づけようと思ったわけ。フリートもフリットもベニェもフリッターも油炸食品も天ぷらも、全部ひっくるめてテンペイロっていうプラットフォームフードとして、いずれ世界に広めようと思ってるんだ」

わかるかな、と香津子の目を覗き込んでくる。正直、わかったようなわからないような理屈だったが、とにかく礼音はテンペイロというプラットフォームフードにかけている、と言いたいらしい。

「で、そんな思いを込めたテンペイロを広めるためには、どうしたらいいか。それを毎日考えてるんだけど、何よりも商品の質を上げなきゃ話にならないから、最初は香津子さんからアドバイスされた魚介の鮮度の改善に取り組んだんだよね。いまは豊洲市場にも出入りできるようになったけど、その後、築地場外市場の隅田川寄りでいい魚屋を見つけてね。信頼できる漁師から直接仕入れた魚だけを売ってる『平埜水産』っていう店なんだけど、そこの若旦那からいろいろ教わってるところ」

「平埜水産の若旦那に？」

「知ってるの？」

「知ってるもなにも、あの若旦那とは築地食魂同盟っていう交流会をやってるの。最近は移転騒ぎの影響で活動が滞ってるけど」

「ああ、やっぱ、ちゃんとした人なんだね。テンペイロはシンプルな料理だからこそ、ぼくも食材にはこだわりたいんだ」

それは魚介のテンペイロに留まらない。豚、鶏、仔羊《こひつじ》などを揚げた〝肉テンペイロ〟、握り鮨や巻き鮨を揚げた〝鮨テンペイロ〟、苺《いちご》やジェラートを揚げた〝デザートテンペイロ〟など、いまやあらゆるテンペイロに挑んでいるという。

鮨や苺まで揚げるとは驚いたが、礼音は大真面目だった。

「とにかくアイディアは山ほどあるんだよね。だから平埜水産の若旦那には、魚以外の仕入れについても相談してるんだけど、これからは豊洲みたいな巨大市場を通すより、全食材について直販ルートを開発したほうが早いんじゃないか、なんて話にもなって」

「けど、そうなったらママチャリで売り歩くレベルじゃないよね」

「もちろん。だからこそ、路面店の一号店を開きたいんだけど、ただ、現状ではママチャリで売るしかないからね。当面は消費者の反応を探るテスト販売だと割り切って、朝と夕方以降はママチャリで出掛けて、あちこちで売り歩いてるんだよね。で、午後は玉勝屋で老舗の接客スキルを学ばせてもらってるから、いまを乗り切れば、一号店のオープンはそう遠くないと思うんだよね」

へえ、と思った。一見、行き当たりばったりのように見えて、礼音なりの計画に基づいて行動しているらしく、一号店に成功したら二号店、三号店と拡大していく予定だという。

「ただ、開店資金はどうするの？」

どれだけママチャリで頑張ったとしても、一パック四百円のテスト販売の儲《もう》けなど、たかが知れている。

「そう、あとは資金調達が最大の壁なんだけど、そのためにも、香津子さんをはじめ築地場外で知り合った人たちに、画期的なフードビジネスだと認めてもらいたいんだ。一人でも多くの人に認めてもらえれば、融資しようという人が現れてくれると信じてるし、その意味で、風まかせで生きてきたぼくにとっては、いまが正念場なんだ」

4

一度登録した携帯番号やアドレスは、不要になっても残す派と消す派に分かれるらしい。

たとえ別れた彼や彼女のものでも残す派は、思い出保存タイプ。もう付き合わないと思った時点でさっさと消す派は、過去封印タイプ。その割合は、残す派五割、消す派三割だと聞いたことがある。

あとの二割は気分しだいだそうで、香津子はこの二割に入る。他人からは割り切りのいいサバサバした女だと思われがちだが、実は気分屋というか、優柔不断な性格が隠れているのかもしれない。

そんなことを考えたのにはわけがある。礼音と話したその晩、自室で寝る準備をしているときに携帯が震え、思わぬ名前が着信表示されたからだ。

正ちゃんだった。かつて香津子が劇団を辞めると同時に別れた元彼。長いこと音信不通だったのに、急にどうしたのか。同じ築地で生きてきただけに、場外の路地で偶然すれ違ったり、そば処みさきの開店記念パーティでかち合ったこともあったが、そのたびにおたがい素知らぬ顔でやりすごしてきた。

ただ、その後の彼の状況は風の便りに聞いている。彼の家業のカネマサ水産は、市場移転延期の影響で何軒かの仲買店を吸収合併して生き残りを図り、豊洲移転後は正ちゃんが社長に就任したらしい。そこまでは知っていたのだが、ここにきて電話とは、何かあったんだろうか。電話帳から消しておけば着信表示は電話番号だけだから、正ちゃんと気づかず放っといたのに、と気分屋の自分を呪ったものの、結局は気になって応答してしまった。

「もしもし」

「ああ香津子、久しぶり。急にごめんな」

昔と変わらない声だった。ただ、平静を装ってはいるが、どこか緊張しているのがわかる。別れて十年近い歳月が流れているのに、声色だけで読み取れるから不思議なものだ。

「何かあったの?」

「ていうか、玉勝屋がごたついてるって聞いたもんだから」

「うちのお父さんが倒れたことかな」

「それもあるけど、変わり者が出入りしてるって聞いて」

礼音のことらしい。

「ヤッさんに聞いたの?」

「ヤッさんがそういう人じゃないってことは、香津子も知ってるだろう」

確かにそうだ。正ちゃんと別れてからもおたがいヤッさんとは親交があるものの、二人の仲について口外されたことは一度もない。

「とにかく豊洲にも噂が伝わってきてんだよな、侍ヘアの大男が香津子を狙ってるみたいだって」

飲食業界は意外と狭い。正ちゃんとの過去は、ヤッさん以外には秘密にしてきたから知られていないが、礼音は別だ。見慣れない大男が毎日店頭に立っているだけに、あらぬ噂が立っているらしい。

「実はあたしも困ってるの」

香津子は声をひそめた。長らく距離を置いていた元彼という特殊性がそうさせたのか、つい礼音について話してしまった。

海外放浪から帰国してテンペイロで成功を目指している礼音から、名義を貸してほしい、と頼まれて断ったこと。でも今日改めて二人で話したところ、彼は彼なりにテンペイロに情熱を注いでいることがわかり、ちょっと見方が変わったこと。それでも、礼音が風雲児なのか、ほら吹きなのか、わからないでいることも含めて打ち明けると、

「そうか、そういうことか」

電話の向こうの正ちゃんは当惑の声を漏らし、

「今日改めて二人で話したっていま言ったけど、それって親鸞聖人像のとこだよな？」

思わぬ質問をしてきた。

「何で知ってるの？」

「いや、たまたま今日の午後、通りかかったもんだから」

いまも正ちゃんは築地の近所で一人住まいしていて、趣味のロードバイクで豊洲市場に通勤している。遅い午後に帰宅途中、新大橋通り沿いの歩道を走っていたら、築地本願寺のミニ公園で話し込んでいる香津子と侍ヘアの大男を見かけたそうで、

「内緒のデート現場を目撃したのかと思って焦っちまったぜ」

からかうように笑う。

「それで電話してきたんだ」

「まあちょっと気になったんでさ」

「そういうことか。実はね、あのときバリバリに口説かれてたの」

冗談めかして言い返すと、

「嘘つけ、見栄張んなって」

今度は苦笑している。

でも、本当のことだった。テンペイロビジネスについて熱く語った直後に、礼音はいつもの屈託のない笑みを浮かべてこう言ったものだった。

「そういえば香津子さんの厚焼き卵、かなり上達したってお母さんが喜んでたよ。家業を背負って立つ女性って、やっぱ仕事に向ける気合いが違うんだろうね」

急に持ち上げられてまごついたものの、

「ありがと」

おどけた調子で香津子が返すと、礼音は続けた。

「いや冗談とかじゃないんだ。初めて香津子さんに会ったときも、大きな何かを背負ってるオーラみたいなものが伝わってきて、正直、ひと目惚れしちゃってさ」

「またまたあ」

持ち上げすぎ、と照れ笑いした。

「いや、こういうチャンスだから思いきって言うけど、できれば香津子さんと真剣に付き合いたいと思ってるんだ」

目を見据えられた。どう反応したものか困っていると、

「けっして融資を狙ってるわけじゃないからね。それとは関係なく、まだまだ発展途上のぼくだけど、付き合ってほしい」

いきなり迫られ、とっさに香津子は目を逸らした。

矛盾した話かもしれないが、いざ口説かれてみると、香津子にとっても礼音は初めて会ったときから気になる存在だった。ギターを背負って世界を渡り歩いてきた行動力には素直に惹かれたし、野宿しながらテンペイロビジネスに打ち込んでいる姿には、歳下とは思えない男らしさを感じた。ただ、これも外国流なんだろうか。あまりに唐突な告白に当惑するあまり、その場ではイエスともノーとも答えられなかった。

こういう曖昧《あいまい》なところが、携帯に残す派でも消す派でもない気分屋ならではの対応だったのかもしれない。そんな未練たらしい思いを引きずっていたこともあって、バリバリに口説かれてたの、なんて口走ってしまったのだが、電話の向こうの正ちゃんは、見栄張んなって、と笑い飛ばして言葉を継いだ。

「まあ冗談はともかく、ひとつだけ言っときたいんだけど、その侍ヘアは、ほら吹きだ

と思う」

「え？」

「風雲児か、ほら吹きか、わからないでいるって言ったろ。おれは、ほら吹きだと思う」

「ああ、その話ね」

けど、どうして？　と携帯を握り直して問い返した。

「そんなの勘でわかるって。うちの店は市場移転が延期になったとき、個人店じゃ生き残れないと見切って五つの仲買店を吸収合併したんだよね。で、会社の規模が大きくなっておれが社長に就任したら、途端にいろんなやつが訪ねてくるようになってさ。異業種で儲けて飲食業に進出したくなったやつとか、日本に出店しようとしてる海外の有名シェフとか、東京で一旗揚げたくて起業したやつとかが、手助けしてほしい、って訪ねてくるわけ」

「やっぱ個人店のときとは違うってこと？」

「まあそれは仕方ないんだけど、ただ、そうやって近づいてくるやつの中で一番始末に負えないのが、一旗揚げたいやつでね。妙な自信だけは持ってて、でかい夢を語り倒すんだけど、そういうやつに限って飲食業の経験がまるでないし、資金計画もいいかげんだし、足元がぐらぐらなわけ。いまどきの飲食店は場所決めだけでも大変な時代で、いい場所は大手チェーンが押さえちまってるのに、どこでもいいから店さえ開けば儲けが転がり込んでくると思ってる。だから、そういうやつにはいつも言ってやるんだ。まずは三年、みっちり飲食店で働いてみろって」

侍ヘアも、まあそのクチだろうな、と正ちゃんは断じる。

そう言われると不思議なもので、そこまでひどい男じゃない、礼音は礼音なりに頑張ってるんだし、と擁護したくなるが、どう切り返したものかわからない。ふと考えていると、正ちゃんはひとつ咳払いしてから唐突に声色を変えた。

「やり直さないか」

まさかのひと言だった。思わず絶句していると、たたみかけられた。

「これ、移転騒動のときから、ずっと考えてたことでね。築地食魂同盟のこととか、お父さんが倒れたこととか、香津子が一人で奮闘してることとか、いろいろ耳に入ってきて、その頃からマジでやり直したいと思ってたんだ。同じ跡取りとして会社を継いだおれには、いま香津子が置かれてる状況がリアルに理解できるし、香津子もまた、おれの立場を理解してくれると思ってる。あの頃と違って、大人になった二人なら、きっとうまくやっていけると思うんだ」

「けど」

「いやもちろん、おたがい跡継ぎ同士、そこが一番のネックになるとは思う。それでも、何かしらやり方はあるだろうし、それを模索した上で香津子と結婚したい。おれ、そこまで考えてるんだ」

こんな偶然があるんだろうか。昼間、礼音から告白されたと思ったら、今度は正ちゃんから求婚同然の言葉が飛びだした。

さすがに言葉に詰まっていると、

「考えといてくれるかな」

正ちゃんはそう言い添えて電話を切った。

礼音が路面店をオープンすると知ったのは、それから一か月半ほど経った頃だった。築地本願寺のミニ公園で、付き合ってほしい、と告白した礼音は、翌日も何食わぬ顔で店にやってきて接客に精をだしていた。ところが、いつも通り午後三時に店を閉めたところで、明日からしばらく来られなくなる、とだけ言い残して賄いも食べずに帰ったきり、ぱったり姿を見せなくなった。

何か気に障ったんだろうか。せっかく恋心を打ち明けてくれたのに、香津子は曖昧な言葉しか返さなかった。その煮え切らなさに愛想をつかされたんだろうか。これで礼音とは終わりなんだろうか。

急に心配になった。店に来たら来たでストレスになっていたのに、来なくなったらまた心配になるのだから、自分の気持ちがわからなくなる。

「どうしちゃったのかしらねえ」

母親と楊さんも所在なげで、店のみんなも拍子抜けした思いでいたのだが、梅雨も明けた七月初頭の朝八時過ぎ、香津子がコンロに火を入れた直後に、ひょっこりと礼音が姿を現した。

「本日午前十時、いよいよ一号店がオープンするんで、よろしく！」

満面に笑みを浮かべて声を張るなり、ずかずかと調理場に入ってきて手書きのチラシを突きだしてきた。

『噂の〝テンペイロ屋〟築地店オープン！

南蛮渡来の揚げ立ての美味《おい》しさ！

烏賊リコッタ！　鰯ピクルス！

ビーフ雲丹《うに》！　＆　鮨！

全品一パック四百円均一！』

やたら〝！〟を連ねた縦書きの紙面には、赤と緑のポルトガル国旗と六種の具材のテンペイロのほか、ポルトガルギターのイラストも描かれている。さらには開店記念サービスとして『このチラシ持参の方は二割引き！』と景気のいい文字も躍っている。

左下には地図もある。一号店はなんと築地を斜めに貫く晴海《はるみ》通り沿いにあるらしく、

あんな場所に店舗用の物件なんてあったっけ、と首をかしげていると、

「築地店は一坪ショップだから、なんとか見つけられたんだよね」

礼音が得意げに鼻をうごめかせた。

「一坪ショップ？」

「そう、ぼくのテンペイロ屋は、狭小スペースで開けるところも売りだからね」

店内には調理担当者一人が立てる場所があれば十分だから、ビルの合間の狭い空き地を安い賃料で借りれば、すぐ店を開ける。店舗も、コンテナタイプのミニプレハブ小屋にフライヤーと冷蔵庫、流し台と調理台を設置し、クレーンで釣り上げて狭小スペースに置くだけで完成する。おかげで店造りをはじめて数日間で開店に漕《こ》ぎつけられたのだという。

「ほう、そいつはいい方法を考えたもんだな」

今日も助っ人に来てくれたヤッさんが感心している。テイクアウト店は客席のキャパとか関係なく、どんどん売り捌けるから、一発当てたらでかいぞ、と白い歯を覗かせている。

ただ、香津子は釈然としなかった。いくら賃料が安いとはいえ、店舗用地を借りるには保証金を積まなければならないし、店舗設備の費用や運転資金だって必要になる。とてもじゃないが数か月程度のママチャリ販売で稼げる金額ではないし、いったいどこか

ら資金調達したのか。

まさか、それも母親が、と訝っていると、

「やったね、ついに一号店オープンかい」

母親が店頭の客を放りだして調理場に入ってきた。その嬉しそうな顔を見た瞬間、確信した。礼音も母親も素知らぬ顔をしているが、母親がこっそり貸したに違いない。そうでもなければ、こんなに早くオープンできるわけがない。

裏切られた気分だった。もちろん、香津子だって礼音のビジネス計画を聞いて、資金面で応援したい気持ちが湧かないではなかった。それでも、安易に金銭沙汰に関わるものではないと自重していたのに、その裏で礼音がまんまと母親に取り入っていたかと思うと、なおさら腹立たしくなる。

といって、この場で二人を問い詰めるのも大人げない。

「お母さん、お客さん来てるよ」

香津子は仏頂面《ぶっちょうづら》で母親の脇腹を突っついた。浮かれてる場合じゃないでしょ、と当てつけたつもりだったが、かまうことなく嬉々として礼音と談笑している。

もはやすっかり取り込まれてしまっている。そう思うほどにますます腹立たしくて憮《ぶ》然《ぜん》としていると、

「おう香津子、十時になったら一号店の試食に行くか」

ヤッさんに肩を叩かれた。

「あたしも？」

「そりゃそうだ。しばらくの間、玉勝屋の店頭を盛り上げてくれた恩人だろうが。開店祝いがてら、二人で冷やかしてこようじゃねえか」

「でも仕事が」

「なんだよ、冷てえ女だな。たかだか二、三十分のことじゃねえか」

いいよな？ と母親に声をかけると、ああ行っといで、あたしはあとで行くから、と二人して香津子を促す。

結局、午前十時になるのを待って、ヤッさんとともに礼音の店に行くはめになった。

晴海通り沿いのビルの合間、というよりは隙間といったほうがぴったりくるスペースに、テンペイロ屋の一号店はあった。周囲にはポルトガルギターのエキゾチックな調べが響き渡り、オリーブ油の香ばしい匂いが漂っている。

「鰻屋方式か、こりゃいいこと考えたな」

ヤッさんが店舗を指差した。

接客用の窓口の上に大きな換気扇が据えつけられ、香ばしい匂いを周囲に広げている。ポルトガルギターの音色は録音したものだったが、それでも臨場感はたっぷりで、なかなかの演出だ。実際、その香ばしい匂いと音色に誘われて観光客や近隣で働く若い人たちが、もの珍しげに集まりはじめている。礼音が街角で配った二割引きのチラシを手に注文している人も何人かいて、接客窓口の中では礼音が忙しそうにテンペイロを揚げている。

「はい、これは預かってきたやつ」

香津子は窓越しに祝儀袋を差しだした。開店日がわかっていれば花を出したのに、と残念がっていた母親から預かってきたものだ。

「ありがとう！」

礼音はぺこりと頭を下げ、

「一号店のおすすめは、烏賊リコッタ、鰯ピクルス、ビーフ雲丹。あと、鮨テンペイロもあるけど、何にする？」

と口角を上げてみせる。鮨テンペイロは、韓国でポピュラーな海苔巻き天ぷら〝キムマリ〟を真似て鉄火巻を揚げたものだという。

「じゃあ、烏賊、鰯、ビーフを三パックずつ」

従業員たちのぶんも含めて多めに注文した。鮨テンペイロは変わり種すぎて敬遠したが、

「せっかくだから、味見してやろうじゃねえか」

とヤッさんにせがまれて、これも三パック追加した。

一気に十二パックもの注文とあって揚げ時間がかかったが、香津子の大量購入に釣られて購入を決めた客も現れたから、そこそこ販売促進になったようだ。

すると、それに気をよくしたヤッさんが言いだした。

「どうせなら、食べてるとこも見せてやるか」

店頭の目立つところで、これ見よがしに赤いマッサをテンペイロにつけ、どれどれ、と口に運んでみせる。

集まっている人たちが注目している。マッサの鮮やかな赤に興味を惹かれた人も多いようで、赤パプリカのソースなんだって、といった声も漏れ聞こえてくる。

ところが、当のヤッさんの反応は意外なものだった。鰯ピクルスを口に運ぶなり眉根を寄せたかと思うと、礼音に声をかけた。

「おい、日曜の晩は空いてっか?」

5

南青山《みなみあおやま》を訪れるのは確か二回目だと思う。

東京に生まれ育った香津子が、たった二回? と思われるかもしれないが、芝居に打ち込んでいた二十代半ばまでは、仲間と遊ぶとなったら、ほぼ下北沢《しもきたざわ》だった。

たまに遊ぶ場所を変えても渋谷《しぶや》がせいぜいで、家業に専念しはじめてからは根が下町気質だけに、築地から近い新富町《しんとみちょう》か入船。場所を変えたとしてもおやじ天国の新橋ぐらいだから、南青山なんておしゃれっぽい街にはまるで縁がない。初めて足を踏み入れたのは三十間近の頃、友だちのレストランウェディングに呼ばれたときだった。

その折に下車した記憶がある地下鉄外苑前《がいえんまえ》駅から歩いて十分。青山通りから坂道を下り、薄暗い路地に入った先の雑居ビルの二階にその店はあった。日曜は定休日だそうで看板の明かりは消えているが、目を凝らすと『天ぷら　はるもと』と書かれている。

ここが、ヤッさんが礼音を誘った店だった。

「せっかくだから香津子も来い、どうせ夜は新富町あたりで飲んだくれてんだろうが」

そう言われて仕方なく香津子も足を運んできたのだが、格子戸をノックして恐る恐る開けると、店内には明かりが灯され、すでにヤッさんと礼音は到着していた。

鉤型《かぎがた》のカウンターに八席あるだけの小ぢんまりした店ながら、一万六千円コースが基本の高級店だそうで、内装にも調度品にも凜《りん》とした気品が漂っている。

「おう香津子、こいつが春本《はるもと》だ」

ヤッさんがカウンターの中にいる調理白衣姿の男性、春本さんを紹介してくれた。三十そこそこで独立して十年になるオーナー天ぷら職人だそうで、よろしくお願いします、と頭を下げる。香津子も会釈を返し、た。

「これ、うちの商品なんですが」

箱入りの厚焼き卵を差しだした。土産《みやげ》がわりに持参しろ、とヤッさんから言われてい

た。

「ありがとうございます。ヤッさんには、いつも新作の味見をお願いしてるんですけど、今日はお二人も加わってくれて心強いです」

恐縮したように春本さんが言うと、

「いやいや、とんでもねえ。急遽《きゆうきよ》二人も増えちまって申し訳ねえが、勉強させてやってくれ」

ヤッさんが笑いかけた。

礼音はいつになく緊張した表情でいる。ヤッさんがあえて高級天ぷら店の試食に同席させたからには、礼音のテンペイロに思うところがあったに違いなく、香津子も固唾を呑んでいると、

「じゃ、はじめますね」

わからないことがあれば聞いてください、と言い添えて春本さんが魚を三尾取りだした。

鰯だった。まずは魚体に包丁を入れて内臓と中骨《なかぼね》を外し、刺抜《とげ》きで丁寧に小骨を取り除く。三尾とも捌き終えると、携帯用のポットを取りだし、小麦粉を入れた器に何かを

注ぎ入れる。

「お湯ですか？」

礼音が聞いた。湯気のようなものが立ち上っているからだろう。

「いえ、液体窒素です」

「え、そんなものを使うんですか？」

「小麦粉って温度が高くなるとグルテンの粘りが出ちゃうんですね。うちはサクッと揚げたいから、粉自体を液体窒素でサラサラに冷やしてから卵水に振り入れて衣にしてるんです」

へえ、と驚いている礼音に春本さんは微笑みかけ、鰯に粉をつけて、さっくりと混ぜた衣に潜《くぐ》らせてシュンッと揚げ鍋に投入した。

「ちなみに、粉は薄衣用と厚衣用の二種を使い分けて、水はカラッと揚がる酸性水。油は菜種《なたね》油とコーン油、そして玉締め絞りの胡麻《ごま》油をブレンドしてます」

玉締め絞りとは手作業の低圧力で時間をかけて胡麻を搾《しぼ》る方法だという。摩擦熱で焦げないため琥珀《こはく》色の胡麻油に仕上がるそうで、

「この玉締め絞りを三割ほど加えることで、より甘さが引き立つ揚げ上がりになるんです」

礼音がぽかんと口を開けている。思いもよらない繊細な仕事ぶりに言葉もないらしい。

その間も春本さんはシュワシュワ泡立つ揚げ鍋に目を凝らし、やがて、ひょいと鰯をつまみ上げ、素早く油を切ってヤッさんの皿に置いた。

ヤッさんが何もつけずに半分食べた。続いて、ぱらりと塩を振って残りを平らげる。

香津子と礼音のぶんもすぐに揚がり、春本さんが二人の皿にも置く。

「千葉房総《ぼうそう》沖の真鰯です。高級店ではあまり鰯を使わないんですが、定番化したいと思いましてね。ほかにも今夜は変わった天種《てんだね》を揚げるので、率直な意見を聞かせてください」

そう言われて、香津子もヤッさんのように最初は何もつけずに口に運んだ。さくりと音を立てて前歯を食い込ませると、からりと揚がった薄衣の香ばしさが鼻腔に抜けた。と同時に、刺し身のような生の味わいを残していながら、しっとり熱が入った鰯の旨みと脂の甘さが押し寄せてくる。

目を瞠《みは》った。鰯の質が極上なのはもちろん、レア感と揚げ感を絶妙に両立させた火入れ加減は、従来の鰯の天ぷらとはまるで別ものだった。さらに塩を振って食べると、香ばしさ、旨み、脂の甘さ、すべてが一層くっきりと立ち上がり、気がつけば頬が緩んでいた。

それは礼音も同様なのだろう、瞬く間に一尾食べ終えて、うっとりと余韻に浸っている。

「この鰯は〝走り〟だよな？」

ヤッさんが春本さんに聞いた。

「ええ、時期的にはまだ走りです。梅雨時にはもっと脂が乗った〝入梅鰯《にゅうばい》〟が出てきますけど、うちの天ぷらには脂が薄めのほうが合う気がして走りを使いました」

魚のプロは、脂が少ないことを薄いと言う。

「なるほど。むろん、好き好きだとは思うが、これは脂の薄さを揚げ油に引き立てさせる狙いが成功してるな」

「ありがとうございます。それでは続けて、釧路《くしろ》産の花咲《はなさき》がに、丹後《たんご》産の鳥貝、そして三陸《さんりく》産の海鞘《ほや》も揚げていきますね」

「ほう、海鞘も」

「産地の宮城では使う店が多いんですけど、これも扱いが難しい食材でしてね」

興味がおありでしたら、まずは海鞘からいきましょうか、と橙《だいだい》色が鮮やかな生の海鞘に、ちょんちょんと何か塗って衣をまとわせてから揚げ鍋に投入し、ほんの数秒で引き上げてヤッさんの皿に置く。

「これって下ろし大蒜《にんにく》と鷹の爪をつけたのかい？」

すぐに食したヤッさんが聞く。

「ええ、海鞘独特の旨みをスペインのアヒージョをイメージしつつ、軽く火を入れて和の味わいに仕上げたいと思いまして」

「いや旨いな。新しい海鞘の食味《しょくみ》を発見した気分になる」

「あ、そうですか、嬉しいです。実は今夜の試食で、これが一番不安だったんです」

春本さんが安堵《あんど》の色を浮かべている。

続いて、花咲がにと鳥貝。衣をつけて手早く揚げ、花咲がにには紅葉《もみじ》おろし、鳥貝にはキャビアをちょこんとのせた。

どちらもまた、うっとりするようなレアな甘みが広がる軽快な火入れで、海の爽やかさと滋味が口一杯に溢れた。花咲がにと紅葉おろしも絶妙の相性だ。ただ、鳥貝にキャビアはいまいち合わない気がしたが、

「おいしいですねえ。天ぷらってどこも似たような魚介類を揚げてるけど、こんなの初めてです」

と香津子は褒めた。礼音もまた上気した顔を綻ばせて大きくうなずいている。

「ありがとうございます。うちは全十八品のおまかせコースでやってるんですけど、もちろん、才巻《さいまき》海老、鱚《きす》、銀宝《ぎんぽ》といった伝統の江戸前の天種も揚げてます。でも、それだけだとうちの天ぷらにならないので、昔ながらの職人からは邪道と言われる天種も思いきって使ってますし、同じ鱚でもあえて四日間熟成させて揚げたりしてます」

「へえ、熟成魚も、ですか」

「ええ、コースの順番も、天ぷらの合間に酒のつまみを挟んだり、デザートがわりにリンゴを揚げてアイスクリームソースをかけたり、いろいろと工夫してます。天ぷらって、もっと自由でいいと思いますから」

にっこり笑いかけてくる。

「ただ春本、鳥貝にキャビアは違うな」

ヤッさんが口を挟んだ。

「あ、やっぱ外しましたか」

春本さんが悔しそうにしている。香津子も同じことを感じながら言わなかったのに、ヤッさんはぴしりと指摘した上で、

「だが、それ以外は、おれも久々にわくわくした。試食に呼ばれといてなんだが、純米のキリッとしたやつがほしくなったほどだ」

盃《さかずき》を空ける仕草をして笑いかける。

「でしょう。実は、いいやつが手に入ったので、ちょっと合わせてみてください」

春本さんは相好を崩すと、冷蔵庫から純米吟醸《ぎんじょう》の一升瓶を取りだした。

深夜の南青山は閑散としていた。

それでなくても人通りが少ない日曜日だ。午後十一時を回った路地に人影はない。

「今夜は、どこに泊まるの？」

礼音に聞いた。

「築地の店」

わずか一坪でも自分の店を持てたから、当面は店に寝泊まりして頑張るつもりだという。そう言われてつい、アパートとか借りないの？　と聞き返したくなったが、それはやめた。名義貸しの話を蒸し返すことになっても気まずくなるだけだ。

ヤッさんはまだ店にいる。あれから春本さんも交えて酒を酌み交わしたのだが、もうちょい話したいからおめえらは帰れ、と促された。ヤッさんとしては気をきかせたつもりだろうが、ほろ酔い機嫌の礼音と二人きりにされた香津子は気が重くなった。

早いもので、付き合ってほしい、と迫られたあの日から一か月半ほど経っている。その間、礼音は一号店のことにかかりきりで、それに関しては触れないまま今日に至った。試食の席でもおたがい何事もなかったように振る舞っていたが、二人きりになったところで話を振られたらどうしよう、と思った。同じ日に告白された正ちゃんにも返事を保留したままだし、いま厄介な話はしたくない。

ここはうまく切り抜けなければ、と路地から坂道に入ったところで、

「けど春本さんの天ぷら、本当においしかったな。とくに海鞘がすごくなかった？」

それとなく試食の話に戻した。

「うん、最初の鰯でがつんとやられて、つぎの海鞘で叩きのめされたもんなあ」

礼音が話に乗ってきた。しめたとばかりに香津子は続けた。

「確かに最初の鰯にもびっくりしちゃった。あれってまったく新しい鰯のおいしさだったし、あえて脂が薄めの走りを使うとか、そこまで考えてたなんて」

「液体窒素で粉をサラサラにしたり、油を三種類もブレンドしたり、そういう細かい工夫もすごかったな。あとヤッさんが、天ぷらって料理は蒸し物だって言ってたよね。熱い油で食材を脱水しながら蒸していくことで、旨みを引きだす料理だって」

「ああ、あたしも覚えてる」

その話を受けて春本さんも言っていた。どれくらい脱水すれば食材の旨みを最大限引きだせるのか、その加減を熟知した上で当日の気温と湿度、食材の状態などに応じて衣の濃淡、油の温度、揚げ時間を微妙に調整しなければ納得のいく天ぷらに揚がらないのだと。

「あの話も、ぼくには目から鱗《うろこ》だったな。シュワシュワの泡立ちは脱水加減を見極めるセンサーだって強調されたけど、なるほど、だよね。海鞘や鳥貝は最小限の脱水でないと旨みが抜けるから粉と酸性水の配合も変えるとか、すごく細かく計算してるんだもんなあ」

「ふつう、そこまで高いレベルのことをやってるとは思わないものね。見た目はただ衣をつけて油で揚げてるだけなのに、あんなに技と感覚を研ぎ澄ませてやってるなんて」

「食材へのチャレンジも、すごかったな。ぼくのテンペイロは異色だと勝手に思ってたけど、とんでもない。海鞘やリンゴまで揚げてるんだからさ。春本さんみたいな江戸前の定番にこだわらない店は、天ぷら界のニューウェイブと呼ばれてるってヤッさんが言ってたけど、マジで志が違うと思った」

実際、ちょっと前まで天ぷら職人といえば、戦前から続く老舗天ぷら専門店や都内の老舗ホテル出身の職人が正統派と言われていた。なのに春本さんは、天ぷら職人を志しながら、あえて料亭で日本料理の修業をしてから天ぷら専門店を開いたというから異色の経歴だ。ほかのニューウェイブ店主も経歴は多彩で、天種も牛ひれ肉の角切りや鱗つきの甘鯛、さらにはジビエを揚げる店まであるそうで、

「伝統の天ぷらの世界にも進化系があるんだわねえ」

香津子は夜空を見上げた。

礼音は豚や牛はもちろん鮨まで揚げて香津子たちを驚かせたが、高級天ぷらの世界でも似たようなことが起きていた。伝統の世界も経験値だけで動いているわけじゃない。それが思いがけなく新鮮だった。

「ぼくは新鮮っていうよりショックだったな。テンペイロで世界進出しようって思いついたときから、いろいろと揚げ物を研究してきたつもりでいたのに、あんな高い次元で

追究してる人がいたなんて本当にショックだった。結局、ヤッさんは、それを伝えたくて誘ってくれたんだと気づいたけど、テンペイロで世界進出すると決めたからには、日本の天ぷらもちゃんと研究しなきゃダメだって痛感させられた。やっぱヤッさんって人は、見てるところが全然違うんだね」

その通りだと思った。放浪帰りの礼音のことを最初は〝ありきたり〟と腐していたのに、気がつけばこうしてバックアップしているのだから、いかにもヤッさんらしい。

地下鉄の降り口が見えてきた。最初は緊急避難の話題のつもりだったが、いつしか二人とも天ぷらの話に夢中になり、瞬く間に外苑前駅に着いていた。

ここから地下鉄を乗り継げば二十分ほどで築地に帰れる。ちょうどいい話の切れ目だと思いながら階段を降りかけると、

「香津子さん」

礼音に呼び止められた。え、と振り返ると、一転、真顔になって告げられた。

「もろもろ落ち着いたら、ちゃんとデートしてくれないかな」

言葉に詰まった。つい昨日のことだが、正ちゃんからも奇《く》しくも、今度、二人で会いたい、と誘われて断り切れずに承諾してしまったからだ。

またしても二人の男が重なってしまった。どう応じたものか当惑していると、じれったそうにたたみかけられた。

「これでもぼくは真剣なんだ。なのに香津子さんは、なぜちゃんとぼくに向き合ってくれないの？」

「それは、その、あたしにはお店があるし」

口ごもりながら答えた途端、

「老舗の跡取りは新参者と結婚しちゃいけないってこと？」

ずばり切り返されてどきりとした。あたしは何に迷っているんだろう。何に迷って二人の男の狭間で揺れ動いているんだろう。

ここにきても優柔不断な自分自身に嫌気が差したが、結局はそのまま押し切られ、礼音の誘いにも応じてしまった。

6

燃え盛る夏の陽が傾き、帰宅の人波が押し寄せはじめた午後六時前、香津子は築地の隣街、汐留《しおどめ》へ向かった。

若い頃、正ちゃんと付き合っていたときは築地の人たちの目を憚《はばか》って、いつも汐留の通り沿いで落ち合い、新橋の飲み屋街の居酒屋やカラオケ屋で逢瀬を楽しんだものだった。その時分を思い出して今回も同じ待ち合わせ場所にしたのだが、汐留に辿《たど》り着くと正ちゃんはいなかった。

昔はいつも約束の時間より早く来て香津子を待ってくれていたのに、どうしたんだろう。久々に会うから時間を読み違えたんだろうか。

夕刻の街を忙しげに行きかう車を眺めながら、ぼんやり考えていると、黒塗りのハイヤーが目の前に止まった。

「お待たせ！」

見ると後部座席にスーツで決めた正ちゃんが乗っている。ここにきて連日の真夏日が続いているというのに、涼しい顔をして足を組んでいる。

若い頃は判で押したように、首元が伸びたトレーナーに洗いざらしのジーンズという仲買人スタイルだったのに、別人のようだ。電話で話しているときは昔と変わらないと思っていたのに、初めて十年近い歳月を感じた。

一方の香津子は、正ちゃんと会うならどうせ居酒屋かカラオケ屋だろうと、当時と変わらない愛想のない半袖シャツにジーンズというラフな恰好で来てしまった。それだけに、後部座席に乗り込んだときに正ちゃんからコロンが香ったのには違和感を覚えた。

「じゃ、プラチナ通りまで」

正ちゃんが運転手に告げた。プラチナ通りが白金《しろかね》にあることは香津子も知っているが、行ったことは一度もない。根が下町気質だけに、先週の南青山にも増して馴染みがない街だ。

「正ちゃん、白金なんかに行くんだ」

だったらおしゃれしてきたのに、という意味も込めて言うと、

「会社が大きくなったら、妙に付き合いが広がっちゃってさ」

肩をすくめて答える。

正ちゃんのカネマサ水産は、吸収合併後、従業員百五十人を超える規模の会社になった。世間的に見れば、まだまだ中小企業だが、毎朝店頭で魚を売っていた築地時代と違って、社長の正ちゃんの日常は、国内外の大手企業と取り引きする商社マン的な仕事が増えている。昼は来日中の企業幹部と商談、夜は接待に連れだすことが多くなり、豊洲市場の現場にはなかなか立てないでいるという。

「だから今夜も、いつも使ってる会員制のダイニングバーにしたんだけど、いいよね」

やけにもったいをつけて聞く。

「会員制って、あたし、こんな恰好で来ちゃったんだよ」

たまらず文句を言ったものの、

「大丈夫。白金に住んでて、あえてラフなスタイルでふらりと来店するマダムもいるし」

と笑っている。その社長づらした物言いに苛ついて香津子が押し黙ると、ほどなくし

てハイヤーはプラチナ通りに入り、小さなマンションの前で停車した。

くだんのダイニングバーはマンションの二階にあった。といっても看板はなく、正ちゃんはドアの傍らにある指紋認証に指をかざし、ドアロックを外して店に入った。

黒服の案内でテーブル席に着いて店内を見回した。まだ口開けの時間だというのに、ちらほらと客が入っている。

「とりあえずシャンパン。あとは適当に見繕ってくれるかな」

正ちゃんが慣れた口ぶりで注文すると、黒服がボトルを開けてグラスに注いでくれる。グラスを掲げて乾杯し、ひと口飲んだところで、ほら、あれ、と別のテーブル席に目配せされた。見ると、たまにテレビで見かける大御所俳優と若手女優がワインを飲みながら、早くもいちゃついている。

「その向こうでこそこそ話してるのは代議士なんだけど、社長夫人ともなれば、こういう店に来る機会も増えるし、香津子も慣れといたほうがいいと思ってね」

得意そうに言い募る。はあ？　と思った。この人、あたしと婚約したつもりでいるのか。

「ねえ、ちょっと勘違いしてない？」

慌てて釘を刺した。

「いや、もちろん、香津子が玉勝屋の後継者だってことはわかってる。ただ考えたんだけど、いまだったら、うちのグループ会社として受け入れられると思うんだよね。そうなれば香津子も、うちの人間として玉勝屋を仕切っていけるわけだし、それなら何の問題もないだろ」

「そういうことじゃなくて」

「まあ聞いてくれ、続きがあるんだ。これはまだ公にはできない話なんだけど、いまうちの会社は、ある海外の大手企業とでかい契約を結びかけてるんだ。詳細は言えないけど、実現した暁《あかつき》には、市場の店先でこまごまと魚を売り捌く商いとは取り引きの桁が違ってくる。要は、一気に世界的な会社になるわけで、そうなったら増資も検討しなきゃならないし、株式上場だって視界に入る。とにかく、いまのカネマサ水産には無限大と言っていいほどの伸びしろがあるんだよね。で、玉勝屋がそのグループ会社になったと考えてみろよ。世間的には伝統が息づく老舗かもしれないけど、しょせんは零細商店だ。そんな家業とはおさらばしようぜ。店主があたふた卵なんか焼かなくたって悠々自適でやってけるんだから、そういう先の先まで見越して、おれとの仲も考えてほしいんだ」

わかるよな？　とばかりに香津子を見る。

「ねえ、正ちゃんってそういう人だったっけ」

思わず香津子は問い返した。

「そういう人って？」

きょとんとしている。

あたし、だれと話してるんだろう。途方に暮れた。かつて付き合っていた頃は、魚の目利きについて熱弁を振るったり、板前と議論を闘わせたり、産地の漁師と交流を深めたり、はたまた仲買店の立場から豊洲移転に反対したりと、仲買人の現場仕事に全力で取り組んでいた。その後の正ちゃんについては風聞でしか知らないものの、少なくとも築地時代はそういう人だった。

なのに何かが変わってしまった。事実、今夜は汐留で落ち合ったときから魚のサの字も口にしていない。人間って、ちょっと会社が大きくなったぐらいで、こんなにも変わってしまうものなのか。なんだかもう、わけがわからなくなって口を閉ざしていると、

「ただ香津子、いまおれが話したことは言うまでもなく、どこかの風来坊のほら吹き話とは次元が違う。なぜだかわかるか？」

上目遣いにまた問いかける。おそらくは香津子の沈黙を勘違いして礼音を意識したのだろうが、もう答える気にもならなかった。

すると正ちゃんは、やれやれと嘆息してから、自らの問いに答えはじめた。風来坊のほら吹き話とは違って、カネマサ水産グループは正ちゃんの采配のもと、今後、どうやって伸《の》し上がり、どうやって儲けて、どうやっておいしい思いをしようとしているのか。

生臭い皮算用をこれでもかと繰りだしてくる。

でも、香津子は上の空だった。礼音はいま頃、何してるんだろう。そんなことを考えていた。

あの晩、香津子からデートの約束を取りつけた礼音は、築地までの地下鉄の中でもテンペイロについて語り続けた。

『明日からは春本さんを見習って、テンペイロをさらにブラッシュアップするよ。高級店とテイクアウト店の違いはあっても、春本さんとは違う意味でニューウェイブになれるように、もっともっと味と技の試行錯誤を続けて引き出しを増やそうと思うんだ』

目を輝かせて意気込んでいた。

礼音だったら風雲児になれるかもしれない。初めて思った。一見、行き当たりばったりのような生き方の裏には、底知れない情熱が秘められている。何かを巻き起こせるのは礼音のような男じゃないかと自然と思えてくる。

正ちゃんは相変わらず不毛な金儲け話を垂れ流している。ぼんやりと聞き流しながら、礼音の人懐こい笑顔を思い出していると、不意に携帯電話が震えた。

こんな時間にだれだろう。ひょっとして礼音？

期待しながら着信を見ると、オモニからだった。ヤッさんと浅からぬ関係にある彼女とは、以前、携帯番号を交換したものの、電話が来たのは初めてだ。

「香津子です」

正ちゃんを無視して応答した。

「礼音が倒れたの」

切迫した声で告げられた。香津子の父親も入院している築地の聖路加《せいるか》病院の救命救急センターにいるという。

「すぐ行きます！」

即答して席を立った。

「ちょ、ちょっと、どうした」

正ちゃんが慌てている。せっかくデート中なのに、とばかりに不満顔だったが、それどころじゃない。

「もうあなたとは会いたくない」

とっさにそう言い放つなり、香津子は会員制ダイニングバーを飛びだした。

四階の救命救急センターに駆け込むと、ふっくらした丸顔に憂いを滲ませたオモニと腕組みしたヤッさんがいた。受付近くの待ち合いベンチで肩を並べている。

「礼音は？」

息せき切って聞くと、

「治療中」

ヤッさんが答えた。

「何があったんです？」

「食中毒らしい」

突如として激しい胃痛に見舞われた礼音からオモニに電話が入り、たまたま一緒にいたヤッさんと駆けつけたそうで、詳しい状況はまだわからないという。

なぜ礼音がオモニに？

一瞬、不思議に思ったが、それよりも礼音の病状だ。受付の看護師に確認したものの、

「まだ治療中ですので」

やはり何もわからない。

時計を見ると午後八時半過ぎ。大丈夫だろうか。命にかかわる病状なんだろうか。

じりじりしながら待っていると、二十分ほどして当の礼音がのっそりと現れた。心配したわりには元気そうで、長身の背中を伸ばしてすたすた歩いてくる。

「大丈夫？」

慌てて走り寄った。

「ああ香津子さん、わざわざありがとう」

礼音は照れ笑いして、もう大丈夫、と胃のあたりを撫で回してみせる。オモニに電話

してきたときは死にそうな声だったと聞いたのに、やけに元気そうで拍子抜けした。

「いやあ、ぼくもあっけなくてびっくりしたんだけど、アニサキスが原因の食中毒は、虫を摘《つま》みだしちゃえば終わりなんだって」

「アニサキス？」

「魚に寄生する虫だよ」

体長二、三センチの透明がかった白い糸のような〝線虫〟の幼虫で、魚と一緒に食べてしまうと人間の胃壁に潜り込み、四時間から八時間で発症するという。その激しい痛みたるや大の男がのたうちまわるほどだそうだが、内視鏡の鉗子《かんし》で虫を摘出してしまえば、けろりと快復するらしい。

「ただ、ぼくの場合は胃壁に潜り込んだ虫の数が多かったから、すべて摘みだすまでに時間がかかっちゃって」

「じゃあ、ほんとに大丈夫なの？」

「うん、嘘のように痛みがなくなって、胃薬を飲んで一件落着。このまま帰って大丈夫だって」

「そういう食中毒もあるんだ」

香津子が面食らっていると、

「それにしても、何を食ったんだ？」

ヤッさんが口を挟んできた。

「鰯と鯖《さば》と烏賊っす」

「ああ、どれもアニサキスが寄生しやすい魚だな」

「医者もそう言ってました。とくに鰯と鯖は鮮度がいい上物《じようもの》で、刺し身でもいけるって平埜水産の若旦那が言ってたんで、思いっきりレアに揚げてみたんすけど、それがいけなかったみたいで」

「おいおい、若旦那のせいにするなよ。アニサキスは脂が乗った上物ほど寄生しやすくて、ちゃんと熱を入れねえと死滅しねえんだ。プロだったらそれくれえ知ってて当然だから若旦那もすすめたんだろうが、おめえ、ブラックライトは持ってんのか?」

「いえ、それがまだ」

頭を掻いている。

アニサキスは目視して取り除くこともできるから、いまどきの鮨屋やスーパーの鮮魚売場では、ブラックライトを内蔵したアニサキス検査装置を使ってチェックしている。それが面倒臭いのなら、マイナス二十℃以下で二十四時間冷凍するか、七十℃以上に加熱するしかないという。

なのに礼音の頭からは、アニサキスなどまるっきり抜け落ちていた。テンペイロは、どれぐらいレアだと旨いのか。レアっぽさを残しながらテイクアウトでも問題ない火入れ具合はどれくらいか。春本さんの天ぷらを食べて以来、夢中になって試食しているうちにアニサキスも一緒に食べてしまった。

「ただ、昨日までは毎日生っぽいやつを食べてても平気だったんすよね。それが今日に限って、なんでだろう」

首をひねる礼音に、ヤッさんが答える。

「体が元気なときは平気なこともあるらしいんだが、疲労やストレスが溜まってくると、てきめんで発症するんだろうな」

「やっぱ、焦ってたせいもあるんすかね」

礼音が嘆息した。一号店をオープンして割引きチラシを配った数日間は売上げが上がったものの、その後はリピート率が低いために伸び悩んでいる。一刻も早く、より旨いテンペイロに改良して集客に繋《つな》げようと頑張っていただけに、知らないうちに疲れとストレスが溜まっていたのかもしれない、と礼音はうなだれる。

「そんなに落ち込まなくていいわよ」

オモニが慰めの言葉をかけた。

「あんたがアニサキスに注意を払わなかったのは飲食業者として致命的な落ち度だと思うけど、不幸中の幸い、お客さんに売る前にわかってよかったと思わなきゃ。ほかの食中毒だっていろいろあるんだし、今後の貴重な教訓だと思えばいいのよ」

ねえ、とヤッさんに視線をやる。

「その通りだ。あの春本だって、いまでこそニューウェイブだの言われて持ち上げられてるが、どんだけ地道な試行錯誤を繰り返していまの火入れをマスターしたことか。ましておめえは、まだ素人に毛が生えたレベルだ。新しいものに挑む姿勢ももちろん大切だが、伝統が育んだ基本も、ないがしろにしちゃならねえ」

するとオモニが言い添える。

「ただ、あたしも韓国料理屋をやってるから、礼音の気持ちはわかるの。やっぱ鮮度のいいものを鮮度のいいままお客さんに食べさせたいっていうのが作り手の気持ちだし」

その言葉にヤッさんが身を乗りだす。

「だったら、こういうのはどうだ。今後、事故だけは絶対に起こしちゃならねえから、テイクアウトで生っぽさを追求するのは無理と諦めて、七十℃加熱しても生っぽい味わいが感じられる方法を考えるってのは」

「ああ、それはありっすね」

礼音が声を上げた。正直、香津子には無理難題に思えたが、礼音は前向きに捉えたらしく、それこそ伝統と革新の融合で実現できるかも、と目を輝かせている。

オモニも賛同した。

「あたしもやってみる価値があると思う。韓国のキムマリに目をつけたセンスなんて、なかなかじゃない。せっかく新しいことをはじめたんだから、ふつうのことをやってたんじゃお客さんはつかないし、この際、あたしも料理人の端くれとして協力するから頑張ってみなさいよ」

「いえ、そこまでオモニに頼ったんじゃ申し訳ないっすよ。店を持たせてもらっただけで大感謝なんすから」

礼音が恐縮している。え、と香津子は顔を上げた。オモニに店を持たせてもらったとは、どういうことか。

訝っていると、ヤッさんが口を開いた。

「礼音、そんなことは気にすんなって。料理ってもんには経験値も欠かせねえんだ。一人で悶々《もんもん》と悩んでるよか、オモニに相談しながらやったほうが新しい道が拓けるかもしれんし、遠慮することたねえぞ」

「すいません、何から何まで」

礼音が頭を下げる。そんなやりとりをよそに、香津子は聞かずにいられなくなった。

「ねえ礼音、あなたの店って、うちの母から名義と資金を借りたんじゃなかったの？」

恐る恐る尋ねると、

「いや、違うけど」

困惑している。

「マジで違うの？　あたし、てっきり母が貸したと思ってたんだけど」

途端にヤッさんが苦笑いした。

「おれがオモニに頼んだんだよ」

あえて言わないようにしていたそうだが、礼音がつい口を滑らせてしまったらしい。ただし、名義貸しは移動販売の許可を取るときだけだったそうで、一号店のほうはオモニが店舗用地を借りて店舗を造り、礼音は雇われ店長として店をオープンさせたという。要は、店が軌道に乗ったら礼音が店の権利を買い取る前提でオモニがオーナーになった。

「そういうことだったんだ」

思いもよらない真相だった。放浪帰りの風来坊に、よくそこまで肩入れしたものだと驚いていると、オモニがふっと微笑んだ。

「ヤッさんが見込んだ人なら大丈夫。あたしはそう信じてるの。実際、礼音に会ってみたら、その通りの若者だったしね。これでも昔は手広く店をやってたから、礼音なら成功する、って直感して応援したわけ」

7

卵を焼くコンロが四台に増えた。

二か月ほど前までは三台操るのが精一杯だったのに、子どもの頃、ある日突然、自転車に乗れたときのように、気がつけば四台をてきぱき操って玉勝屋の規格通りの厚焼き卵を焼けるようになっていた。

あたしは職人に向いてないのかもしれない、と一時は真剣に悩んだものだが、何事も精進してみるものだ。最盛期の父親は六台を楽々操っていたから、それにはまだまだ及ばないものの、大河内さんやマサヒコ、ヤッさん並みの五台もいよいよ視界に入った。

そんな香津子の成長ぶりが大河内さんにも伝わったのだろう。

「そろそろ、う巻きにも挑戦してみたらどうです？」

昨日の朝、さりげなく勧められた。

嬉しかった。子ども時分から手伝ってきた店頭の仕事は、できて当たり前だと思っていたが、調理場の仕事は一筋縄ではいかない。見よう見まねで半年あまり頑張ってきたが、これで第一段階はクリア、と大河内さんに太鼓判を押された気がした。

自分の仕事が認められるって、こんなに嬉しいことなんだ。初めて実感した。う巻きは厚焼き卵の中に鰻の蒲焼を巻き込まなければならないから、手順や手捌きがまた違ってくるが、あたしならできる、と自信が湧き上がってきた。

おかげで最近は、ヤッさんが助っ人に来られない日も頑張って調理場を回せるようになった。そんな香津子を母親も認めてくれたようで、

「この調子なら、そろそろ新人を雇って育成してもいいんじゃない？　マサヒコくんだって後輩職人がほしいだろうし」

これまた嬉しい言葉で、不安だらけだった玉勝屋の先行きに一筋の光明が見えた気がした。

一方、オモニの協力を得た礼音も、その後、大きく前進した。まずはテンペイロのコンセプトを〝世界の揚げ物と日本の天ぷらの良いとこどり商品〟と位置づけ、調理法に二つの改良を加えてテンペイロを生まれ変わらせた。

「一つめの改良は、オリーブ油だけだった揚げ油に、ココナッツオイルをブレンドしたんだよね」

礼音がそう説明してくれた。もともとオリーブ油は香り高くて油っこさが少なく、体にもいい。そこに油切れがよくて、サクッと揚がるココナッツオイルを加えることで、よりさっぱりした、もたれにくい揚げ上がりになったという。

「もう一つの改良は〝揚げ&炙《あぶ》り〟の二段階仕上げにしたこと」

まずはフライヤーの油を高温に上げ、衣だけが色づくように生っぽく揚げる。続いてコンベクションオーブンに入れて熱風で素早く炙ることで余分な油を落とし、素材全体にぎりぎり七十℃の熱を入れる。これでアニサキスの心配はなくなり、しかも、生ではないのに生の旨みを残したしっとりした味わいに仕上がるようになった。

この成果を生かして開発した新商品が〝鰯&鶏めしテンペイロ〟だ。おかずになる鰯ピクルスのテンペイロと、主食になる鶏めしのテンペイロをパック詰めした揚げ物セットなのだが、あっさりした食べ心地でもたれない。素材の旨みもしっかり味わえる。

調味料もマッサのほか新たに白ワインビネガーも用意し、改めて割引きチラシを撒《ま》いて、SNSを活用した口コミ作戦も展開した。すると、築地界隈《かいわい》のガテン系の若者や中高生、近隣のOL、さらには隅田川の向こう岸にある月島《つきしま》のタワーマンションで暮らす若奥さんたちにも評判が伝わり、新規の客が一気に増えた。いまや昼どきには行列ができるほどで、リピート率もぐんと高まり、まさにオモニの言葉を裏づけるような躍進ぶりだ。

「ただ、これで満足したら飽きられるから、また新商品を投入するつもりなんだ」

礼音はそう言うと、ミートソーススパゲティに衣をつけた〝ボロネーゼパスタのテンペイロ〟を揚げてくれた。

「また変わり種を考えたもんね」

笑いながら試食させてもらうと、意外にもおいしい。

「意外にも、は余計だよ。焼きそばパンのテンペイロ版って考えれば、変わり種でもなんでもないし」

「ああ、確かに」

「実はこれ、オランダ名物のコロッケをヒントにしたんだよね」

現地でクロケットと呼ばれているコロッケは、オランダ人の大好物だそうで、〝仔牛《こうし》ひき肉のクリームコロッケ〟〝ベジタブルコロッケ〟〝エスニック焼き鳥コロッケ〟など多彩なコロッケが作られている。なかでも異彩を放っているのが〝インドネシア風焼きそばコロッケ〟だったという。

「へえ、国は変わっても考えることはおんなじなんだね」

「そうなんだよ。しかも、そういうコロッケがカフェやレストランはもちろん、自販機でも売ってるんだよね」

「自販機で？」

「海外放浪でドイツからフランスへ行く途中、たまたまオランダのアムステルダムに立ち寄ったら、駅構内や街角にあったんだよね。小さなガラス扉つきの温熱庫が壁一面にずらずらっと並んでて、コインを入れて扉を開けると揚げ立てのコロッケを取りだせるわけ」

自販機の裏側にはスタッフがいて、売れたそばから揚げ立てを補充しているから、いつでもスナック感覚でほかほかのコロッケを味わえる。

「だから将来的には、日本の街角にもテンペイロの自販機を作りたいんだよね。そう考えると、もっと多彩なテンペイロが必要になる。たとえば〝トマトとセロリのテンペイロ〟とか〝チコリとバジルのテンペイロ〟とか、野菜のテンペイロを充実させたら女性に喜ばれるだろうし、だったらマッサと白ワインビネガーも自家製造しようとか、まだまだやることはいくらでもある」

礼音の夢は広がる一方だった。話を聞くほどに、こっちの気持ちまでうきうきしてくるから不思議なもので、ここが正ちゃんの大風呂敷とは違うところなんだろうな、と香津子は思う。

札びらを切るような生臭いビジネス話ではなく、根っからの食いしん坊が無邪気に商売の夢を追っている喜びと昂揚感がひしひしと伝わってくるだけに、そんな礼音を心から応援したくなる。

そう思うのは香津子だけではないのだろう。ここにきて徐々に事業資金も集まりはじめているらしい。一坪ショップのテンペイロをヒットさせた実績も後押ししているのだろうが、邪心のない礼音に魅せられて応援したくなった出資者も多いのではないか。

おかげで、いまや礼音は新富町にアパートを借りたばかりか、あと一年もしないうち

にオモニ名義の一号店を買い取れそうだという。この勢いに乗って新橋に二号店、神田に三号店を開く話も具体化しているそうで、

「二号店と三号店がうまくいったら、出店計画を一気に加速して、新宿、池袋《いけぶくろ》、渋谷、目黒《めぐろ》にも進出しようと思ってるんだよね。とりあえずは〝山手線《やまのて》沿線の小腹を満たすテンペイロ屋〟を目標にして」

と意気込んでいる。その希望に満ちた表情を見るにつけ、行き当たりばったりのように見えて、礼音って実は地に足の着いた男なのかも、と思えてくる。

日本に帰ろう、と決めたら、必死で三か月間、皿洗いしてLCC代を稼いで帰ってくる。テンペイロでいこう、と決めたら野宿してでもママチャリ移動販売の準備を整える。そうした着実な積み重ねが一号店のオープンに繋がり、その成功を礎《いしずえ》に、食中毒にもめげず頑張り続けている姿には惚れ惚れする。

そもそもの発想が意表を突いているから、ほら吹きに見えたりもするけれど、こうと決めたら、できることからこつこつと歩を進めていく。いわば新しい時代の開拓者なんじゃないかと、いまさらながら気づかされる。

そういえば、いつだったかヤッさんが言っていた。

『古い価値観ってもんは〝若者〟〝ばか者〟〝よそ者〟が変えるんだってよ。礼音みてえな若《わけ》え新参者こそ、まさにそれだと思わねえか？』

いまにして思えば、まさに核心を突いた言葉だったし、そんな礼音を目の当たりにするにつけ、あたしはこのままでいいんだろうか、と自分を振り返ってしまう。

ただ、玉勝屋の場合は一品入魂の伝統がある。伝統の厚焼き卵を主軸に、季節限定の伊達巻きと、う巻きだけで勝負する。同業者とは一線を画して、初代と二代が育んできた既存商品を守り続ける義務があるわけで、うかつに目新しいことには手を出せない。

では、どうすればいいのか。

考えるほどに堂々めぐりに陥ってしまうが、そういえば、調理場に入った当初、こんなこともヤッさんから言われた。

『なあに、なんとかなるって。基本的な技術さえ身につけちまえば、あとはもう伝統だのしきたりだのに振り回されねえで、香津子がやりたいようにやればいいんだしよ』

あのときは単なる励ましだと思って聞き流していたが、改めて咀嚼《そしゃく》してみると、もっと踏み込んだ助言だったことに気づく。

伝統って何だろう。改革って何だろう。玉勝屋の三代目として、今後、あたしはどう生きていけばいいんだろう。

礼音とのかねてからの約束が果たされたのは、そんな折だった。

あれは七月も初頭のことだから、もう二か月以上も前の約束になろうか。

『もろもろ落ち着いたら、ちゃんとデートしてくれないかな』

春本さんの天ぷらを試食した帰りに誘われて承諾したのだが、もろもろ落ち着くまでにかなり時間がかかってしまった。

もちろん、その間も礼音とは何度となく会ったり、電話したり、SNSでやりとりしたりしていたのだが、約束したデートをしよう、と改めて誘われたときは胸が高鳴った。汚い店だから、ふだん着で来てよ、と念押しされたのに、わざわざ銀座で秋物のシャツを買ってしまったほどだ。

待ち合わせに指定された店は、下北沢駅から五分ほど歩いた雑居ビルの地階にあった。切れかけの蛍光灯にチカチカ照らされながら階段を下りていくと、壁や天井にはポスターやチラシが乱雑に貼りめぐらされている。

こういう場所に来るのは、しばらくぶりだった。香津子が出入りしていた小劇場とはまた違う雰囲気だけれど、どこか似通った猥雑さを懐かしみながら地階に降りると、そこがライブハウス『ブラックアウト』だった。

黒いペンキが塗りたくられた分厚い防音ドアを開けると、湿っぽく饐《す》えた臭いが鼻を突き、この臭いにまた劇団時代の記憶が呼び覚まされる。芝居に夢中になっていたあの頃から、もう十年近く経つんだ。ふと感慨に耽《ふけ》りながら薄暗いフロアに足を踏み入れると、ソウルミュージックが低音量で流れるバーカウンターで礼音がビールを飲んでいた。

ぽんと背中を叩いて隣に座ると、

「あ、すぐわかった？」

礼音が微笑んだ。

「迷っちゃった。ここってマジで下北沢？　ってびっくりするほど駅が変わってて」

「だよね。ぼくも、うろうろしちゃったんだけど、この店に来たら全然変わってなくて、ほっとしてたところ」

そう言って笑うと、彼女にもビールね、と口髭を生やしたマスターに千円札を差しだす。支払いがキャッシュ・オン・デリバリーなのも、この手の店の定番だ。

バーカウンターには、もう一人男性客がいて、ハイボールを飲みながら音楽専門誌に目を落としている。右手の狭いスタンディングフロアにはだれもいない。今夜はライブが休みらしく、奥にあるステージのドラムやアンプは隅っこに片づけられている。

「バンド時代は、ここで毎月演奏してたてね」

礼音が懐かしそうに目を細めた。

「毎月やってたんだ、すごいね」

「いやいや、ここはマスターが気に入ってくれたおかげで出れてたんだけど、ほかに出れるとこなんて全然なかったから」

恥ずかしそうに首をすくめると、マスターがビールを差しだしながら言った。

「でも、うちじゃけっこう人気のバンドでね。礼音なんかタッパがあってギターもいけてたから、出待ちの女の子もいたし」

「へえ、モテモテだったんだ」

香津子が冷やかすと、

「マスター、勘弁してよ。今夜は彼女を口説くつもりなんだから」

冗談めかして礼音が言う。

「でも落ち着くね、こういう店って」

香津子は素知らぬ顔で店内を見回した。あえて話題をスルーしたのだが、実際、正ちゃんに連れていかれた白金の店と比べると本当に落ち着く。

そう思った瞬間、ふと正ちゃんの噂を思い出した。その後、彼からはまったく音沙汰がない。デート中に理由も言わず席を立ったのだから当然だろうが、ただその後、よからぬ事態に陥っているらしい。久しぶりに開かれた築地食魂同盟の会合に出席し、豊洲に移った仲買店の近況を語り合っているとき、メンバーの一人が言っていた。

「カネマサ水産が内輪揉めらしいよ」

吸収合併によって会社の規模は大きくなったものの、ここにきて社長の正ちゃんの独断専行が目に余ると、社内で孤立しているのだという。

さもありなんと思った。うちのマーケットは日本じゃない、とばかりに、にわかビジネスマンっぷりを全開にしていた正ちゃんだけれど、あれでは周囲の人たちだって引いてしまう。仲買人の本分を忘れてしまった社長に反発が起きないわけがない。

やっぱ距離を置いて正解だった。香津子はひとつ息をついてビールを口にすると、隣にいる礼音に意識を戻した。

「けど、せっかく頑張ってたバンドを、なんで解散しちゃったの？」

「それは」

礼音は口ごもり、マスターの顔を一瞥《いちべつ》してから照れ臭そうに答えた。

「よくあるメンバー同士の確執ってやつでさ。まあヤッさんに言わせたら、ありきたりな顛末になっちゃうけど」

「確執ってどんな？」

「これも、ありきたり」

「音楽性の違いとか？」

「当たり」

そもそもは大学のサークル仲間と組んだプロ志向のソウルミュージックバンドだったそうで、ライブを重ねてローカルなファンもつきはじめた。なのにメジャーからは一向に声がかからないため、業を煮やしたほかのメンバーが言いだした。ソウル路線から舵を切り、ヒップホップをミックスした新しいサウンドに挑戦しよう、と。

だが、礼音はためらった。それまで積み上げてきたソウル路線に執着し、ほかのメンバー四人と真っ向から対立した。

「当時のことはマスターも知ってるんだけど、その対立がエスカレートして、ある日、この店で殴り合いになっちゃってさ。結局、その場で解散。メンバー四人は新バンドを結成して、ぼくは拠《よ》り所を失った」

自嘲しながら礼音はビールを呷《あお》る。すかさずマスターが軽口を飛ばした。

「そういや、あんとき割られたグラス代、まだもらってなかったなあ」

「え、そうだったっけ？」

礼音が慌てて財布を取りだすと、

「いや、それは印税長者に請求しとくよ」

マスターがにやりと笑った。その言葉でぴんときた。

「印税長者って、ひょっとして」

香津子が言いかけると礼音は肩をすくめた。

「そう、早い話が、あいつらのほうが正解だったんだ。解散の半年後に、いきなり四人はメジャーデビューして、いまや毎年ドームツアーだ」

だれもが知る有名バンドの名前を口にして、

「けど正直に言えば、ぼくも薄々、そっちの路線だろうと思ってたんだよね。なのに、最後は意地になって従来路線にこだわった挙げ句に、この有様だ」

また自嘲する。

「けど、それは仕方ないじゃない」

「いやもちろん、そうなんだけど、結局、バンドってもんは生き物だからね。いつどこで舵を切るか、切らないか、その見極めしだいで命運が決まったりする。なのに、恥を忍んで言っちゃえば、ぼくは逃げたんだ。ヒップホップ系に舵を切るのも、舵を切らずにソウルミュージックを貫くのも、どっちも怖くなって、解散と同時に音楽の船から下りちゃったわけ。で、そんな自分がつくづく嫌になって、ついでに日本からも逃げだした。海外放浪っていう口実を見つけてね」

ふっと笑ってビールを飲み干す。

正直な人だと思った。怖くなって逃げだした、なんてネガティブな自分を、さらりとさらけだせるなんて。

考えてみれば、香津子の過去も似たようなものだった。かつて劇団の代表から、スタッフになってくれ、と告げられて岐路に立たされた。舵を切ってスタッフとしていっぱしになるか、舵は切らずに役者を続けるためにほかの劇団への移籍を試みるか。目の前には二つの航路があったのに、発作的に芝居の船から下りてしまった。劇団代表と、それに賛同した正ちゃんのせいにして、すべてを断ち切って家業に就いてしまった。

やっぱあたしも逃げたんだ。初めて気づいた。なのに礼音には話せなかった。そこまで自分をさらけだせなかった。

新しい客が入ってきた。髪を赤や緑に染めたバンドマン風の三人連れだった。まだ早い時間だというのに、すでに一杯やってきたのか、頬を赤く染めてはしゃぎながらバーカウンターに着く。

「行こうか」

礼音が席を立った。河岸《かし》の変えどきだと思ったのだろう。じゃ、また、とマスターに挨拶して、さっさと店を出ていく。

慌てて香津子も後を追った。分厚いドアを押し開けて店の外に出る。

その瞬間、長い腕に抱き締められた。礼音だった。え、と動揺していると、

「今夜、二人きりになりたい」

ぼそりと囁《ささや》いて唇を寄せてきた。

とっさに顔を逸らした。なぜ逸らしたのか、自分でもわからない。けっして礼音が嫌いなわけじゃない。一度は思いが再燃しかけた正ちゃんにも見切りをつけたのに、無意識のうちに顔を逸らしてしまった。

これでいいの？

まだ抱擁を解かないでいる礼音の腕の中で、香津子は自問した。

あたしって、本当にこれでいいの？

8

翌週の午後三時前。いつにない忙しさに追われていると、携帯電話を手にした母親が調理場に飛び込んできた。

秋の行楽シーズン真っ只中とあって、今日の築地場外市場は朝から観光客で溢《あふ》れ返っている。香津子はお茶休憩の時間もないまま、午後二時過ぎまでひたすら卵を焼き続け、母親も接客に大わらわだったのだが、閉店間際に大口注文でも入ったんだろうか。いったい何事かと母親の顔を見ると、

「お父さんが」

蒼白な顔で、ぽつりと呟《つぶや》いた。

香津子は立ちすくんだ。覚悟はしていた。いずれこういう日が来るだろうとちゃんと覚悟していたつもりだったのに、いざ突然の訃報がもたらされた途端、頭が真っ白になった。

通称カツやんこと父親の勝成《かつなり》は、玉勝屋の二代目として昭和バブルの時代から豊洲移転に至るまで、激動期の店を支えてきた。とりわけ平成以降は、名だたる玉勝屋の顔と

して存在感を示し、病に倒れてからも香津子にとっては精神的な支柱だった。

それだけに、予想していた以上にショックは大きく言葉を失っていると、

「香津子、すぐ行け」

ヤッさんに背中を叩かれた。今日も朝から助っ人にきてくれていたのだが、

「店はおれたちが回すから、とにかく行け！」

声を張られて我に返り、まだ茫然《ぼうぜん》としている母親の手を引いて店を飛びだした。

父親は聖路加病院のベッドにいた。つい先週、礼音とデートした翌日に一人で見舞ったときは、

「卵焼き、頑張ってるか？」

弱々しいながらも笑みを浮かべる元気がまだあった。

あれから数日。突如として容態が急変し、いまや無言で横たわっている。その姿を目の当たりにした母親は、亡骸《なきがら》にすがりついて泣き崩れ、香津子は思わず、

「お父さんこそ、もっと頑張ってくれなきゃダメじゃない！」

と叱りつけていた。

それから先のことは断片的な記憶しか残っていない。

『葬式なんてもんは家族葬でいいから、店は休まず営業しろ』

生前、父親から厳命されていた通り、葬儀は家族だけで簡素にすませて周囲には知ら

せなかった。

なのに、カツやん他界のニュースは瞬く間に築地と豊洲を駆けめぐり、店の従業員たちはもちろん、古くから付き合いがある取引先や友人知人の弔問が毎日途絶えることがなく、当初は放心状態だった母親と一緒に対応に追われた。

それでも店を通常通りに営業できたのは、従業員たちとヤッさん、礼音の力添えのおかげだった。とりわけ礼音は、自分の店の営業を昼の一時間と夜のみにして接客に奮闘してくれた。その間、香津子は役所や銀行の各種手続きに奔走し、父親関係の諸事が一段落したのは他界から十日後。ようやっと朝イチから仕事に専念できるようになった。

ただ、母親は夫を失った喪失感に加えて連日の弔問疲れも重なって、ついにダウン。残念ながら店には香津子しか出られなかったが、

「おかげで父も無事に旅立てました」

と従業員全員に挨拶した。そして今日も助っ人に来てくれたヤッさんと礼音には、父親の遺志通り営業できたお礼を込めて謝礼金を手渡そうとしたところ、

「馬鹿野郎！　そんなつもりで手伝ったわけじゃねえぞ！」

ヤッさんに怒鳴りつけられた。礼音も困惑顔でいる。

「でも、これも父の遺志なんです。生前、ヤッさんと礼音の話をしたら、ぜひ謝礼を渡してくれって言われてたので、どうかお納めください」

香津子が食い下がると、ヤッさんが、ふう、とため息をついた。

「だったら、こうしよう。おれたちなんかより、香津子たちのほうがよっぽど大変だったんだ。この金で香津子とお母さんの慰労会をやろうじゃねえか。それなら天国のカツやんも納得してくれるだろうし、せっかくだ、今夜にでもどうだ」

そう言われると断れない。しばし逡巡《しゅんじゅん》したものの、

「わかりました。母はダウンしたので遠慮させてもらいますけど、では、お言葉に甘えて」

そう言い添えてヤッさんの提案を受け入れた。


黒塀が立てられた高級料亭のごとき店構えの門柱に、『鮨吟《すしぎん》』と書かれた行燈《あんどん》が灯っている。広い間口の玄関前には玉砂利《たまじゃり》が敷かれ、点々と配置された飛び石を渡った先の引き戸を開けると、

「いらっしゃいませ」

着物姿の女将《おかみ》が現れた。

地下鉄虎ノ門《とらのもん》駅から程近いオフィスビルの一階。ヤッさんが慰労会用に押さえてくれた鮨屋に約束通り午後七時にやってきたのだが、こんな高級店だとは思わなかった。卵焼き屋という仕事柄、鮨屋とはかなり付き合いがあるのだが、このクラスの店は自前で

焼いているところが多く、あまり縁がない。

ちょっとばかり気後れしたが、女将に先導されて長いつけ台の奥の座敷に上がると、

「おう、来たか？」

ヤッさんと礼音が待っていた。前菜盛り合わせやお造りなど、色とりどりの料理が並べられた座卓に着いている。慰労会と聞いた女将が気を利かせて座敷を空けておいてくれたそうで、香津子も腰を下ろすと、早速、ヤッさんがビールを抜いてくれた。

「そんじゃ、女将の心遣いに感謝しつつ、このたびはお疲れさん！」

ヤッさんの発声でグラスを合わせた直後に、

「本日はありがとうございます」

つけ場にいた親方も挨拶にきてくれた。旧知のヤッさんから慰労会の趣旨を聞いたらしく、このたびは大変なことだったそうで、と初対面の香津子に弔意を表してくれた。

「とんでもないです。これ、あたしが焼いたんですけど、よかったら皆さんで」

手土産がわりに持参してきた五箱の厚焼き卵を差しだした。

「いや、かえって申し訳ないですねえ」

親方はうやうやしく押しいただいてから言葉を継いだ。

「実はわたし、修業時代に何度か、卵焼きの勉強のために玉勝屋さんに伺ったことがありましてね。仕入れの帰りに厚焼き卵を買って、ついでに奥の調理場を覗かせてもらっ

ていたんですが、何台ものコンロを見事に操るお父さんの仕事ぶりに見惚《みと》れたものでした。いえ、もちろん恐れ多くて声なんてかけられませんでした。独立してからは、わたしなりに研究してカステラタイプのしっとりした卵を自前で焼くようになったので、その後はあまりご縁がなかったんですが、わたしの卵焼きの原点は玉勝屋さんなんですよ」

しみじみと振り返って折箱を手にして蓋を開け、ああ、これですこれです、と淡い黄色に焼き上がった厚焼き卵を愛《め》でるように眺めてから、座卓の真ん中にそっと置いた。

「今夜は、先代を偲《しの》ぶ慰労会とのことなので、一箱、ここに供えておきましょう」

親方はそう言い置くと、ではごゆっくり、と襖《ふすま》を閉めてつけ場に戻っていった。

「いやあ嬉しい話じゃねえか。おめえの卵焼きを見て、カツやんを思い出してくれたとはなあ」

ヤッさんが相好を崩した。

「ええ、ほんとに」

香津子も微笑んだ。まだまだ拙《つたな》い三代目を気遣ってくれたに違いないが、それでも嬉しかった。

「しかしまあ、さすがは築地場外の名職人、カツやんだ。若き日の親方にも影響を与えていたとは思わなかったなあ」

ヤッさんが遠い目をすると、礼音が口を開いた。

「ただ、ぼくは先代の仕事ぶりを一度も見たことがないんですよね。それがちょっと残念で」

その言葉に香津子は反応した。

「あたし、なんだか恥ずかしい。ちょっと前まで父と一緒に店に出てたのに、それが当たり前のように思ってて、仕事ぶりなんか見向きもしなかったのね。なのに、いざ亡くなって初めて、やっぱ父ってすごかったんだって思い知らされてるんだから、しょうがない娘よね。卵焼きの腕はもちろんだけど、玉勝屋が名店と言われるようになったのも、木造二階建てだった店をビルに建て替えられたのも、祖父から店を継いだ父が精進を重ねてこそだったし。だから弔問に来てくれた人たちからも、これからどうするの？ って心配されて、三代目を継ぐ覚悟はできてたつもりでいたのに、急に荷が重くなっちゃって」

思わず本音を漏らすと、

「なあに、心配すんな。いざとなったら、なんとかなるもんだ」

ヤッさんがビールを注ぎ足しながら慰めてくれた。そのざっくりとした物言いに、つい反発したくなった。

「そんな簡単に言わないでください。まだまだあたしが一人前の職人になれないでいるのに、あっけなく父が逝っちゃった。二代かけて築き上げてきた玉勝屋の伝統の味をどう受け継いで、どう老舗として生き残っていくか、まだ何もわかってないあたしが、いきなり店主になっちゃったんですよ。崖っぷちに立ったも同然じゃないですか」

泣き言を漏らしてビールを飲み干した。それでもヤッさんは諭すように言う。

「そう自分を追い込むな。こういうときは楽観的にいかねえと、うまくいくものもいかなくなっちまうんだからよ。おめえには、この色男だってついてんだし、そんな悲観したもんでもねえぞ」

なあ、と笑いかけてくる。

「もちろん、いろいろと応援してくれた礼音にも心から感謝してます。けど、テンペイロ屋だって大変な時期だから、いつまでも頼ってられないし」

すると礼音に問い返された。

「何で頼ってられないんだ？　こういうときこそ、ぼくを頼ってくれよ」

やけに彼氏づらしてくる。

「うん、それは礼音の言う通りだ。こういうときこそ、おめえら二人、手を取り合ってやってかねえとな」

ヤッさんにもたたみかけられて、かちんときた。

「ねえ礼音、いつヤッさんにそんなこと話したの？」

どうもおかしな展開になっていると思った。確かに香津子の気持ちはぐらついている。ぐらついてはいるけれど、ちゃんと一線は引いているはずなのに、なぜ急に礼音はヤッさんを巻き込むのか。

「べつに話してなんかいないよ。ただぼくは、このまま香津子さんを放っとけないんだ。ぼくたちは、おたがいを必要としてるし、そのためにも」

「勝手なこと言わないで。とにかくあたしには守らなきゃならないものがあるの。あなたと恋愛ごっこしてる暇なんかないの」

「けどぼくは」

「もういい！　そういう話をするんだったら、あたし帰る！」

思わず声を荒らげてしまった。

なんであたしはこんなにいきり立っているんだろう。頭の隅にはそんな冷静な気持ちもなくはなかったのに、不思議なくらい昂《たかぶ》った感情を抑えられなくなり、香津子は席を立った。すかさず礼音も立ち上がり、香津子の両肩をがしっと摑んだ。

「だったら、はっきり言うよ、ぼくは好きなんだ！　香津子さんが大好きだから結婚したいんだ！」

一瞬、胸の鼓動が止まった気がした。まさかここで求婚されようとは思わなかった。

それでも、もはや香津子は意地になっていた。こんなところで求婚されても、どうしようもない。とっさに礼音の両手を振り払い、襖を開けて座敷を飛びだした。

「あら、どうなさったの？」

女将が怪訝そうにしている。かまわず香津子は店内を走り抜け、玄関の引き戸を力まかせに開けて店を後にした。

夜も深まったこの時間、ほぼ人通りのないビジネス街、虎ノ門の歩道を歩きだした。途端に涙がこぼれ落ちた。馬鹿なことをしてしまった。せっかく香津子を気遣って設けてくれた慰労の席を台無しにしたばかりか、鮨吟の女将や親方にまで失礼してしまった。

いま頃になって気づいた自分が情けなかったが、かといって、いまさら戻れない。それがまた情けなくて一人泣き濡れながらとぼとぼ歩いていると、背後から足音が聞こえてきた。

「おい香津子」

ヤッさんだった。慌てて涙を拭っていると、ほどなくして足音が追いつき、香津子の前に立ち塞がった。

ヤッさんは玉勝屋の折箱を手にしていた。さっき親方が座卓に供えてくれた、香津子が作った厚焼き卵が入っている一箱。

「ちょっと座れ」

歩道の傍らのガードレールを指差された。

黙って腰かけた。目の前の歩道にはだれも歩いていない。背後からは夜半の街を行き交う車の音が聞こえてくる。

「おめえがそんなに馬鹿な女だとは思わなかったぞ」

押し殺した声でヤッさんが切りだした。

「ひとつ断っとくが、礼音はおめえとのことなんか、これっぽっちも話してねえ。ただ、礼音が話さなくたって、おめえの様子を見てりゃ、礼音に惚れてることぐれえ、すぐわかるだろうが。今夜にしてもそうだ。おめえが礼音に甘えてる姿ときたら、恥ずかしくて見てらんなかったぞ」

へっ、と笑う。

「べつに甘えてなんか」

「いいや、甘えてた。惚れた相手でなけりゃ、あんな甘ったれた喧嘩なんざ、できるわけねえだろが」

違うか？　と顔を覗き込まれて香津子は俯《うつむ》いた。

「おめえが飛びだしたあと、礼音がため息ついてたぞ。いまどき夫婦で別々の仕事を持ってるなんて当たり前なのに、なんで香津子さんはためらうのかって。もちろん、おれも同感だ。夫と妻が別々の商売をやっててどこが悪い」

「でも、玉勝屋の伝統を守り続けるには」

言いかけた途端、怒声が飛んだ。

「馬鹿野郎！　何が伝統だ！　いいか香津子、世の中ってのは、伝統を受け継いだだけで生きてけるほど甘かねえんだ。伝統ってのは塗り替えていくもんだ。いまどきの言葉で言やあ、まめにバージョンアップしてねえと、たかだか七十年やそこらの伝統なんぞ瞬く間にポンコツになっちまうんだよ。この厚焼き卵だっておんなじことだ。ほどよく甘みを抑えて淡い黄色に焼き上げる。きっちり角をつけて横長の直方体に仕上げて折箱にぴたりと収める。このやり方だって、初代から店を継いだカツやんが生みだしたものなんだぞ」

手にした厚焼き卵入りの折箱を突きつけられた。

「え、これってお父さんが？」

「カツやんは自慢めいたことは一切口にしねえ男だから、気づかなかったと言いてえんだろうが、それぐれえ、だれかに聞けば、すぐわかる話だろうが。カツやんは初代と大喧嘩してまで味を変えて、ほかにはなかった折箱を初めて導入したんだ。伝統ってやつは守るもんじゃねえ。自分で生みだすものなんだ。伝統を守るなんて間抜けなことほざいて礼音の気持ちを踏みにじってる暇があるなら、何で攻めねえんだ。二人で切磋琢磨

しながら頑張れば、きっと何かが変わるはずなんだよ。改革こそが玉勝屋の伝統だって
ことがまだわからねえのか！」

叱りつけるように言い放つなり香津子の目を睨みつけ、折箱を開けて厚焼き卵を素手で摑んだ。

「これは今日、おめえが焼いたやつだ。カツやんが焼いたやつに瓜二つだよな」

確認するように香津子に見せつけるなり、

「こんなもな、こうしてやれ！」

グシャッと握り潰した。

9

開店前の玉勝屋に、大量のオリーブ油が届いた。

日本で一般的なイタリア産、スペイン産のほか、ポルトガル産、ギリシャ産、チュニジア産、トルコ産など世界の国々のものがそれぞれ四種類ずつ。合計二十四種類も届いたものだから、あら、礼音のテンペイロのお手伝いかい？　と母親が目を丸くしていたが、そういうことじゃない。

実は、卵焼きの改良に先立って知り合いの板前さんに相談したところ、

「オリーブ油ってのは、意外と和食にも合うんだぞ」

と教えてくれた。

そこで、まずはオリーブ油を手はじめに、荏胡麻《えごま》油、亜麻仁《あまに》油、ココナッツ油のほか、落花生油、葱油、鶏油《チーユ》といった中華料理で使われる油に至るまで。あらゆる油を入手して卵を焼き比べて、今後、新たに開発する卵焼きのレシピに合わせて油を変えてみようと思ったのだ。

隣では白髪頭の大河内さんが、まだ十九歳のユウタに卵の溶き方を教えている。

「いいか、けっして泡立てず、白身を切るようにして混ぜるんだ。ただし、混ぜすぎてもいかん。ほどよく混ぜたらそこで止めるのがコツだからな」

先週から見習い職人として通ってきているユウタは、今回、新人育成をお願いした大河内さんが、こいつなら、と見込んで採用してくれた。以来、まだ一週間しか働いていないのに、素直で吞み込みも早いと、もうみんなから可愛がられている。この調子で頑張ってもらえば、来春には戦力になりそうですよ、と大河内さんも目を細めていたし、香津子もまた大いに期待している。

なにしろヤッさんからは、こう言い渡されている。

「年が明けたら助っ人には来ねえからな。いつまでも甘やかしてっと、三代目のためにならねえしよ」

そこまで言われたら背水の陣だ。多少無理をしても、人材育成費をしっかり注ぎ込み、次代を担ってくれる職人を育てなければ玉勝屋に未来はない。

もはや香津子に迷いはない。慰労会の晩、香津子の厚焼き卵を握り潰してまで諭してくれたヤッさんの荒療治が、香津子を生まれ変わらせてくれた。ふだんは米の一粒たりとも無駄にしない人だけに、いやもったいねえことしちまったなあ、と鮨吟に戻ってからむしゃむしゃ食べていたが、おかげで香津子は覚醒した。

ヤッさんはけっして伝統を否定したわけじゃない。新たな伝統を生みだしてこそ玉勝屋の三代目たり得る、と本気で説いてくれたわけで、言われてみれば、父親が元気だった頃の香津子には、まだ攻めの姿勢があった。店頭に立ちながら接客用の英語を習ったり、厚焼き卵の細切りを串刺しにして売ってみたり、ちょこちょこと新しい試みに挑戦していたのに、いざ三代目を継ぐとなったら頭が硬直してしまった。いっときとはいえ元彼の正ちゃんになびいてしまったのも、過剰な守りの姿勢の表われだったに違いない。

いまこそ攻めの三代目になって、玉勝屋にニューウェイブを巻き起こさなければならない。ようやくその覚悟を決めた香津子は、全従業員に三つの新方針を伝えた。〝現行商品の改良〟、〝新商品の開発〟、そして〝新たな人材の育成〟。

新方針を聞いた大河内さんからは、

「ちなみに、基本は崩しませんね」

それだけ確認された。

「もちろんです」

即答した。新たな伝統を生みだせ、というヤッさんの言葉には、代々築き上げてきた土台を踏まえた上で、という前提が含まれていることぐらい香津子にだってわかる。

その意味で、現行商品の改良と新商品の開発も、けっして奇を衒《てら》うつもりはない。まずは長年の常連客ですら気づかないほどの改良からはじめて、徐々に香津子色を打ちだしていくつもりだし、その旨は母親にも伝えた。

すると母親からも、ひとつ確認された。

「あんたがしたいようにすれば、それであたしはかまわないけど、ただ、礼音の意見は聞いたのかい？」

もちろん、とまた即答した。

実は、ヤッさんに諭されたあの晩、香津子は礼音の新富町のアパートで一夜を過ごした。ヤッさんに叱られて目が覚めた、と礼音に打ち明けたら、今夜は二人でゆっくり話そう、と誘われた。そして、二人が出会うきっかけになったポルトガルギターが置かれた部屋で夜を徹して、今後、おたがいの店をどう切り盛りして、どう将来に繋げていくか、すべてをさらけだして話し合った。

その結果、それぞれが別々の商売の先頭に立っていくことが、むしろおたがいのプラスになる、という確信が持てた。同時に、もう逃げてはいけない、と香津子は自分を戒め、朝陽が射しはじめた時間になって初めて、別の意味で、すべてをさらけだして礼音を受け入れた。

「年が明けたら籍を入れよう」

愛し合った直後に礼音から告げられた言葉にも、素直にうなずいた。派手な結婚式などしなくていいから、淡々と夫婦の生活をはじめよう。それも確認し合ったところで、礼音はひょいとポルトガルギターを手にした。

シャラランシャラランシャラララン

哀愁たっぷりのポルトガル伝統歌謡、ファドのメロディを奏でながら、

「ファドっていう言葉には、運命とか宿命とかの意味があるんだよね。ぼくたちは、ファドのおかげで結ばれたのかも」

と言って、初めて出会ったときと変わらない人懐こい笑みを浮かべた。

この人となら、やっていける。

改めて思った。下北沢のライブハウスでデートしたとき、バンドは生き物だ、と礼音は言っていた。その言葉に倣《なら》えば、店だって生き物だ。これからも二人で話し合い、それぞれの店を支え合いながら頑張っていけば、きっとやっていける。

午前十時、今日もまた助っ人のヤッさんが調理場にやってきた。

「おう、おはよう！　ゆうべ大量注文が入ったんだって？」

「そうなんですよ。毎日忙しくて申し訳ないんですけど、ヤッさんに頼れるのはこの年末限りだから、思いっきりこき使わないとね」

香津子が軽口を飛ばすと、

「お、オリーブ油の匂いがするな」

ヤッさんが鼻をひくつかせた。

「けさから、いろいろ試しはじめたので、恰好がついたら試食してください。助っ人をやめても試食はやめさせませんからね」

わざと意地悪な目をしてみせた。

「ああ、食うことだったらまかせとけ。礼音にも同じことを頼まれたから、これで一生、食いっぱぐれなしだ」

はっはっはと笑うと、ヤッさんは周囲を窺《うかが》いながら声をひそめた。

「そういや、知ってるか？　正ちゃんが社長退陣に追い込まれたらしい」

「ほんとですか？」

仲買人の本分を忘れて舞い上がっている正ちゃんを、社内の幹部たちが見限った末の造反劇だったという。

胸が詰まった。結果的には二度も正ちゃんを振ったことになる香津子だが、いざ彼が逆境に追いやられたと聞くと、やはり哀しくなる。

「おいおい、そんな顔すんなって。ここは黙って見守ってりゃいいんだ。人間、だれしも浮き足立つことはあるもんだし、それで失敗したら、またやり直しゃいい。痛い目に遭ったおかげで、また昔の正ちゃんに戻ってくれるだろうし、ちゃんと立ち直ってくれるように遠くから応援してやろうじゃねえか」

な、と肩を叩かれた瞬間、はっとした。

ひょっとしてヤッさんは、今回のあたしと正ちゃんのことも知っていたんだろうか。まさか、と思ったが、それは聞けなかった。というより、これだけは一生、だれにも聞けないな。

思わず苦笑しながら、よし、今日も頑張ろう、と香津子は自分に気合いを入れて、先週末から挑んでいる五台のコンロに火を入れた。

春とび娘

1

ヤッさんが寝込んでいる。

夜は寝室にしている奥の間に敷いた布団に潜り込み、しばし昏々《こんこん》と眠り続けていたかと思うと、不意に目覚めてゴホゴホ咳き込みはじめる。

「大丈夫？」

オモニが尋ねても、背中を丸めて苦しそうに咳き込み続け、気がつくと再び寝入っている。昨夜の十一時過ぎ、この韓国食堂に顔を見せたときからずっとそれを繰り返しているのだから、さすがに心配になる。

いつもだったら閉店間際になって、おう、繁盛してっか？　と客席の座卓の前にどすんと座り、

「いや疲れたなあ」

と顔を綻《ほころ》ばせる。

「はい、お疲れさん」

早速、燗《かん》をつけたマッコリを茶碗に注いで差しだすと、いつもすまんな、と嬉しそうに飲みはじめる。やがてオモニが店を閉め、後片づけも終わったと見るや、一緒に飲《や》るか、と夜半の酒盛りに突入し、興が乗れば明け方まで二人で酔い痴《し》れる。

ところが、ゆうべに限っては、マッコリをひと口だけ啜《すす》りはしたものの、すぐさま座卓の脇でごろんと横になってしまった。オモニが後片づけを終えても、そのまま息苦しそうにしているものだから、

「ねえ、ちゃんと寝な」

無理やり薬を飲ませて布団に寝かせたのだが、一夜明けてもしんどそうにしている。

おそらくは風邪だと思うのだが、こんなヤッさんは見たことがない。そもそもが長年、宿無し生活を続けている人だけに、体調管理にはことのほか気を遣っている。移動は基本ジョギングだし、毎日の筋トレも欠かさない。生来の丈夫な体のおかげもあって、風邪も引かなければ大病を患ったこともない。築地市場の移転騒ぎのさなかに仲買人に殴打されたときも、医者が勧める精密検査を無視して通院せずに治してしまったほどだから、まさか風邪を引こうとは思わなかった。

ただまあ、ここ半年あまりのヤッさんの多忙ぶりは半端ではなかった。築地場外の卵焼き屋『玉勝屋』の店主カツやんが闘病の末に他界したときも、連日のように店の助っ

人に駆けつけていた。ほかの時間も市場移転騒ぎとその後始末でバタバタしている仲買人や料理人たちの頼み事に追われて大わらわ。早朝から深夜まで飛び回り、無理に無理を重ねていた。

「ねえ、ちょっとは休みなよ。最近、ろくに寝てないでしょうが」

見かねて注意したものの、ヤッさんは取り合わない。

「なあに、睡眠なんてもんは三時間も取れば御《おん》の字だ。おれなんかより築地や豊洲の連中のほうが、よっぽど大変なんだからよ」

と笑い飛ばし、年末年始も相変わらず慌ただしく駆け回っていた。

それがいけなかったのだろう。一月末になった途端に気が抜けたのか、この体たらく。だから言ったでしょう、とオモニがなじっても、

「たかが風邪を引いたくれえで、ガタガタ言うな」

咳き込みながらも減らず口を叩く。

「たかが風邪だからこそ怖いんだよ。風邪は万病のもと。いつまでも若いつもりで無茶してたら早死にしちまうよ」

「馬鹿野郎、縁起でもねえこと言うな」

「縁起も何も、あんたも五十代でしょうが。老後も目の前だし、そろそろ終活とかも考える歳なんだからね」

実際、ここにきて急に、自慢の角刈り頭に白いものが目立ってきている。今後、どう生きて、どう死んでいくか。体が警告を発しているこんなときこそ、きちんと向き合っておかないと、いつか手痛いしっぺ返しを食らう。

「さ、熱を測るからね」

ヤッさんの腕を引っ張り、脇の下に体温計を捻《ね》じ込んだ。測れといっても測らない人だから強引にやるしかない。

「あら、ちょっとだけ下がったわね」

ちゃんと寝てれば下がってくるんだから、しっかり養生しなきゃ、と微笑みかけると、

「ほれみろ。おめえは大げさに騒ぎ立てるが、端《はな》っから大したこたねえんだ」

へっ、と強がってみせる。

「やだもう、あたしが薬飲ませてゆっくり寝かせたからでしょうが」

このまま明日までゆっくり寝てなさい、と叱りつけたものの、

「そうはいかねえだろうが」

ヤッさんは異を唱える。オモニの店は、居室と寝室、二つの座敷をぶち抜いて座卓を並べて営業している。病人を寝かせたまま客は入れられないから、当然、店は休まざるを得なくなる。

「おれは大丈夫だから店を開け」

「そうはいかないよ」

「馬鹿野郎、急に休んだりしたら常連さんに申し訳ねえだろが」

逆に叱りつけられた。

このアパートに韓国食堂を開いて、もう十五年ほどになろうか。当時、オモニは歌舞《かぶ》伎町《きちょう》の飲食店経営に失敗して店も自宅も失ってどん底に堕《お》ちていたのだが、たまたま知り合ったヤッさんが当時の大家さんに掛け合ってくれた結果、古いアパートだから、と特例で店舗兼自宅として安く入居できた。

そればかりか、時を同じくして韓国ドラマの大ヒットで日本全国挙げての韓流ブームが巻き起こり、韓国人街の新大久保に数多《あまた》の日本人が押し寄せてきた。その後も、イケメンアイドルの出現で第二次ブーム、チーズタッカルビのブレイクで第三次ブームも降って湧き、イケメンともチーズタッカルビとも関係ないオモニの店も、気がつけば日韓両国の常連客がついていた。

「オモニがいる限り、一生通うぞ」

と毎晩のように飲みにきてくれる禿《は》げおやじもいれば、

「あたしたちが結婚できたのは、この店のおかげなの」

と家族ぐるみで贔屓《ひいき》にしてくれている夫婦もいる。そうした常連客に支えられてきた恩があるんだから、勝手に休んじゃならねえ、とヤッさんは言うのだった。

「もちろん、あたしだって常連さんには感謝してるよ。けど、あんたがこんな状態じゃ、店どころじゃないでしょうが」

韓国料理店を開いた頃に出会って以来、恋人とも夫婦ともつかない奇妙な関係が続いてきたが、もはやオモニにとってヤッさんは掛け替えのないパートナーだ。真夜中にふらりと訪れるヤッさんと一杯やって、床を並べて寝るのは当たり前のことだし、ときに男女の仲になりかけたこともある。

それでも、一線は越えずに曖昧《あいまい》な関係を続けてきたのは、宿無し人生に矜持《きようじ》を抱き、毅然《きぜん》と生きているヤッさんに結婚生活は似合わないと思うからだ。そういう男に惚れたからには、あたしも毅然と生きてこそ、正式な夫婦にも増した深い絆で結ばれた相棒でいられる、とオモニは信じている。

だから、たった一度だけヤッさんからプロポーズされたときもぴしゃりと断った。築地が移転騒ぎで大揺れだった数年前、心が疲れたヤッさんから逃げの一手として結婚を持ちだされたのだが、しかしオモニは、そんなヤッさんに惚れたわけじゃない。他人からどう思われようと、このままでいい、と割り切って、その後も変わらぬ関係を保ち続けてきた仲だけに、こんなときこそヤッさんのために全力を尽くしたい。

「とにかく、いまは養生しなきゃダメ。あったかいソルロンタンを飲んで、ゆっくり寝な」

子どもを諭すように言い聞かせた。

ソルロンタンとは牛骨や牛スネなどをじっくり炊《た》いた朝食に打ってつけの白いスープだが、オモニの母親は風邪を引いたときによく作ってくれた。その母の味を飲み終えたヤッさんが再び眠りについたところで、寝顔を眺めながらしみじみと思いに耽《ふけ》っていると、携帯電話が振動した。

着信画面を見ると、知らない番号からだった。予約だろうか。こんな小さな食堂でも、たまに飲み会の予約を入れてくれる人がいる。今夜だったら断るしかないが、明日以降の予約でありますように、と祈りながら応答すると、

「南里菜《みなみりな》と申します。ヤッさんはいらっしゃいますでしょうか？」

やけに礼儀正しい女性の声だった。

初めて聞く声だが、オモニの電話には、時折、ヤッさん宛ての電話がかかってくる。それでなくても飲食業界に生きる人たちのさまざまな案件に関わっている人だ。親しい仲買人や料理人はもちろん、おれと連絡を取りたきゃオモニに電話してくれ、と言われて初めてかけてくる人も多い。ただ、その大半はヤッさんに似た陽気でべらんめえ調の男たちばかりで、この手の女性はめずらしい。

「いま電話に出られないんだけど」

あえて風邪とは言わなかった。

「実は、八丈島《はちじようじま》行きの件で、ご相談がありまして」

「八丈島？」

声を張って問い返した途端、

「おい、代わるぞ」

寝入っていたはずのヤッさんが、むっくりと起き上がった。つい声を張りすぎて起こしてしまった。どうやらまた新しい案件に関わっているようだが、この状態では八丈島どころじゃない。かといって切るわけにもいかず、しぶしぶ携帯を渡すと、ガラガラ声で話しはじめる。

「おう里菜か。例のテレビロケだよな。え？　いや、そりゃねえだろう。先方にも都合ってもんがあるんだし、そんでなくても無理してくれてんだ。だったら、わかった。今夜、表参道《おもてさんどう》の店に行くからちゃんと話そう」

「今夜はダメだよ！」

慌ててオモニは制した。いま外出なんかしたら、ますます風邪をこじらせてしまう。なのにヤッさんは知らんぷりして続ける。

「いや、ちょいと横槍が入っただけだ。とにかく、今夜十時過ぎに行くから待っててくれ」

勝手に約束するなり電話を切ってしまった。

だれかが玄関のドアを叩いている。ドアには〝本日は臨時休業します〟と貼り紙しておいたのに、ドンドンドンと何度も叩いている。

お客さんだろうか。常連さんが貼り紙に気づかず、店を開けろと催促しているのかもしれない。

なんだか気になってドアスコープを覗くと、小太りの中年男が立っていた。島本《しまもと》だった。半月ほど前だったか、今日と同じ夕方近くになって訪ねてきた『鎌足《かまたり》不動産』の営業マンだ。

仕方なくドアを開けると、

「いま、よろしいでしょうか?」

ちょっと話したいという。

オモニは躊躇した。奥の寝室にはヤッさんがいる。あのあとまた風邪薬を飲ませたら寝てしまった。といって、ヤッさんを一人にして外出はしたくない。

「病人が寝てるから、静かに話してもらえるんなら」

そう断って、手前の居室の座卓に座ってもらった。

台所でお茶を淹れて戻ってくると、携帯をいじっていた島本が素早く仕舞い込み、

「先日は、お忙しいところ、ありがとうございました」

声をひそめて頭を下げた。

「で、何か進展したの？」

オモニも声を抑えて先を促した。

「実は、正式にアパートを建て替えさせていただきたく、改めてご相談させていただこうと思いまして」

やたら馬鹿丁寧に言って、鞄から書類を取りだす。

見ると、建設計画書だった。老朽化したこのアパートを取り壊し、十階建てのビジネスホテルを新築する計画らしく、表紙には完成予想図も描かれている。

「あら、マンションじゃなかったの？」

首をかしげた。確か先日は、分譲マンションに建て替えるという話だった。マンションが完成した暁には、いまのアパートの住人は優先的に割安購入できる、と島本から告げられていた。

「それについてなんですが、その後、計画が大幅に見直されましてね」

新大久保のこの地区は、今後、マンションよりもビジネスホテルのほうが収益が見込める。現在の家主がそう判断したのだという。

「ただ、ビジネスホテルだと人は住めないし、割安購入ってわけにもいかないわよね」

オモニは眉根を寄せた。

「ええ、そうなってしまいますが」

「けど、このあたりには、まだまだアパートも多いし、マンションに建て替えても十分にいけると思うんだけど」

「そういう考え方もなくはないんですが、あくまでも家主さんのご判断ですので」

島本は目を伏せた。

正直、当てが外れた。多くの常連客に恵まれ、倹《つま》しい〝職住同居〟生活を十五年続けてきたおかげで、それなりに貯金もできた。礼音という若者が築地に『テンペイロ屋』を開くときに出資できたのもそれゆえだが、マンションを安く買えるのであれば、この際、貯金の大半をはたいてしまってもいい、と密《ひそ》かに考えていた。

オモニもヤッさんと同じ五十代になった。この歳になると老後の生活のことがリアルに視界に入ってくる。今回の風邪もそうだが、持ち前の元気パワーで冬場の野宿も難なくこなしてきたヤッさんも、いずれ体力的に厳しくなって宿無し生活が立ち行かなくなるはずだ。そのときに備えて、どん底時代に助けてくれたヤッさんと共同生活ができる環境を整えておこうと思っていた。韓国食堂は近所に貸し店舗を見つけて営業を続ければ常連さんも喜んでくれるだろうし、二人も安心して老後を迎えられる。

もちろん、結婚とはまた別の話だ。いまの関係を保ったまま共同生活ができるのであれば、それが一番だと思うし、仮にこの先、結婚という形に切り替えたほうが暮らしやすい、と二人が考えるようになったときは、それもまた可能になる。先に結婚ありきという考えは持ち合わせていないが、商売のためにも、これからの二人のためにも、マンションへの建て替えは大きな転機になると考えていただけに、目論見《もくろみ》が大きく狂った。

「マンションにしないなら、立ち退きは無理だわね」

オモニは言った。

「いえ、もちろん、ちゃんと代替物件はご用意いたしますので」

島本が弁明する。

「代替物件って、どこに？」

「それは改めてご提案させていただきます。移転費用につきましても家主さんと交渉の余地がありますし」

「だったらこの近所に、いまと同じ家賃で入れる店舗兼自宅の物件を探してちょうだい」

「いえ、それはちょっと」

「ダメなの？」

「そもそも、このアパートは居住専用だったんですが、入居当時の家主さんのご判断で店舗兼自宅としてご入居できたんですね。ただ、ご存じのように、その後、このアパートは現在の新家主さんが買い取られました。それでも新家主さんのご厚意によって入居時と同様、近隣の物件相場より安い賃料で、店舗兼自宅のままご入居いただけていたわけです。でも、もはやこの界隈に同等の賃料で店舗兼自宅として入居できる物件はないんですね。その点は、どうかご理解いただいて、代替物件は新大久保以外の場所で、店舗か自宅、どちらか一方でお願いできればと」

「それはおかしいでしょう。あなた、入居当時のこと聞いてないの？　そもそもあたしは、入居者がいなくて困ってるから店舗兼自宅でも大丈夫なので入ってください、ってお願いされて入ったの。それから十五年、店舗兼自宅で頑張ってきて、ありがたいことに常連さんもついてくれたわけ。なのに新家主の都合で立ち退かされて、新大久保はダメ、店舗兼自宅もダメって、どう考えてもおかしいじゃない。いまさら店舗と自宅、二軒の家賃なんて払えないし」

「そうおっしゃられても、これは新家主さんのご意向ですから」

「そういう話だったら、やっぱ無理。ここは立ち退きません」

きっぱり言い放った。

「いえ、それは困ります！」

島本が声を上げた。

「しっ」

慌ててオモニは人差し指を立てた。島本の大声で、ヤッさんの寝床がもそりと動いた気がしたからだ。

建て替えについては、まだヤッさんに話していない。さっきの八丈島のこともそうだが、なにしろ多くの案件を抱えている人だ。今後、どう転ぶかわからないこの件は、はっきり決着がつくまで伏せておくつもりでいるのだが、それでも島本は言い募る。

「いずれにしましても、わたくしどもといたしましては」

「おい、どうした」

ヤッさんの声だった。やはり起こしてしまったようだ。

「今日は帰ってください」

とっさにオモニは告げた。

「ですけど」

「とにかく今日は帰ってちょうだい」

語気を強めると、島本は憮然とした面持ちで座卓から腰を浮かせ、

「では、また改めて、ゆっくりご説明させていただきます」

ぺこりと頭を下げて帰っていった。

2

この日、二人目の来客があったのは午後十時半を回った頃だった。

遠慮がちなノックの音に気づいてドアスコープを覗くと、小柄な女性がいた。すっぴん顔にロングの髪をシニョンにまとめ、白いコックコートを着ている。

「南里菜と申します」

午前中に電話してきた礼儀正しい女性だった。見た目は三十前後だろうか。目鼻立ちは整っているが、切れ長の目の下にやけに黒い隈《くま》が浮いている。

実は、昼間の電話のあと、ヤッさんとひと悶着あった。それでなくても風邪が悪化しているのに、午後十時過ぎに表参道の彼女の店に行く、と約束してしまったヤッさんにオモニは食ってかかった。

「無茶な約束しちゃダメでしょうが。まさか表参道までジョギングしていくつもり？」

「なあに、たかだか五キロ程度の距離だ、どうってこたねえ。彼女は苦労人の料理長なんだが、ちょっと大事な相談に乗っててよ」

「いまはそれどころじゃないでしょう。何があったか知らないけど、こんな状態で五キロもジョギングしたら死んじゃうわよ。そんなに大事な相談だったら、こっちに来てもらうのが筋ってもんだし」

「ここに呼びつけろってか？　しかし彼女も何かと大変なんだ」

「こっちこそ大変じゃない。あたしがこんなに心配してるのに、あんたが言えないなら代わりに言ったげる！」

怒りにまかせて南里菜の着信に折り返し、話があるならうちに来て、と約束を変更してもらったのだった。

「おお、わざわざすまんなあ」

タクシーを飛ばしてきた里菜が上がってくるなり、パジャマ姿のヤッさんが起きてきた。

「ヤッさん、ご病気なんですって？」

里菜が心配そうに聞く。

「いやいや、ご病気なんてもんじゃねえんだ。もうとっくに治ってんのに、こいつがうるせえから寝てるふりしてるだけでよ」

はっはっはとガラガラ声で笑ってみせた拍子に、ゴホゴホ咳き込んでいる。まだ風邪っ引きの真っ最中だというのに、何の虚勢を張ってんだか、とオモニが苛ついていると、

「おい、マッコリ」

思わぬことを言いだす。

「ダメだよ、お茶にしときな」

呆れて拒んだものの、

「馬鹿野郎、こんな時間に呼びつけといて、お茶ってわけにいくか。仕事疲れにはマッコリが一番だろうが」

勝手にマッコリを茶碗に注いできて、ほれ飲め、と里菜に勧め、自分も手酌でぐびりと飲んでみせる。

「いえ、まだ仕事があるので」

里菜が困っている。

「ったく真面目すぎる女だよなあ」

ヤッさんが苦笑いしてオモニに説明する。

「里菜は、三年前、表参道にオープンした『ダイニング割烹 伯楽《はくらく》』って店の料理長でよ。女性誌やグルメ雑誌を見てみりゃすぐわかるが、いまや飛ぶ鳥を落とす勢いの女料理人だ」

そのコックコート姿から、てっきり洋の料理人だと思っていたら、もともとは赤坂《あかさか》の老舗料亭で修業していた和食が専門だという。当時、築地市場の仲買人を通じてヤッさんと知り合ったものの、市場移転騒ぎのさなかにヤッさんが築地を離れたため、しばらく疎遠になっていた。その間、彼女は現在の店のオーナーに見初められて引き抜かれ、みるみる頭角を現したのだという。

「なんせ、ダイニング割烹なんて中途半端な和洋折衷《せっちゅう》の店を、瞬く間に人気店に伸し上げちまったんだからよ。そりゃマスコミだって放っとかねえだろう」

オモニは知らなかったが、最近はメディアの取材がひっきりなしだそうで、その流れからテレビの出演依頼が舞い込んだのだという。

「毎週夜中に放送してる『女流プラネット』っていう三十分番組、知ってるか？　おれはどっかで一度見たきりなんだが、各界で活躍してる女性に密着ロケして、仕事ぶりとか生活ぶりとかを紹介するドキュメンタリーだ。地味な番組だってのに熱心なファンがついてるみてえで、玉勝屋の香津子に話したら、へえ、すごいじゃん、ってびっくりしてたぐれえでよ」

いつになく誇らしげなヤッさんに、

「へえ、めずらしいね。テレビに出てる料理人にはいつも厳しいのに」

オモニは皮肉っぽく返した。

「馬鹿野郎、おれは客寄せパンダよろしく安易にテレビを利用してる料理人はダメだって言ってるだけだ。今回のテレビは、里菜の仕事っぷりをきっちり取材して世に伝えてくれるってんだから、ありがてえ話だし、それなら協力してやろうと思ったわけでよ」

すでに四か月前から彼女の密着ロケがはじまっているそうで、調理場で働く姿、自宅に帰っても料理の研究に打ち込む姿、休日に他店を食べ歩く姿など、撮影とインタビューが進められてきた。その締め括りとして新メニュー開発のために伊豆《いず》諸島の八丈島を訪れるロケを終えたら、放送に向けて編集作業に入る段取りだという。

「けど、何で八丈島なんだい？」

里菜に聞いた。

「〝春とび〟の時期に入るからです」

毎年二月から五月まで八丈島に水揚げされる飛び魚《とうお》、正式名ハマトビウオのことを地元では春とびと呼んでいる。それを刺し身にして醤油ダレに漬け、山葵《わさび》ではなく和辛子をつけて握った〝島ずし〟は地元の人たちの大好物だ。そんな話を以前、ヤッさんから聞いたことを思い出し、新メニューに使えそうだと閃いたのだという。

「でも残念ながら、現地の漁師さんとかお鮨屋さんとかに伝手がないんですね。それで顔が広いヤッさんに、コーディネーターとして同行してください、ってお願いしたら快諾してもらえて。先週、番組のディレクターさんとも打ち合わせしたんです」

ところが、今日になって突然、明後日の二月三日にロケしたい、とディレクターが言ってきた。八丈島なら羽田《はねだ》空港から小一時間で飛べる距離だし、突然で申し訳ありませんが、どうかお願いしたい、と泣きつかれたそうで、

「ちょっと困っちゃってまして」

口元を歪めている。

「まあ確かに明後日はあんまりだよなあ。打ち合わせのときは、五月末の放送だから四月のロケでも間に合うって言ってたじゃねえか」

ヤッさんが口を尖らせた。

「ただ現地の人たちは、節分に春とびの島ずしを食べるのを楽しみにしてるみたいなんですね。それもあってディレクターは、節分を番組の山場にしよう、と考え直したみたいで」

「いや、それについてもおれが話したろう。前々から頼んでたんならともかく、現地の漁師や鮨屋にしてみれば節分の日だと急すぎるって。ましてや、今日になっていきなり明後日にしてくれなんて、先方にとっちゃ迷惑なだけだし、仮に受けてくれたとしても、ろくなロケにならねえぞ」

「ですけど」

里菜は困惑した面持ちで言葉を濁すと、初めてマッコリを口に運び、ごくりごくりとヤケ酒のごとく流し込んでいる。

その様子を見てオモニは口を開いた。

「ねえあんた、あたしも料理人の端くれだから言うんだけど、テレビなんかに押し切られちゃダメだよ」

「いえ、そういうわけじゃ」

「そういうわけじゃないなら、そこまで節分にこだわらなくてもいいんじゃない？　八丈島の紹介番組なら、節分に島ずしを食べてる風景を撮る必要があるかもしれないけど、あんたの目的は新メニューの開発だよね。だったら、現地の人たちに余裕があるときに行ったほうがあんたのためになるし、テレビの人だっていい場面が撮れると思うんだよ」

諭すように言い聞かせたものの、里菜は顔を伏せて黙っている。オモニはたたみかけた。

「おまけにヤッさんは、この有様だよ。八丈島は平均気温が高いって言われてるけど、冬場は風がビュービュー吹くから震え上がるほど寒いらしいのね。こんな状態で連れてったところで風邪が悪化するだけで、コーディネーターなんてとても無理でしょうが。あんたの気持ちもわからなくはないけど、ヤッさんはあんただけのものじゃないの。市場やお店のいろんな人たちから頼りにされてるこの人を、テレビの都合だけで無茶させるわけにはいかないんだよ。

わかるかい？」と問いかけると、里菜がゆっくりと顔を上げた。その目は潤んでいた。こみ上げてくる涙を堪えているのか、唇を嚙み締めている。

オモニは内心舌打ちした。新進気鋭の女料理長ともなれば、もっと気骨があるかと思っていた。泣きださないだけましといえばましだが、ここは毅然としていてほしかった。なのにヤッさんときたら、まんまとほだされたのか、オモニをたしなめる。

「なあ、そのへんにしといてやれ。こう見えて里菜だっていろいろと大変なんだ。まだ二十八歳の若さだってのに、まかされた店を背負って、どんだけ苦労してるか、その目の下の隈が物語ってんだろうが」

「けどあんた」

言い返そうとした言葉を遮るように、ヤッさんは里菜に告げた。

「よし、わかった。だったら明後日、八丈島ロケに行こう。向こうの連中にもおれが話をつけてやる」

「ダメだよ、あんたはもう若くないんだから、無茶はダメ」

慌ててオモニが制すと、それが逆にヤッさんの男気に火をつけてしまった。

「おめえは黙ってろ！　風邪なんてもんは旨《うめ》え島ずし食って、島酒でもパーッと飲みゃ一発で治っちまうんだ。ここが里菜の正念場だってのに、外野がつべこべ言うな！」

ガラガラ声で啖呵《たんか》を切り、その弾みでまたゴホゴホ咳き込んでいる。

こうなったら、もう言うことを聞く人ではない。どう言ったら無茶な八丈島行きを止められるのか。まだ咳き込み続けているヤッさんを見やりながら、オモニは深いため息をついた。

ふと目覚めるとヤッさんがいなくなっていた。

え、と驚いて時計を見ると、朝の九時を回っている。

いつ出ていったんだろう。奥の寝室に敷いてあった布団はきちんとたたまれ、冷蔵庫の残りものを食べていった形跡もあるが、オモニはまったく気づかずに、この時間まで寝入っていた。

ゆうべ深酒したせいだった。ヤッさんを気遣って里菜を呼びつけたまではよかったが、それが逆効果になった。オモニと口論した挙げ句にヤッさんが明後日のロケに意欲満々になり、夜中だというのに八丈島の漁師の奥さんや鮨屋の親方とやりとりして、どうにか協力を取りつけてしまった。その勢いに乗って里菜がテレビディレクターに電話してロケ承諾を伝えると、ほどなくして飛行機のチケットをネットで押さえた、と折り返しがあり、瞬く間に八丈島行きが決定してしまった。

こんなにあたしが心配してるのに、若い女だからっていい顔しちゃって。

なんだか急に妬ましくなって、里菜を帰してヤッさんを寝かしつけたところでヤケ酒になった。マッコリからはじめて焼酎、ウイスキーと飲み続け、気がついたときには酔い潰れ、毛布をかぶって寝入ってしまったのだった。

それにしても、どこへ行ったんだろう。

まだぼんやりしている頭をめぐらせた。おそらくはロケがらみの情報収集に出掛けたのだろう。そういうことはあたしの携帯でチャチャッとすませればいいんだから、とにかく明日は一日寝てな！　と厳命しておいたのに、どういうつもりなのか。威勢のいい啖呵を切ってみせたわりには、ゆうべの寝しなも激しく咳き込んでいたし、いま外出なんかしたら風邪を悪化させるだけだ。

「あたしの気持ちなんか全然わかってないんだから」

思わず声にだして悪態をついていると、不意にドアがノックされた。

ヤッさんが帰ってきたんだろうか。

淡い期待を胸に布団から起き上がり、ドアスコープを覗いてみると、鎌足不動産の島本がいた。連日の訪問に当惑していると、

「おはようございます！　島本です！」

ドア越しに呼びかけられ、仕方なく、ほつれ髪を撫でつけながらドアを開けた。

島本は腰を折ってぺこりと頭を下げ、書類の束を手に上がってきた。

「本日は、昨日お伝えしました代替物件をお持ちしました」

そう言われては追い返すわけにもいかず、座卓に促すと、早速、間取り図つきの物件資料を取りだして説明しはじめる。

「まずは、ここから近い住宅物件ですと、西武新宿線《せいぶしんじゅく》で十分圏内、下落合《しもおちあい》、新井薬師前《あらいやくしまえ》

あたりですね。現状のお家賃レベルですとマンションも可能ですが、二十分圏内の上石神井《かみしゃくじい》あたりまで範囲を広げていただければ、2LDK、あるいは3DKのマンションも可能です」

つぎつぎに物件資料を差しだし、こっちの反応を窺っている。とにかく自分のペースで話を進めようとする魂胆が見え見えだったが、黙って聞いていると島本は先を急ぐ。

「一方、店舗の代替物件をご希望の場合は、最近、都心の店舗物件はかなり割高になっておりましてね。この際、思い切って上石神井より西の地域をご検討いただければと思いまして、たとえばこちらですが」

「ちょ、ちょっと待って」

慌てて物件資料を押し戻し、オモニは言い返した。

「あなた、忘れたの？　あたしは、この近所の店舗兼自宅の物件にしてほしいって言ったの。同じ新大久保だったら勝手もわかるし、贔屓にしてくれてる常連さんだってきっと来てくれる。なのに下落合だの上石神井だのに移転しちゃったら、どうしようもないじゃない。しかも店舗と自宅を別々に提案されて、あたしにどうしろっていうのよ。新大久保から出てって野たれ死ねっていうこと？」

「いえいえ、とんでもないです。これでもかなりの好条件をご提示してるんですよ。ただ、ご承知のように度重なる韓流ブームの影響で、このあたりの賃貸相場は、ご入居当時と比べて途轍もなく上昇しているため、代替物件のご提案にも限りがありまして。移転費用も併せてお支払いすることを考えれば、けっして悪い条件ではないと思うんです」

「よく言うわよ、あたしの希望なんかまったく無視してるくせに」

「そうおっしゃられても、これが新家主さんのご意向なものですから」

「そこを何とかするのが、あなたの仕事でしょう。あたしの場合は、単なる引っ越しとはわけが違うの。商売にも生活にもかかわる一大事だっていうのに、あなたたちは両方を奪おうとしてるんだから」

「ですからそれは」

「もういい、帰って」

「そうおっしゃらずに」

「いいから帰って!」

たまらず声を荒らげてしまった。

それは先方にも都合があるのかもしれないが、こっちにも居住権というものがある。適当にあしらって追いだせばいい、という態度に腹が立った。

ったく、どうなっちゃうんだか。

いつになく追い詰められた気分になったオモニは、料理の仕込みに取りかかった。ヤッさんしだいで今夜も営業できるかどうかわからないが、料理していると不思議と気持ちが落ち着いてくるからだ。野菜を刻んだり肉を捌いたりしているだけで、一時的とはいえ嫌なことを忘れられる。

〽ラーメンたべたい
ひとりでたべたい
熱いのたべたい

ふと鼻歌がでた。いつの頃からか、苦しいことや哀しいことがあると、無意識のうちに矢野顕子《やのあきこ》の『ラーメンたべたい』を口ずさむようになっていた。昔から好きだったこの曲には、吹っ切れた明るさがある。歌っているだけで心が鎮まってくる。

ラーメンたべたい、と歌いながらサムギョプサルとチョレギサラダの下拵《したごしら》えからはじめて、豆もやし、ぜんまい、ほうれん草のナムルを作り終える頃には、まあ、なんとかなるか、と開き直る気持ちが湧き上がってきた。

午前十一時を回ったところで、いったん仕込みを中断した。切れそうな食材を買いだしてこようと思い、買い物用の自転車に乗って走りだそうとした瞬間、声をかけられた。

「オモニ、今夜はやるの？」

西森《にしもり》くんの妻、美樹《みき》さんだった。西森くんは隣接する新宿七丁目の水道工務店の跡取り息子だ。もう十年来の常連客なのだが、昨夜はめずらしくオモニが臨時休業してた、と心配していたという。

「ごめんね、ヤッさんの体調が、いまいちなの。今夜もどうなるかわからなくて」

西森夫婦はヤッさんのこともよく知っている。あら大変、そういうことなら、お大事にしてくださいね、と言い置いて美樹さんは帰っていった。

一時間ほどかけて二軒の韓国食材スーパーを見て回り、肉や野菜を買い込んで帰ってくると、玄関に男物の靴があった。合鍵を持たせているのはヤッさんしかいない。慌てて部屋に上がると、案の定、奥の寝室に布団を敷いて横たわっている。

「どこ行ってたのよ」

「いやそれが」

思わずオモニがなじると、
言いかけた拍子に噎《む》せて、激しく咳き込んでいる。顔色も昨夜よりさらに悪くなっている。

「だから言ったじゃない。なんでわざわざ出掛けたりするのよ。そんなんじゃ八丈島ロケなんか行かせられないから、キャンセルして」

「馬鹿野郎、おれがロケを抜けるわけにいかねえだろが。せっかく築地と豊洲で情報収集してきたってのに」

「そんな遠くまで走ってきたの？」

「い、いや、店の釣り銭を借りて、築地までは地下鉄だ」

それでも築地と豊洲の往復七キロほどはジョギング移動したそうで、何やってんだか、と呆れ返った。

「やっぱ明日のロケはダメ。漁師と鮨屋がオッケーしてくれたんだったら、あんたなんか行かなくて大丈夫だし」

「そうはいくかよ。仲介したおれが行かなくてどうすんだ。この世界、義理を欠いちゃおしめえなんだよ」

あくまでも行くと言い張る。その頑固さに閉口したオモニは、

「だったらあたしも行く」

とっさに言い返し、携帯を取りだして航空券予約サイトを検索しはじめた。

「おめえは店があるだろうが。だいいち、余計な人間がついてってったら迷惑になるだけだ」

「冗談じゃない、ロケ先であんたが倒れたら、それこそみんなの迷惑でしょうが。自腹で付き添うんならテレビ局だって文句は言えないだろうし、今夜も店は臨時休業にする！」

きっぱり宣言して検索し続けていると、同じ羽田発の八丈島便に空席が見つかった。

3

八丈島空港に無事着陸した瞬間、乗客から拍手が湧き起こった。

なにしろ羽田空港を発つ前から、現地は強風のため、最悪、引き返す場合もある、とアナウンスされていた。それでもどうにか定刻の朝七時半に羽田を飛び立ち、五十分ちょっとで八丈島上空に辿り着いたのだが、やはり風が強く、何度も機体が揺さぶられた。飛行機はタイミングを計りながら島の上空を旋回し、しばらくして着陸を開始したものの、車輪が着地する直前、ふわりと上昇し、着陸をやり直します、とアナウンスが流れた。これには乗客全員が固唾を呑んだが、再度のチャレンジで二度三度とバウンドしながら滑走路に着地。幸先の悪い事態に手に汗を握っていたオモニも、思わず拍手してしまった。

空港ターミナルの外に出ると、どんよりと曇った空のもと、目の前に椰子《やし》の木が立ち並んでいた。冬なのに南国のごとき奇妙な光景だったが、その椰子を薙《な》ぎ倒さんばかりに吹きつける強風に、ロケメンバーの四人は震え上がった。空港内には十℃と気温表示されていたのに、体感温度は二、三℃ほどしかない。

「まあ皆さん、お疲れさまでした」

車寄せで待機していたワゴン車の運転席から、エプロン姿の中年女性が降りてきた。

「おう、しばらく！」

ヤッさんがひしゃげた声で挨拶した。機内ではぐったり寝入っていたのに、

「今回世話になる漁師の奥さん、万智子《まちこ》さんだ」

カラ元気を振るってみんなに紹介する。

「あらどうしたの？　その声」

万智子さんがヤッさんの異変に気づいた。すかさずオモニは謝った。

「ごめんなさいね。この人、体調を崩しちゃったんで、あたしが付き添って来たの」

それでもヤッさんは強がってみせる。

「馬鹿野郎、どうってこたねえんだから、おめえは黙ってろ」

すると今度は里菜が頭を下げた。

「すみません、このたびは皆さんにご迷惑をおかけして」

その里菜自身もロケに備えて無理を重ねていたのだろう、顔全体に疲れが滲んでいる。

そんなやりとりを見守っていたテレビディレクターの岩村《いわむら》が慌てて名刺を差しだした。

「急なロケで申し訳ありません、よろしくお願いします」

まだ二十九歳の若手局員だからなのか、申し訳ないと言っているわりには、そっけない態度だった。

「あら、テレビ局の方はお一人？」

万智子さんが、きょとんとしている。彼女のもとには、ときどきテレビのロケ隊が訪れるそうで、ふつうは複数のカメラマンに音声担当、ADなどが同行してくるという。

「実はロケが前倒しになって、スタッフの手配がつかなくなったんです。今回、ぼくがカメラマンとADも兼任します」

岩村Dが小型のビデオカメラを見せた。はあ？　とオモニは思った。ロケの前倒しはディレクターの強い要望だと里菜は言っていた。もっと上からの指示だったんだろうか。そういえば岩村Dは、羽田で落ち合ったときもフライト中も浮かない顔でいた。局内で揉めた末に急なロケになってしまって不本意な思いを抱えているのかもしれないが、万智子さんも含めた全員が無理してロケに臨んでいるのに大人の態度ではない。こんなディレクターで大丈夫か、と懸念していると、

「さ、行きましょ。今日は夫も忙しいので」

万智子さんが品川《しながわ》ナンバーのワゴン車に乗り込み、ハンドルを握った。

最初の目的地、八丈島西部の八重根《やえね》漁港は、高台の空港から坂道を下った先にあるという。沿道にも椰子が立ち並ぶ二車線道路を、万智子さんは豪快に飛ばしていく。途中、たまにすれ違う車も品川ナンバーばかりで、南方の海に浮かぶこの島も東京なんだと思い知らされる。

五分ほどで到着した八重根漁港は、海辺の岩礁《がんしょう》を掘り込んだ小さな入り江にあった。こぢんまりした規模ながら地元漁船の拠点になっているため、一夜の仕事を終えた漁船が何艘《なんそう》も停泊している。春とび漁は前日の夕方に出漁し、翌朝に帰港して水揚げするそうで、この時間、すでに水揚げを終えた漁師たちは船の後片づけをしている。

万智子さんの夫、胡麻塩《ごましお》頭の浅沼《あさぬま》さんも若い漁師とともに甲板を洗ったり網を巻いたり、せっせと働いていた。十八歳で海に出て以来三十五年のベテランだそうで、ヤッさんとは築地時代に仲買人を通じて知り合ったという。

「おう、しばらくだね」

浅沼さんが真っ黒く陽焼けした無精髭《ぶしょうひげ》だらけの顔を綻ばせた。ヤッさんがひしゃげた声でロケメンバーを紹介すると、

「船ん中も撮るかい?」

浅沼さんが気を利かせてくれた。

早速、岩村Dがビデオカメラを手に船に乗り込み、撮影しはじめる。ドキュメンタリー番組は予算が少ないため、これまでも何度か撮影してきたと岩村Dは言っていたが、いざ本番となるとカメラの扱いはぎこちないし、カメラアングル決めにも手こずるしで、素人目にも不慣れなことが伝わってくる。

続いて岸壁に降りて八重根漁港の全景をぐるりと撮影したところで、浅沼さんの手が

空くのを待った。当初の予定ではドローンを飛ばして俯瞰《ふかん》映像を撮ったり、夜中の漁に同行したりするはずだったが、突如として弾丸ロケになったため諦めたそうで、

「まあ仕方ないっすよ、人手が足りないんで」

岩村Dはまたふて腐れている。

「そんじゃ、はじめようか」

浅沼さんが船から降りてきた。一夜の漁を終えて疲れているはずなのに、深い皺をくしゃくしゃにして里菜に笑いかける。

岩村Dがカメラを回してキューを出した。すると里菜も浅沼さんの大人の対応に触発されてか、疲れ顔から一転、目を輝かせてインタビューにかかる。

「春とび漁って、ちょうど解禁されたばかりなんですよね？」

「うん、そうだ。春とびってのは産卵のために北上してくる飛び魚なんだけど、最盛期は三月から五月。だから漁が解禁されたばっかりの二月は走りの時期でね。それでも、夜の漁場に着いてライトで照らしてみると、ピッカピカの剣みたいな姿で、ぴょーん、ぴょーんと海面スレスレを滑空してるわけ。その飛びっぷりを見てると惚れ惚れしちゃってね」

吹きっさらしの寒い岸壁での立ち話ながら、テレビロケを何度も経験しているからだろう、朴訥《ぼくとつ》な口調で丁寧に話してくれる。

「つまり漁師の皆さんにとっては、待ちかねた時期っていうわけですね」

「まあ、ひと昔前は、そうだったね」

「え、どういうことです？」

「春とびも獲らなくはないんだけど、最近は八丈の金目鯛《きんめだい》がブランド化されて高く売れるようになったんだよ。おかげで、ひと儲けして外車を乗り回してるやつがいたりするもんだから、若手の漁師は金目ばっか狙って、昔ほど春とび春とび言わなくなってね」

「そうなんですか」

これだから現地に来てみなければわからない。里菜が小柄な体を前のめりにして、ここぞとばかりにたたみかける。

「じゃあ、春とびの島ずしも昔ほどには？」

「まあそうだね。観光客用のホテルなんかじゃ、金目の島ずしをやってるとこもあるしね」

そのほうが高級だと喜ばれるらしい。

「ただ、もともと島ずしってのは自前でこさえるものでね。わしらの世代は、春とびの季節になると家庭でこさえてたもんだけど、いまどきの若い家庭は違ってね。食べたいときは島のスーパーで買ったり、鮨屋の出前を取ったりしてるみたいで」

「ある意味、中高年にしか作れない伝統料理になりつつあると」

「残念ながらそうなるかな。結局、一番喜んで食べてるのは観光客かもしんないね。八丈島空港の売店でも売れ筋だっていうし」

「ああ、そういう時代なんですねえ」

　里菜が眉を下げると、

「はい、とりあえずここまでで！」

　岩村Dがストップをかけてカメラを止め、

「島ずしって、そんなに作ってないんですか」

　浅沼さんに聞いた。岩村Dとしては地元の人たちが嬉々として春とびの島ずしを食べるシーンを撮る予定でいたらしく、それでなくても腐っていたのに輪をかけて不安に駆られたようだ。

　すると浅沼さんが励ますように言った。

「うちじゃ毎年、家内がこさえてくれるんだよね。よかったらあとで寄って、みんなで食べてったらどうだい？」

　岩村Dが安堵の色を浮かべた。まだ若いだけにわかりやすい態度もいいところだったが、オモニは思わずヤッさんを見た。

　おそらくヤッさんは春とびの現状を知っていたのだろうと思った。なのに、あえて岩村Dと里菜には黙っていて、ロケ先で初めて春とびのありがたみがわかるように、浅沼さんと申し合わせていたに違いない。ヤッさんだったら、それくらいの気は利かせる。

そうこうするうちに時間切れになった。浅沼さんは漁協の理事も務めているため、会議があると事前に伝えられていた。そんな忙しい人に無理してお願いしたロケだけに、時間は厳守しなければならない。結局、小一時間ほどでインタビューは切り上げた。

岩村Dがまたしても言葉少なになっている。テレビ業界用語でいう〝撮れ高〟が不安になったらしいが、今度はヤッさんがひしゃげた声で励ました。

「まあ心配すんな。鮨屋の親方がたっぷり語ってくれっからよ」

ところが、そのヤッさんもまた、どんよりした表情でいる。吹きっさらしの岸壁に立ち続けていたせいだろう、さらに顔色が悪化している。それを見た万智子さんが気遣ってくれた。ここからはタクシーで移動する予定だったのに、

「タクシーを待ってるともっと冷えちゃうから、あたしが鮨屋まで送ったげる」

再びワゴン車のハンドルを握ってくれた。

オモニがエスコートしてヤッさんを後部座席に座らせた。途端にまた咳き込みはじめた。やはり無理をしていたらしく、額に手を当ててみると、かなりの熱がある。といって、ここではどうしようもない。オモニのコートもかけてやって容体を見守っているうちに、島の中心部にある『すし八丈』に到着した。

八丈島には、いわゆる繁華街的な場所はないそうで、八丈一周道路と呼ばれる都道沿

いにぽつんと佇んでいる店の駐車場にワゴン車が駐まると、

「よし、降りるぞ」

ヤッさんが腰を浮かせた。

「ダメダメ、すぐ宿に行って寝なきゃ」

あたしが送るから乗ってて、と万智子さんが押し止めた。

「いや、ここの親方も久しぶりだから挨拶しとかねえと」

それでも降りようとするヤッさんに、

「だったら親方を呼んでくるから、挨拶したらすぐ行くわよ」

叱りつけるように言って店に飛んでいった。


万智子さんから電話が入ったのは、十分ほど経ってからだった。

ヤッさんを送り届けた宿の主人が知り合いだったそうで、早めにチェックインさせてもらって無事に病人を寝かしつけたという。

とりあえず、ほっとした。できれば宿まで同行してヤッさんを介抱したかったが、里菜と岩村Dを放りだしていくわけにもいかない。ヤッさん並みのコーディネーターにはなれないにしても、せめて二人の手助けができればとオモニは現場に残った。

ただ、残りはしたものの、すし八丈の親方はロケどころではなかった。ちょうど昼どきとあって、ヤッさんと挨拶を交わすなり店内に駆け戻り、ランチ客と出前の注文に追われてバタバタしている。

「ごめんなさいね、取材は午後からだと思ってたの」

一緒に店を切り盛りしている奥さんが恐縮している。漁港でたっぷりロケして昼食後に来ると思い込んでいたそうで、小上がりで待っててもらえます？　と言い残すと、軽自動車で出前の配達に飛んでいった。

こちらこそ申し訳なかった。ここの親方もヤッさんの顔を立ててロケには応じてくれたのだろうが、かなり無理して受けたに違いない。

「店が落ち着くまで、ゆっくりしてましょう」

オモニが岩村Dと里菜に告げると、

「申し訳ありません、オモニまで付き合わせちゃって」

里菜から謝られた。

「とんでもないよ、こっちこそごめんね、ヤッさんがあんなで」

オモニもまた謝り、つけ場で奮闘している親方の仕事ぶりを眺めつつ、小上がりで気長に待つことにした。

なのに、座卓の向かいに座った岩村Dは苛立ちを隠さないでいる。貧乏ゆすりをしながら、しかめっ面で携帯をいじっている。こういうときこそロケの主人公、里菜の人となりを引きだすチャンスだと思うのだが、いまや不機嫌がピークに達したのか、拗《す》ねた子どものごとく自分を閉ざしている。

ヤッさんがいてくれたら、と思った。こういうとき、ヤッさんだったらどう対処するんだろう。そうは思ったものの、旅館で寝込んでいる人には頼りようがない。

そのとき、里菜が化粧ポーチを手に席を立った。トイレらしい。それでも岩村Dは携帯に目を落としたまま押し黙っている。自分の担当番組だというのに何が気に入らないのか、あまりに子どもじみた態度が許せなくなって、二人になったところでオモニは切りだした。

「ねえ、もうちょっと楽しく仕事しない？　前倒しのロケで予想外のことばっかり起きて、あなたが腐る気持ちも、無茶を言った上司に腹を立てる気持ちもわからなくはないよ。けど、あなたはそれを受け入れてロケに来たわけでしょう？　いつまでも拗ねてないで、ちゃんと里菜さんに向き合わなきゃ失礼だわよ」

彼女だって疲れを押してロケに対応してるんだから、と諭すと、岩村Dが顔を上げた。

「上司が無茶を言ったんじゃないっす」

憮然とした声だった。

「じゃあ、だれが言ったの？」

「オーナーっす」

思いがけないことを口にする。彼女が働いているダイニング割烹のオーナーが、番組スポンサーを通して前倒しを捻じ込んできたのだという。

「ほんとに？」

ぽかんと口を開けてしまった。

「マジな話っすよ。番組スポンサーがらみで圧力かけられたら、現場のぼくらはどうしようもないじゃないすか。最初にちゃんとスケジュールを提出して、四か月も前から気合いを入れて撮影してきたのに、ロケを前倒しして放送予定を繰り上げなきゃ番組を降りる！　って言いだしたんすから」

もともとは五月末の予定だった放送日も三月末に変更しろ、と迫られて、仕方なく三月末に放送予定だった〝女性レーサー篇〟と差し替えたのだという。

「そんなのってありなの？」

「放送日の変更はたまにあるんすけど、こんなの初めてっすよ。そんな圧力かけられたら、こっちだって従うしかないじゃないすか」

「けど里菜さんは、そんなこと何も言ってなかったし、彼女、知らないのかな」

「知らないわけないじゃないすか、だから余計にムカつくわけで」

言葉に詰まった。里菜の説明とはまるで違っていることに困惑した。

彼女はヤッさんとあたしに嘘をついたんだろうか。仮にも欺《あざむ》かれていたのだとしたらショックだが、それにしても、岩村Dの態度が大人げないことに変わりはない。

「どっちにしても、こうしてロケ現場に来ちゃったんだから、おたがい気持ちよく仕事しようよ」

さっきよりトーンダウンして、もう一度、たしなめると、

「けどぼくは」

言いかけて岩村Dは言葉を止めた。見ると里菜がトイレから戻ってきた。

気まずい空気を残したまま、さらに待ち続けた。ここにきて急にややこしい話になってしまったが、ロケはちゃんと終わらせなければならない。ヤッさんに代わってそれだけは頑張ろう、とオモニが気を引き締めていると、

「いやお待たせしたね」

親方だった。やっと仕事が一段落したそうで、これ、お詫びの印、と鮨桶を置く。忙しいさなかに、わざわざ島ずしを握ってくれたのだった。

「すみません、お忙しいところお気遣いいただいて」

里菜が立ち上がって頭を下げた。待ちかねていた岩村Dが、黙ってビデオカメラを回しはじめた。それを意識して親方が説明する。

「この島ずしは〝べっこうずし〟とも呼ばれてて、今日は春とびを使ったけど、目鯛《めだい》やカジキ、最近人気の金目鯛でも握るんだよね」

まあ食べてみてよ、と促され、いただきます、と里菜がカメラを意識しながら口に運ぶ。

「あ、おいしい！　漬けにした春とびが、ねっとりした食感で甘辛いんですね」

その感想に、親方が補足する。

「春とびの漬けダレは、醬油に味醂《みりん》を加えて甘めに仕上げるんだよね。シャリにも酢と同量くらい砂糖を入れてるから全体に甘いんだけど、そのぶん漬けダレには赤唐辛子も効かせてアクセントをつけてるわけ。わかるかな？」

「ああ、確かに唐辛子っぽい辛味も感じます。あと、山葵の代わりにつけてる和辛子も、いいアクセントですね」

「和辛子をつけるのは、八丈島で山葵が手に入らなかった時代の名残なんだけど、実は江戸時代の人たちも初鰹《はつがつお》を和辛子で食べてたらしいんだよね」

「へえ、そうなんですか」

里菜は待ち疲れなど微塵《みじん》も見せることなく、料理人魂を全開にして親方から情報を引きだしていく。その白熱したやりとりに、オモニもまた同じ料理人として、カメラの脇からつい質問したくなったほどだ。

こうして小一時間、島ずしからはじまって八丈島周辺の鮨種についても語ってもらったところで、また時間切れとなった。

「お忙しいところ、本当にありがとうございました」

最後は出前の配達から戻った奥さんが呼んでくれたタクシーに乗り込み、何度もお礼を言いながら店を後にした。

4

午後もまたロケは続いた。

今回のメインになる二つのロケを終えて、とりあえずほっとしたものの、ヤッさんがコーディネートしてくれたのは、それだけではない。タクシーの運転手に夕方まで貸し切りにしてもらい、さらに三つの現場を訪ねて回った。

春とびやムロ鰺《あじ》をクサヤに漬ける加工場。八丈草《はちじょうそう》とも呼ばれる健康野菜、明日葉《あしたば》の加工場。これらもヤッさんが事前に段取りをつけておいてくれたもので、特産品の生産現場を見学して味見までさせてもらった。

それに続いて、午前中に約束していた浅沼さんの自宅におじゃまして、里菜が万智子さんから島ずしの手作りレシピを教わる場面もカメラに収めた。出来上がった島ずしを真っ先に口にした里菜は、

「ああ、これが浅沼家に代々伝わる島ずしなんですね」

と今日一番の笑顔を咲かせた。

オモニもお相伴に与ったが、親方のプロの島ずしに比べてシャリが団子みたいに大きく、素朴な家庭の味わいになっていた。それがまた里菜は楽しかったのだろう、料理人というよりは一人の料理好きに戻って、目の下の隈を忘れるほどいきいきとした表情を見せた。

一方の岩村Dも、オモニの説教が多少とも効いたのか、ようやく仕事人の顔になってロケに集中していた。浅沼家の島ずしのおかげで撮れ高も十分。あとは明日、島のビューポイントをめぐってイメージ映像を撮るだけとあって安心したのだろう。その後、夕食がてら立ち寄った郷土料理屋では、春とびのクサヤ、海亀の味噌煮などの島料理を味わう里菜を撮り終えると、待ってましたとばかりに料理を肴に島焼酎をぐいぐい飲んでいた。

宿に着いたのは午後八時過ぎだった。岩村Dが少ない予算をやりくりして押さえた宿は鄙《ひな》びた和風旅館で、

「では、本日はゆっくりお休みいただいて、明日は朝八時半スタートでお願いします」

赤ら顔の岩村Dはフロント前で里菜とオモニに翌日の予定を告げ、今夜は早寝します、と二階の部屋に上がっていった。

オモニはヤッさんと同じ部屋にしてもらったのだが、岩村Dがいなくなったところで

里菜に耳打ちした。

「お風呂上がりに部屋へ行っていい？」

話があるの、と言い添えた。今日一日、ロケの主役として気丈に頑張っていただけに、疲れがピークなのはわかっている。それでも、ぜひ今日のうちに話したかった。

里菜は微《かす》かな戸惑いの色を浮かべながらも、

「お待ちしてます」

即座にオーケーしてくれた。

ほっとして自分の部屋に入ると、ヤッさんは布団に潜り込んで鼾《いびき》をかいていた。万智子さんに託した薬を飲んでくれたらしく、ぐっすり寝入っている。安堵した。しっかり寝さえすれば風邪の治りも早いし、あとで里菜の部屋に行くときにも都合がいい。ロケ中の振る舞いからして、けっして悪い娘ではないと思うのだが、なぜ彼女は嘘をついていたのか、思いきって問い質《ただ》す場にヤッさんがついてくると話がややこしくなる。

小さな部屋風呂で汗を流し、浴衣《ゆかた》に着替えたオモニは、さっきフロントで買った土産物の島焼酎を手に里菜の部屋へ向かった。最後にロケした郷土料理屋では遠慮があってか味見程度にしか飲まなかった里菜だが、せっかくの機会だ、サシで飲みながら話したかった。

ドアをノックして部屋に入れてもらうと、里菜もまた風呂上がりの浴衣姿だった。いくぶん顔に生気が戻っていたが、やはり疲れは隠せない。

「改めて、今日はお疲れさま」

座卓で向かい合い、島焼酎をポットのお湯で割って勧めると、ありがとうございます、と里菜は礼を言い、こくりこくりとおいしそうに飲んだ。

その飲みっぷりに背中を押されて単刀直入に言った。

「今夜は本音で話したいから、はっきり聞くね。今回のロケの前倒し、あなたのオーナーが捻じ込んだって本当かい？」

「え、あの、どういうことでしょう」

いきなりの問いかけに動揺している。

「ここは正直に話してちょうだい。今日、岩村ディレクターから聞いたんだけど、あなたの説明は事実と違うわよね」

里菜が俯いた。言葉に窮している。

島焼酎を口にしながら返事を待った。里菜は無言のまま座卓を見つめている。その目はうっすらと潤んでいる。また涙を堪えているのだろう。オモニは声を低めた。

「そういう顔をするもんじゃないの」

大人の態度じゃないよ、と言い添えた途端、

「すみません、本当にすみません」

不意に謝られた。

「謝ればいいってもんじゃないでしょうが」

「いえ、そういうことじゃなくて」

「じゃあ、どういうこと？」

潤んだ目を射すくめると、里菜はその目をゆっくりと拭い、ぼそりと答えた。

「店を持たせる、って言われて」

「え？」

「店を持たせてやるから、それまではおれの指示通りにやれって、オーナーから言われたんです」

三年前の夏のことだという。赤坂の老舗料亭で修業していた里菜に、おまえは、いつまでも下っ端に甘んじてる料理人じゃない。いっぱしの料理長として店を背負っていける才能を秘めてることを自覚しろ、と。

ただし、その才能を花開かせるためには助走期間が必要だ。いかに才能があろうと、この業界、それだけでは生き残っていけない。だから言うんだが、もしおれに身を預けてくれるなら、おまえに料理長という肩書きと、厳しい試練を与えてやろうと思っている。店を背負えるようになるまでは、修業中の身だと心得て死に物狂いで働け。給料も修業中と同じままで頑張れ。この二つの試練に耐えて成長できてこそ、おまえは本物の料理人だ。そうなった暁には店を持たせてやろう。オーナー料理長として仕切っていける店を、必ず持たせてやる。

この言葉を信じて、里菜は下っ端料理人並みの給料でダイニング割烹伯楽の料理長を引き受けた。調理場には見習い料理人とアルバイトの二人しかいなかったが、老舗料亭で学んだすべてを注ぎ込み、それこそ死に物狂いで頑張った結果、店は劇的に生まれ変わり、二年後には世間の注目を集める人気店になった。

「なのに、オーナーは認めてくれないんです。たかだか二年程度の実績じゃ、おまえの実力で人気店になったかどうか見極められない、って言うんです」

だから給料は、いまだに据え置かれている。そればかりか、人気店になるや、当初は自由にやってみろと放ったらかしにしていたオーナーが、やたら口出しするようになった。とりわけ、この一年ほどは理不尽な指示ばかり飛ばしてくる。里菜が苦労して開発した新メニューの食材を、原価が高い、とランク落ちの食材に替えさせたり、すでに予約が入っている日なのに、懇意にしている企業の貸し切りにしろ、と先客をキャンセルさせたり、事あるごとに無茶な介入をしてくる。

今回のロケもそうだった。料理長として人気が高まってきた里菜に番組出演の話が舞い込み、五月末の放送日に向けて着々と撮影が進行していた。ところが、番組の山場となる八丈島ロケは四月頭、と決まった直後に、突如、オーナーが介入してきた。

「なあ里菜、せっかく春とびのロケに行くんなら、三月末から店で〝八丈島直送春とびフェア〟をやろうじゃないか」

テレビと店のメニューを連動させなきゃ旨みがないだろう、と迫られた。

「でも、放送日は最初から五月末と決まってるんです」

春とびの時期は二月から五月までだから連動は難しい、と説明したものの、

「だったら放送日を三月末に前倒ししてもらえばいいだろが。そうすりゃ、四月と五月、二か月間フェアができるじゃねえか」

「でも、いまさら前倒しは無理です」

里菜が反発した途端、無理とはなんだ！　とオーナーが怒りだした。

「無理だの不可能だの言ってるうちは、まだまだ発展途上なんだよ。石に齧りついてでも実現させてこそ本物の成功者なんだ！」

おれのやり方を見てろ、とばかりに自分の人脈を辿って電話をかけはじめた。

なにせ、そういう執念だけは人一倍強い男だ。すぐに番組スポンサーのお偉方に繋がる伝手を見つけ、直談判《じかだんぱん》に出向いて放送日の変更を捻じ込んでしまった。

「そんなにすごい人脈がある人なの？」

オモニは訝った。

「もともとオーナーは、夜の六本木《ろっぽんぎ》や西麻布界隈ではかなり知られた遊び人だったらし

いんですね」

若い時分から有名クラブやレストランに出入りして、人当たりのよさを武器に企業のお偉方や、やり手の実業家といった常連客と親交を深め、何かとかわいがられていた。そのコネと弁舌を駆使して、お偉方に夜の女性を紹介したり、実業家が巻き込まれたトラブルの仲裁に入ったり、あれこれ便宜を図っているうちに、一人の実業家に気に入られ、その援助のもとに自分の店を持つに至った。

以来、コネと抜け目なさを武器に立ち回り、いまではビストロにカフェにショットバー、と何軒もの飲食店のオーナーになっているのだが、そのうちの一軒がダイニング割烹伯楽なのだという。

「つまりあなたは、いいように利用されてきたってこと?」

オモニが問うと、里菜はこくりとうなずき、

「結局、オーナーがあたしを料理長に抜擢したのは、才能を見込んだからじゃなかったんです」

悔しそうに島焼酎を飲み干す。

実際、里菜は料理人としての上昇志向を利用されていただけだった。初めての業態、ダイニング割烹を開いたものの業績低迷に悩んでいたオーナーは、たまたま食べに出掛けた老舗料亭で修業している里菜に目をつけた。見映えのいい女性料理長を店に置けば、

鼻の下を伸ばしたおやじ客が増えるかもしれない。そんな下世話な発想から里菜に声をかけ、おまえの才能を見込んだ、と持ち上げて安月給で料理長に抜擢した。

するとと思いがけなく店は人気店に伸し上がり、里菜はメディアの寵児《ちょうじ》に化けた。この成功に舞い上がったオーナーは、これもおれの経営手腕の賜物だとばかりに、里菜の功績を無視して介入しはじめた。

これがオーナーの本性だったのか。初めて気づいた里菜は愕然《がくぜん》とした。

「あたしって何のために頑張ってるんだろう。いつも目の下に隈が浮くほど働いてるのに、こんな毎日に何の意味があるんだろう、って虚《むな》しくなっちゃって」

「だったらそんな店、さっさと辞めちゃえばいいじゃない」

義憤を覚えてオモニは言った。

「でも、辞められないんです」

また目を潤ませている。

「辞められないわけないでしょうが」

叱りつけるように言うと、里菜は大きな息を吐いた。

「店を辞めるんだったら損害賠償を請求する、って言うんです。おまえが料理長になった当初は赤字だった。それでも、おまえが成長するまでは支えてやろうと先行投資を繰り返してきたのに、人気店になって赤字を回収しはじめた矢先に辞められたら、すべてがパーになるだろうが。だから覚悟しろ、店を辞めたら損害賠償請求してやる！って」

風が吹かないだけで、こんなに暖かい島なのかと思った。二月の初頭だというのに今日は十三℃もあるから、春がきたのかと勘違いしそうになるほど暖かい。

「この時期に風がないのはめずらしいねえ」

旅館の主人もそう言って空を見上げていたが、まさに『東京からいちばん近い南国』という観光パンフレットの宣伝文句を実感できる陽気といっていい。

「今日は島のビューポイントでイメージ撮影をするだけなので、出発までヤッさんと一緒にのんびりしていてください」

朝一番、オモニたちの部屋にやってきた岩村Dが、昨日とは一転、気遣いの言葉を口にした。午後二時の便の一時間前まで部屋に滞在できるよう話をつけてくれたそうで、じゃ、ごゆっくり、と言い残して里菜と一緒に出掛けていった。

「いやよく寝たなあ」

午前九時過ぎになって、ようやくヤッさんが目を覚ました。本人も言うように、ゆうべから本当によく寝ていた。おかげで体調も快復したようで、昨日より顔色が格段によくなっている。

この天候なら飛行機の欠航はなさそうだし、今日は移動以外、のんびり過ごしていれば、明日にはいつものヤッさんに戻ってくれそうだと思った。

「けどダメだよ。調子に乗って出掛けちゃ」

寝起きのヤッさんに釘を刺した。せっかくの機会だから、南国に転地療養していると思って出発時間までごろごろしてなさい、と言い置いて一階に降り、さっき頼んでおいた朝食を部屋に運んできた。

「なんだ、おかゆかよ。もっとがっつり食いてえなあ」

ヤッさんは不満そうだったが、文句が言えるほど元気になったと解釈し、食後には昨日訪ねた加工場で分けてもらった明日葉茶を淹れた。

「おお、こいつは旨いな」

「そうでしょう」

苦みの少ない豊かな香りを楽しみながら、窓から望める美しい八丈富士《はちじょうふじ》を眺めていると、長年連れ添った熟年夫婦の旅に出たような気分になってくる。

「ねえ、ちょっと聞いてくれる？」

ふとゆうべの話をしたくなった。

「どうした、パンツに穴でも開いたか」

「何言ってんのよ」

思わず笑って肩を叩いてしまったが、ヤッさんが復調した証拠だった。のどかな空気に水を差したくはなかったが、この様子なら大丈夫だろうと、里菜が抱えている苦悩を話した。

いずれ店を持たせてやる。オーナーの言葉を信じてダイニング割烹伯楽を人気店に育てたのに、里菜は単に利用されていただけだった。そうと気づいて店を辞めようとしたものの、損害賠償を持ちだされて辞めるに辞められないでいる。今回のロケ騒ぎも、結局、そんなオーナーが発端だったわけで、里菜が置かれた状況を知るほどにオモニは憤りを抑えられなくなった。

「なのに里菜ったら、嘘をついてて、すみませんでした、って何度も謝るわけ。なんだかもう不憫でならなくて」

一夜明けたいまも哀しさと不快感が燻《くすぶ》り続けている、と胸の内を伝えると、

「しかし、彼女は従業員として雇われただけでオーナーが投資した金とは関係ねえだろが。損害賠償なんてこた言いがかりでしかねえ」

ヤッさんが口を尖らせた。

「だからあたしもそう言ったの。それでも彼女は、オーナーの投資金を回収するまでは頑張るしかない、って思い込んじゃってて」

自分は利用されたとわかっていながら、メディアに注目される存在にまでなれたのは

オーナーが投資してくれたからこそ、という呪縛から抜けだせないでいる。傍から見ればおかしな理屈なのだが、それでも彼女は健気に頑張り続けている。

「なんでそうなっちまったかなあ」

ヤッさんが呟いて明日葉茶を口にした。

「そう思うでしょ？　だからあたし、もっと踏み込んでみたんだけど、彼女、身寄りがないらしいのね。あたしには帰るところがないんです、っていう言い方をしてたけど、幼い頃に両親が別れて、小学生までは祖母が一人暮らしをしていた神奈川の団地に身を寄せて育ったらしいのね」

親権は母親にあったものの、生活を支えるために朝から晩まで働き詰めだったから、ほぼ祖母に育てられたようなものだったという。

ところが中学時代、母親に男ができた。働いていた店で出会ったらしく、やがて母親は家に帰らなくなり、いつしか消息がわからなくなった。男と一緒にどこかへ逃げた、という噂は耳にしたものの、それっきり会えていない。

それでも里菜は地元の高校に進めた。祖母がビル清掃の仕事で支えてくれたおかげだったが、不幸は続く。その祖母も高二の夏に病に倒れ、あっけなく他界してしまった。

以来、里菜は一人で生きてきた。だれにも頼らず生きるにはどうしたらいいか。考えた末に、小学生の頃から祖母を手伝って台所に立っていた経験から、料理で生きていこうと思い立ち、高校を中退して居酒屋の調理バイトからはじめた。

ただ、料理で身を立てるには本格的に修業しなければ潰しがきかない。それを痛感した二十歳のとき、赤坂の老舗料亭に潜り込んだ。女には無理だ、と何度も門前払いされた挙げ句に厨房入りを許されたのだが、いつかは自分の店を持つ、との一念で男社会の中で懸命に努力した。

そんな折に声をかけてきたのが、いまのオーナーだった。女一人で頑張っていたところに、おまえの才能を見込んだ、店を持たせてやる、とまで言ってくれた。

「その言葉が、里菜には沁《し》みたらしいのね」

それまでやさしい言葉などかけてもらったことがなかっただけに、一発でやられてしまった。

「なんだか、おめえの話を聞いてるみてえだな」

ヤッさんが言った。

「うん」

オモニは小さくうなずき、唇を噛んだ。

かつて里菜と同じように身寄りを失ったオモニは、流転の末に歌舞伎町に流れ着いて飲食業の世界に飛び込んだ。男勝りの負けん気でがむしゃらに働き、三十代にして歌舞伎町に何軒もの飲食店を経営するまでになったが、そんな折に男が近づいてきた。男運に恵まれないまま独り身を貫いていたオモニは、その甘言に乗せられ、気がつけば店をそっくり騙し取られていた。

「だからあたし、思ったの。里菜がヤッさんに出会ったのは、そんなどん底時代だった。ヤッさんに出会えたのも同じ天の導きかもって」

これにはヤッさんが苦笑した。

「まあ天の導きかどうかはわからねえが、おれも初めて里菜に会ったときは、おめえと同じ匂いがすると思ったんだよな。いやもちろん、女としてどうこうじゃねえぞ。目を潤ませても涙は絶対流さねえところなんか、昔のおめえにそっくりじゃねえか」

「あたしってそんなだった？」

「まあ本人にはわからねえかもな。近親憎悪なんて言葉もあるが、おめえ、最初はけっこう引いた目で彼女を見てたじゃねえか」

「そんなことないよ」

思わず否定してしまったが、図星だった。

実際、初めは里菜を引いた目で見ていた。涙を堪えているさまが女々しく感じられて苛ついたりもした。でも言われてみれば、無意識のうちに彼女から自分と同じ匂いを嗅ぎとっていたのかもしれない。同じ匂いがするからこそ彼女を直視したくなかった、と換言してもいいが、そこには触れず話を戻した。

「どっちにしても、あたし、里菜を放っておけなくなったの。あの娘をどうにかしてあげなきゃ可哀想すぎる」

するとヤッさんは黙って大きくうなずき、旅館の窓に目をやった。

その視線の先には晴れ上がった空の下、八丈富士が威風堂々、そびえ立っている。

5

久しぶりに新大久保に戻った気がする。たった一泊二日の旅だったというのに、ヤッさんに付き添い、ロケに立ち会い、さらには里菜のことで心を痛めた旅は、実質以上に長く感じられたのだろう。夕方四時半過ぎ、ヤッさんとともにアパートの部屋に上がるなり、ああやれやれ、と声をだして座敷に座り込んでしまった。

ヤッさんもまた、へたり込んでいる。ようやく元気を取り戻したとはいえ、病を抱えながらの旅はこたえたに違いない。ほどなくして布団も敷かずにごろんと寝転がり、めずらしくテレビを観はじめた。

常連さんのためにも、帰ったら店を開こう。八丈島を発つときはそのつもりだったのに、いざ帰宅したら、どっと疲れが押し寄せてきた。まだ仕込みもしていないし、仕込む気にもなれない。今夜の営業は諦めよう。八丈島空港で買った土産物の島ずしやクサヤで晩酌して、さっさと寝てしまおう、と思い直して今日もまた臨時休業の貼り紙をしたものの、いまひとつリラックスできなかった。

　里菜のことが気がかりだったからだ。

　その後、里菜とはきちんと話せていない。飛行機では席が別々だったし、羽田空港での別れ際も二言三言交わしただけで、店に直行します、と里菜はモノレール乗り場へ走っていった。二日続きで部下二人に店をまかせきりにすると、どうしてもクオリティが落ちてしまう。日頃から厳しく指導しているとはいえ、不安が拭えないようだった。

　オーナーに振り回されながらも、一方で店の心配をしている。そんな里菜が改めていじらしくなるが、かといって、あたしに何ができるのか。それを考えると、どうしていいかわからなくなる。

　ほんとに、どうしたらいいんだろう。思わず嘆息しているとノックの音が聞こえた。

「オモニ、いる？」

　水道工務店の跡取り息子、西森くんだった。三日続けて臨時休業だったことを妻の美樹さんと心配していたそうで、配管工事の仕事を早めに切り上げて立ち寄ってみたという。

「ごめんね、今日も休みで」

　明日は営業するから、と謝っていると、

「おう、西森か、ちょっと上がれ」

ヤッさんが、のっそりと起き上がった。西森くんとは店で顔を合わせるたびに酒を酌み交わしてきた仲とあって、

「わざわざ心配して寄ってくれたんだ、八丈島土産をお裾分けしてやろうじゃねえか」

オモニの旅行バッグを開けている。

「え、二人で八丈島に行ってたんすか？」

西森くんは意表を突かれたようだ。オモニとヤッさんの奇妙な関係を知っているだけに、何かあったんすか？　と訝っている。

「いや、ちょいと野暮用があってよ」

ロケの話は伏せておきたいのだろう、ヤッさんは笑ってごまかした。

そのとき、今度は携帯が振動した。また常連さんが臨時休業を心配してくれたのかもしれない。そう思いながら着信画面を見ると、鎌足不動産の島本だった。

二人の前で立ち退き話はしたくない。かといって放っておくわけにもいかない。仕方なく台所へ行き、もしもし、と小声で応答した。

「いまから伺ってよろしいでしょうかね」

開口一番、そう問われた。近所まで来ているという。

「今日はダメ」

明日出直してちょうだい、と断ったものの、島本は引かない。

「困るんですよねえ、昨日伺ったら臨時休業だったんで、今日はぜひともお話ししたいんです」

「どういう話？」

「電話で話せることじゃないんですよ」

立ち退きにかかわる重大な問題だから、とにかく会って話したいという。

ちらりとヤッさんを見た。西森くんと島ずしの話で盛り上がっている。

「だったら喫茶店とかにして」

「喫茶店だと人様の耳もありますし、ではカラオケ屋にしましょう」

防音された個室の中なら内密の話もしやすい。出先の会議でもよく使うんです、と職《しょく》安《あん》通り沿いにあるカラオケチェーン店を指定された。

そこまで言われたら断れない。

「ちょっと買い物に行ってくる」

電話を切るなりヤッさんに告げた。

「なんだ急に、何かあったのか？」

「明日の準備よ。ほかの常連さんも心配して電話してきたんで、今日から仕込んでおく」

すぐ帰るから、と言い残してそそくさとアパートを後にした。

すっかり陽が落ちた職安通りは、ネオンの光が賑々しく瞬いていた。島本に言われたカラオケチェーン店もまた、雑居ビルの二階に派手な電飾看板を点《とも》している。

電話で伝えられた個室に入ると、島本がコーヒーを飲んでいた。こんな密室で島本と二人きりで話すのかと思うと気が重かった。さっさと終わらせてしまおう、とテーブルを挟んだ向かい側に座った。

「手短にお願い」

早々に促すと、島本はコーヒーカップをテーブルの端に置き、鞄から書類を取りだした。

「実は本日、お話ししたいことが二つございましてね。まずは、先日もお伝えしました代替物件についてですが」

差しだされたのは、新たな物件資料だった。前回、住宅物件は西武新宿線沿いの下落合や新井薬師前のあたり、店舗物件は上石神井より西のエリアを提案されたが、今回はJR中央・総武線沿いだという。

「我々といたしましても、ちょっと頑張りましてね。とくにおすすめしたいのは、この東中野《ひがしなかの》の物件です。なにしろ東中野駅は中央・総武線大久保駅からたった一駅です。新大久保から大久保までは二百メートルほど。そこから二キロちょっとで東中野ですから、歩いても二十分という極めて近場の物件です。これならご納得いただける住環境ではないかと思いましてね」

オモニは内心舌打ちした。またしても新大久保の物件ではなかった。しかも、住環境、という言葉に引っかかった。

「ちなみに、これ、店舗兼自宅よね」

確認した。

「申し訳ございません。先日も申し上げたように、店舗兼用の物件は厳しいので、住宅のみのご提案となります」

しれっと言う。早い話が、前回伝えた要望は、まるで反映されていないわけだ。

オモニは突き放すように物件情報を押し戻し、

「話はそれだけ?」

上目遣いに聞いた。すると島本は、ふう、と大げさに嘆息してみせてから言った。

「代替物件にご納得いただけないとなると、我々としても大変困ってしまうんですよね。そこで最初にも申し上げましたように、もう一つ、お話ししたい件があるのですが、よろしいでしょうか」

もったいぶった物言いに苛つきながらもオモニがうなずくと、島本は両手をテーブルに突いて身を乗りだした。

「それでは、ひとつ伺いますが、同居人の方がおられますよね」

「は？」

「いまお住まいのアパートに、男性の同居人がおりますね、と訊いています」

取調官のごとき口調だった。意味がわからず首をかしげると、

「ここは大事なところですので、正直にお答えいただけないでしょうか」

威嚇《いかく》するように言ってスーツの内ポケットから携帯を取りだし、画面をアップにして写真を見せる。

角刈り頭の中年男と旅行バッグを手にした中年女が、アパートから出てくる場面が写っている。よくよく見ると、ヤッさんと二人でロケに出掛けたあの朝の写真だった。

「だれが撮ったの？」

思わず声を上げた。ところが島本は動じることなく、

「もう一枚あります」

携帯画面をスワイプして、つぎの写真を見せる。アパートの寝床でヤッさんが風邪で寝込んでいる写真だった。

「あなたが撮ったの？」

撮れるとしたら島本しかいない。ヤッさんが寝込んでいたあの日、来訪した島本と話をした。となると、ロケ日の写真も島本が張り込んで撮ったのか。

「これって盗撮でしょう。プライバシーの侵害もいいとこだわよ」

オモニがいきり立つと、すかさず言い返された。

「非礼のほどは、お許しください。ただ、これは重大な契約違反の証拠写真ですので、やむを得ず撮らせていただきました」

「契約違反？」

「この契約書は、そちらもお持ちかと思いますが、単独契約になってますよね」

賃貸借契約書のコピーを見せられた。

この物件は、オモニが一人で住む、という単独契約になっている。無断で同居、同棲、半同棲した場合は明らかに契約違反であり、今回の建て替えとは関係なく、家主は無条件で退去命令を出せるという。

「けど、この人は、ときどき遊びに来てるだけで同居人でも同棲でもないし」

「遊びに来てるだけの人が、風邪で寝込んでいたりしますかね」

「あれは、たまたま具合が悪そうだったから寝かせていただけで」

「たまたま遊びに来た人が、二日も三日も寝込んでいたとおっしゃるんですか？　これでも周辺住民や常連客など多くの人に聞き込んだんですが、あなたが入居して以来、彼は頻繁に寝泊まりしているそうじゃないですか。言葉は悪いが、ヒモじゃないかと言ってた人もいたぐらいで。しかも以前、若い娘が同居して中学校に通っていたという証言もありました。ひょっとして、この男性とのお子さんですか？」

「違うわよ、馬鹿なこと言わないで」

若い娘とは、ミサキのことだろう。いまは築地場外で蕎麦打ち職人として頑張っている彼女は、中三のときに北海道から家出してきたのだが、ヤッさんに保護されてオモニが預かった。ただ、それについては元の大家さんも承知していて、とくに文句を言われることはなかった。なのに、そんな過去まで蒸し返して契約違反だから退去命令だなんてあんまりだ。

「とにかく、あたしには後ろめたいことなんかないの。家主が変わったからって勝手なこと言わないで」

憮然として切り返すと、

「二週間、お待ちします」

島本が言った。

「は?」

「我々としましても、長らくご入居されていた方に対して、無慈悲に退去を迫るのは不本意です。もし今回の代替物件を受け入れてくださるのであれば、あえて事を荒立てたりはいたしません。ですから、どうか二週間後までにご快諾いただきたく存じます」

よろしいでしょうか? と目を覗き込んでくる。

オモニは黙って席を立った。腹立たしさのあまり顔を合わせているのも嫌になり、無

言のままカラオケルームを後にすると、

「二週間ですからね！」

背後から島本の声が飛んできた。

こんな一方的な二者択一を突きつけて、二週間で答えろとは無茶苦茶もいいところだった。いったい、どういう神経をしているのか。腸《はらわた》が煮えくり返る思いでスーパーで買い物をすませ、

〽ラーメンたべたい

ひとりでたべたい

熱いのたべたい

無意識のうちに口ずさみながらアパートに帰ってくると、ヤッさんと西森くんが島酒を飲みながら、ぼそぼそ話し込んでいた。こうなったらヤッさんに立ち退き話をしてしまおう、と思い詰めて帰ってきたのに、こっちはこっちで深刻そうな空気が漂っている。

「ただいま」

オモニの声に、はっとしたように二人は話を止めた。

「えらく長《なげ》え買い物だったな」

こっちの心境も知らずにヤッさんはぶつくさ言うと、ほれ、おめえも飲め、と島焼酎のグラスを突きだしてきた。

翌朝、目覚めたときにはヤッさんがいなくなっていた。

ゆうべは結局、夜遅くまで飲んでしまった。西森くんがいる手前、立ち退き話ができずに鬱々としているオモニをよそに、二人は一転して陽気に盛り上がり、気がつけば西森くんはふらふらに酔っ払って帰っていき、ヤッさんはだらしなく酔い潰れていた。

話は明日にしよう。そう諦めてヤッさんを布団に寝かしつけ、悄然《しょうぜん》とした思いを抱えて深夜の床に就いたのだが、一夜明けたらヤッさんの布団はもぬけの殻。おそらくは病み上がりの深酒などものともせず、いま頃は築地や豊洲を走り回っているに違いない。

こうなると、いつ帰ってくるかわからないのがヤッさんだ。島本から告げられた二週間という期限が重くのしかかってくるが、ヤッさんがいなくてはどうしようもない。

仕方なく身支度をはじめた。今日は里菜の店を訪ねる約束になっているからだ。オモニ自身も大変だが、里菜が置かれている状況も放っておけない。とりあえず里菜の店を見てみようと思い、昨日、羽田空港で別れ際に聞いてみた。

「明日のランチタイム、一人で行きたいんだけど、予約できる？」

できればヤッさんも連れていきたかったが、病み上がりを気遣って一人で行こうと思ったのだが、

「午後一時を回れば融通が利きます。カウンターの端っこでよろしければ空けときま

す」

と里菜が言ってくれたのだった。

午後一時前、表参道の裏路地を迷い歩いた末に、ダイニング割烹伯楽を見つけた。ダイニングといっても和食店だから和風の造りだと思っていたら、低層マンションの一階に赤い軒先テントを掲げ、大きなガラス窓を嵌めたカフェのような店構えだった。どうりで通り過ぎてしまったわけだ。苦笑いしながらドアを開けると、内装もまたおしゃれな洋風で、カウンター席とテーブル席を埋めている三十人ほどの客は、ほぼ女性だった。すでにランチのピークは終わりかけらしく大半がデザートを食べているが、客数を増やすために席の間隔を狭めているせいだろう、やけに窮屈そうだ。

「いらっしゃいませ」

名前を告げると、約束通りカウンターの端っこの席に案内された。願ってもない席だった。ここからなら調理場を覗き見られる。

すぐに給仕の女性から『お品書き』を手渡された。月替わりランチは〝豊饒《ほうじょう》な海の恵みセレクト魚介コース〟、〝ヘルシーラムの和キュイジーヌコース〟、〝朝採れ鎌倉《かまくら》野菜の懐石コース〟の三つだった。どれも女性を意識したネーミングで、四千六百円という背伸びしないと食べられない価格設定だったが、それでこれだけの客入りなら大したものだ。

魚介コースを注文した。先付け、椀物、お造り、焼き物、お食事、デザートと進んでいく簡易懐石仕立てで、いざ食べてみるとなかなかの味だ。日本料理の基本に則《のっと》りながらも真空調理や低温調理など最近の技法を取り入れる一方、山椒《さんしょう》や芥子《けし》の実といった和の香りだけでなく、マジョラムやクミンなど異国情緒も香らせて意表を突くなど、里菜の調理センスが光っている。

ただ、いまどきのSNS映えを狙ったのか、盛りつけがあざといと思った。一品一品のポーションは小さいのに、やたらと器が大きく、木の枝や熊笹を生け花のごとく仰々しくあしらったさまは着飾りすぎた乙女のようだ。

使っている食材にも、ん？　と思うものがいくつかあった。メニューには、もっともらしく食材の説明が添えてあったが、説明とは違う食材だった。

あとで里菜に確認してみよう、と思いながら食事を終えたそのとき、調理場から男の怒声が聞こえた。

見ると、四十前後と思《おぼ》しき中年男がいた。いつのまにか勝手口から入ってきたらしく、およそ和食の調理場には似合わない金髪頭の両サイドを刈り上げ、顎髭を生やした陽焼け顔で気色ばんでいる。

すでに午後二時近い時間とあって客は数人しか残っていないが、それで安心したのか、コックコート姿の里菜に罵声を浴びせている。オーナーに違いない。本人は声を抑えているつもりのようだが、切っ先の鋭い声色だけによく通り、〝坪月商〟、〝代替食材〟、〝根性入れてけ〟といった言葉がオモニの耳にもしっかり届いてくる。

里菜は沈黙を保っている。ほか二人の女性料理人も緊張した面持ちで押し黙り、ランチの後片づけをしている。それをいいことにオーナーはますます怒声をエスカレートさせ、里菜を追い詰めていく。

そのとき、里菜が何か言い返した。さすがに黙っていられなかったようだ。その反抗的な態度に逆上したのか、不意にオーナーが里菜の胸ぐらを摑み、平手打ちをかました。弾みで里菜はふらりとよろけ、鍋がかけてあるガスレンジに音を立ててぶつかる。

とっさにオモニは、やめな！　と調理場に駆け込み、

「何様のつもりか知らんけど、暴力振るうなんて最低の男だよ！」

里菜の前に立ちはだかり、睨みつけた。

「だれだおまえは！」

怒鳴りつけられた。それでも里菜を庇《かば》うように立ち塞がっていると、

「オモニ、大丈夫だから」

当の里菜になだめられた。それでオーナーも知人だと気づいたのだろう、

「出てけ！　てめえは出禁だ！」

怒号が飛んできた。

この騒ぎが店内に聞こえないわけがない。まだ店に残っていた客たちが動揺している。

「お願いオモニ、あたしは大丈夫だから」

再度、里菜になだめられた。すがりつくようなその声でオモニは我に返り、ここはいったん引くべきだと悟って調理場を離れ、レジに一万円札を叩きつけるなり店を飛びだした。

「オモニ！」

背後から里菜が追いかけてきた。かまわずどんどん路地を歩いていくと、里菜が背後から抱きついてきた。

「ごめんなさい、せっかく来てくれたのに」

泣きそうな声で謝られた。見ると里菜の口の端に血が滲んでいる。平手打ちで切れたようだ。すっぴん顔の左頬も赤く腫れ、今日もまた目の下に浮いている隈と相まって、この上なく痛々しい。

「ちょっと話そっか」

強張った声でオモニは言い、店に戻らないとまずい？　と確認した。里菜が首を左右に振った。オーナーもまた憤然と勝手口から出ていったそうで、だったら行こ、と無理やり目の前にあったカフェに引っ張り込んだ。

気怠《けだる》い午後の空気に満ちた店内に入り、奥のテーブル席に着いた。とりあえずコーヒ

ーを注文してから、

「いつも、あんななのかい？」

オモニは聞いた。里菜は一瞬、視線を宙に泳がせてから神妙にうなずいた。何か言いたくても言葉が見つからない。そんな面持ちでいる。

「いいんだよ、言われなくてもあんたのリアルな状況がよくわかったから」

ふうとオモニは息をつき、運ばれてきたコーヒーを啜ってから続けた。

「料理は、おいしかったよ。あんたの腕前のほどが、ちゃんと伝わってきた。ただ、ちょっともったいないわよね。あんな仰々しい盛りつけにしなくたって、あんたの料理は十分素晴らしいのに」

あの〝着飾りすぎた乙女〟は、どう考えてもオーナーから押しつけられたに違いなく、ほんとにもったいない、と重ねて言うと、すみません、と消え入りそうな声が返ってきた。

「あんたが謝ることないよ。ああしなきゃ叩かれるんでしょ？ 食材の説明書きもオーナーの指示だわよね。お吸い物の椀種は〝白蛤《しろはまぐり》〟って書いてあったけど、あれってホンビノス貝だもの」

あ、はい、と恥ずかしそうにうなだれた里菜にたたみかけた。

「あたしはホンビノス貝が悪いって言ってんじゃないの。多少歯応えがある蛤って感じで、いい出汁がでるのよね。しかも蛤よりずっと安いから、あたしは貝のスープ、チョゲタンの出汁に使ってるんだけど、だからって白蛤なんて言い換えちゃダメだよね。焼き物だってそう。〝白身魚の幽庵《ゆうあん》焼き〟って、ほんとはパンガシウスの幽庵焼きでしょ？」

パンガシウスは東南アジアや欧米では人気の白身魚で、日本でもスーパーの総菜や海苔弁当の白身フライに使われている。淡白で癖のない味だから、オモニも魚のチヂミ、ジョンに使っているが、そもそもがナマズの一種だからか、日本では大半の店が白身魚と表示している。白身魚と書けば鯛や平目などと勘違いしてくれるかもしれない、といった小賢《こざか》しい願望を込めてそうしているのだろうが、

「こういうまやかしって、あたし、すごく腹が立つの。お造りには真鯛と帆立貝って正式名が書いてあるのに、要するにオーナーは、ホンビノス貝とパンガシウスを安い代替食材と割り切って使わせてるわけでしょ？　盛りつけでごまかしときゃ、どうせわかりゃしねえ、って」

「すみません」

里菜がまた謝る。

「だから、あんたが謝ることじゃないし、やっぱ、あんな店はすぐ辞めるべきだよ。オーナーがどんだけ投資してようが、あんたに賠償責任なんてないんだし、せっかく料理

の腕があるのに、もったいないったらないわよ」

子どもを諭すように語りかけると、里菜が左頰の腫れた顔を上げた。

「ただ、家のこともあるし」

「家？」

「いまは会社の寮に住んでるんですけど、辞めたら出なきゃならなくて」

社員寮と称する西日暮里《にしにっぽり》の四畳半のアパートで暮らしているそうで、店を辞めたら即刻退去しなければならないという。そうなったら、たとえ賠償責任を免れても、貯えがまったくない里菜は翌日から路頭に迷う。実家通いの二人の部下と違って、一人で生きてきた里菜には身を寄せるところがない。

「そんなに大変な状況なのかい」

「恥ずかしい話ですけど、はっきり言って毎日の生活もぎりぎりです」

それでなくても見習いに毛が生えた程度の給料なのに、その大半は休日の食べ歩きに注ぎ込んでいる。コースで二万円三万円は当たり前の京料理やフレンチ、イタリアンの店に通って勉強しているから貯金などできるわけがない。多少無理しても昇給を勝ち取り、貯金できるまでは辞めるに辞められないという。

「そうだったのかい」

オモニは顔をしかめた。八丈島では、そこまでは打ち明けられなかったのだろうが、あんまりだと思った。

「けど昇給っていったって、あんなオーナーじゃ期待できないと思うよ。このまんまじゃ、あんたの将来のために何もいいことがないし、辞めたら辞めたで、どうにかなるもんよ。住むとこがないならうちに同居させてもいいし」

思わず言ってしまった。オモニ自身、二週間の期限を切られている状況なのに、言わずにいられなかった。

「でも」

里菜が考え込んでいる。

「とにかく世の中、どうにかなるもんなの。本気で頑張ってる人が報われないなんておかしいし、何事も諦めたらそれまでなんだから」

自分自身にも言い聞かせるようにオモニが言うと、里菜は奥歯を噛みしめ、赤く腫れた左頰をそっとさすった。

6

その晩、オモニは五日ぶりに韓国食堂を開いた。いつも通り午後五時に営業中の札をドアに下げると、待ってましたとばかりに常連客の禿げおやじ、重田《しげた》さんがやってきて、いきなり耳打ちされた。

「この店、なくなるんだって？」

「え、そんなことないわよ、だれから聞いたの？」

驚いて問い返した。

「関係者」

「何の関係者？」

「ここらをうろついてる不動産関係者が、ビジネスホテルになるって言ってたから心配になっちまってさ」

島本だ、と直感した。早くもそんな噂を流していようとは思わなかった。

要は、搦《から》め手からもオモニを追い込む作戦なのだろう。一方的に二者択一を突きつけ、ビジネスホテル建設ありきの空気を醸成して外堀も埋めてしまえば、観念するに違いないと高を括っているのだ。

冗談じゃない。

「とにかく店はなくならないから、ほかの常連さんにも言っといてちょうだい」

重田さんにそう言い含め、こうなったらとことん闘ってやる、と気合いを入れた。

翌日の午前中、オモニは隣町《となりまち》の歌舞伎町へ足を向けた。十五年以上前に、この街で割烹料理店やクラブ、スナックといった飲食店を経営していた頃、毎日行き来していた歌舞伎町一番街を通り、古ぼけた雑居ビルに辿り着いた。

このビルにも当時、何度となく訪れたものだ。ぎしぎしと軋《きし》む古いエレベーターに乗って六階に降り立つと、目の前に『唐崎《からさき》法律事務所』と記されたプラスチックの看板を貼りつけたドアがあった。

できればヤッさんに相談してから訪ねたかったが、昨日は結局、戻ってこなかった。あんなに心配させておきながら、元気になった途端、市場や飲食店の人たちのために駆け回りはじめるのだから、相変わらずヤッさんはヤッさんだった。

ドアホンを押して名乗ると、どうぞ、と気さくな声が返ってきた。さっき電話を入れたばかりだから待ちかまえていたらしく、

「いやお見限りでしたねえ」

飲み屋の店主のごとき挨拶とともに唐崎弁護士が姿を現した。

かつては白髪まじりの四角い顔だったが、十五年余りの歳月のせいで白髪のみの皺だらけの四角い顔に変貌している。しかし、袖口がよれよれの背広を着ているところは昔とまったく変わらない。

「何かお困りですか？」

すり切れた革張りソファで向かい合うなり、前置きなしに問いかけてくるところもあの頃のままで、懐かしさに駆られながらオモニは切りだした。

「不動産屋に追いだされそうなのよ」

「ほう、それはそれは」

唐崎弁護士は微笑みを浮かべた。いかに厄介な案件を持ち込んでも悠然と微笑んでいる。これもまた当時と変わらないが、その余裕に満ちた態度のおかげで、きりきりしていた心に不思議と落ち着きが戻ってくる。

やっぱ、ここに来てよかった。ほっとしながらオモニは島本から持ち込まれた立ち退き話について話した。

ふんふん、と相槌を打ちながら唐崎弁護士は聞いてくれた。その聞き上手な態度に促されて、二週間と期限を切られて二者択一を迫られている状況まで余さず説明すると、

「なるほど、話はわかりました。しかしまあ、ヤッさんもまだ元気でやってるんですねえ」

唐崎弁護士は嬉しそうに顔を綻ばせ、すぐに表情を引き締めた。

「まあ率直に言って、この手の賃貸物件の揉め事は、歌舞伎町ではよくあるんですね。キャバ嬢の部屋にヒモ男が転がり込んでしまったり、田舎から上京した学生が飲食店で働く先輩の部屋に棲みついてしまったり、何かとトラブルになるんですが、実はこれ、かなりのグレーゾーンでしてねえ」

厳密に考えれば、単独契約をしていながら同居なり同棲なりをしていたら強制退去の

理由になる。ただ、契約に反した住まい方をしているとわかっても、家主のほうが見て見ぬふりをしているケースも多いのだという。事を荒立てて退去させても、いまどきは新たな賃借人を見つけるために金もかかれば手間もかかる。さほど迷惑をかけない住人であれば、こっそり同棲している程度なら黙認して家賃収入を確保したい、という現実的な考えでいる家主はけっこう多い。

「だからまあ、オモニとヤッさんが半同棲と見なされるのは仕方ないにしても、元の家主は黙認してたと思うんですね。そもそもが、入居者ほしさに店舗兼自宅を認めてくれた家主だったわけでしょう？」

「ええ、確かに黙認だったのかもしれないわね。元の家主さんはヤッさんとも何度か顔を合わせていたけど、何か言われた覚えはまったくないし」

「なるほど。ちなみに、現在の家主に替わったとき、新たな契約書は交わしましたか？」

「契約書っていうか、これまで通り住み続けていいってことで、覚書みたいなのには判子を押したけど」

「だったら取り引きの余地はありますね。これまで通り住み続けていられたってことは、これまで黙認されていたことも含まれるわけで、黙認されていたことさえ証明できれば裁判に持ち込んでも勝てる可能性がある。というより、わたしの経験からすると、新しい家主に裁判をチラつかせるだけでも、一方的に追いだされたりはしないと思いますよ。居住権というものはそれほど強いものですし」

「でも、黙認されてたことを証明するって、どうやって？」

「一概には言えませんが、元の家主とヤッさんが一緒に写っている写真とか、当時を知る人の証言とかがあれば、どうにかなると思うんです」

「写真と証言かあ」

オモニは天を仰いだ。二週間後までにそれを見つけるとなると厳しい気がする。

「まあ実際、そう簡単に見つからない場合もありますから、その場合は、わたしが矢面に立って頑張りますよ。オモニには昔、えらくお世話になりましたし」

唐崎弁護士は恥ずかしそうに笑った。その照れた顔を見て、ふとオモニは聞いた。

「そういえば、最近、お酒は？」

「とっくにやめました。いつだったかオモニにこっぴどく叱られたじゃないですか」

「ああ、そんなこともあったわね」

思わず笑ってしまった。あのときの恩があるから、いまも頭が上がらない、と唐崎弁護士は言ってくれているわけで、

「じゃあ、いざというときはよろしくね」

とりあえず味方ができたことに安堵して、また連絡する、と言い置いて唐崎法律事務

所を後にした。

再びエレベーターで一階に降り、歌舞伎町の街を歩きだした。そのとき、携帯が震えた。里菜からだった。そろそろランチどきだというのに、どうしたのか。

訝りながら応答すると、

「オモニ助けて！」

切羽詰まった声が耳に飛び込んできた。

ヤッさんと電話が繋がったのは、二時間ほど経ってからだった。

あれからしばらくヤッさんが立ち回りそうな仲買店に片っ端から電話して捜したのだが、一向につかまらなかった。仕方なく店に戻って仕込みをしながら苛々していると、銀座の鮨屋『みの島』の親方から電話がかかってきた。

「いま豊洲の仲買さんから電話をもらったんだけど、ついさっき、うちで賄いを食って帰ったとこでさ」

「え、ほんとに？」

「これから神楽坂《かぐらざか》のマリエの店に行くって言ってたよ」

「ありがとう！」

思わず携帯を耳につけたまま頭を下げてしまった。

マリエとは、かつてカフェの経営に失敗してヤッさんの二番弟子になった女性で、オモニもいろいろと相談に乗ったものだった。いまは再び神楽坂に開いたカフェの経営者として頑張っている。

「元気にしてる？」

しばらくぶりの電話を入れると、

「わあ、オモニ、ごぶさたしてます！」

喜ぶマリエに、緊急事態なの、と告げてヤッさんに代わってもらった。

「おう、どうした」

「里菜がピンチなの！」

勢い込んで告げた。

発端は、またしてもあのオーナーだった。今日の午前中、八丈島ロケで世話になった漁師の浅沼さんから里菜に電話が入った。浅沼さんからは八丈島ロケの際、春とびフェアをやるときは飛び魚を直送すると言われていたそうで、その件かと思いきや、

「あんたとの仕事は断る！」

のっけから怒鳴りつけられたという。

聞けば昨晩、浅沼さん宅にオーナーから電話が入った。浅沼さんは出漁していたため、妻の万智子さんが用件を尋ねると、今後も春とびを購入するから値引きしてほしい、と

言ってきた。いや、実際はこんな穏便な言い方ではなかった。これからも直《じか》取り引きしてやるから安くしろ、といった居丈高な物言いだったという。

漁から帰って伝え聞いた浅沼さんは激怒した。そもそも今回の直送話は、里菜の料理にかける情熱にほだされた浅沼さんが、

「せっかくの春とびフェアだ、おれが獲ったやつを直送してやるよ」

と申し出てくれたことにはじまった。儲かる金目鯛よりも優先して春とびを獲ってくれると約束してくれたのに、その厚意を踏みにじるオーナーの暴言に浅沼さんが怒らないわけがない。

里菜の信用は一瞬にして失われた。そんな料理人が主役の番組には出演しない！ ロケで撮った我々の映像は一切使わないでくれ！ と浅沼さんが言ってきた。事態を知ったすし八丈やクサヤ加工場なども同じくNGを告げてきたというから、まさに非常事態だ。

「このままだと何もかもパーになっちゃうのよ。あたしもう、里菜が可哀想で可哀想で」

すがりつくように訴えかけると、

「しかし、そのオーナーってやつは何様だ？」

ヤッさんも呆れ返っている。

「昨日のお昼に里菜の店に行ったら、たまたまいたんだけど、まあ酷い男でね」

間近で目にした里菜へのパワハラっぷりを話した。

「それでも里菜は辞められないでいるの。損害賠償を怖がってるだけじゃなくて、いま寮を追いだされたら路頭に迷うからって。二人の部下の今後も気にしてるみたいだし、とにかく追い詰められちゃってて」

「そいつはまずいなあ」

ヤッさんは唸《うな》り、

「ちなみに里菜の料理はどうだったんだ？」

確認するように聞く。

「あんな店で、よく頑張ってると思ったわよ。盛りつけとか食材とかにオーナーから横槍が入ってるらしいんだけど、それであんだけの料理を提供してるんだから大したもんよ」

「わかった。そういうことなら、すぐ里菜に会って話そう。できればディレクターの岩村も呼んでくれねえかな」

「岩村くんも？」

「なんたって番組の危機だ。浅沼さんを紹介したおれにも責任があるし、一緒に話し合ったほうがいいと思う」

「わかった、連絡してみる。あ、それと」

「何だ？」

「ううん、これはあとで話す」

オモニ自身の危機についても話したかったが、いまはそれどころではない。

「なんだ、まどろっこしいこと言ってんじゃねえ。何かあんなら、いま話せ」

おめえとおれの仲だろが、と迫られ、それでようやく踏ん切りがついた。オモニは携帯を握り直して声を低めた。

「実は、内緒にしてたんだけど、あたしも追い詰められちゃってて」

立ち退き話の経緯から二者択一を迫られている現状まで、手短に打ち明けた。

「うーん、そうか。もうそこまでいっちまってたか」

ヤッさんの言葉に引っかかった。

「もうそこまでって、あんた、立ち退き話のこと知ってたのかい？」

「そりゃ知ってたさ。おれが寝込んでるとき不動産屋と話してたろうが」

「やだ、聞こえてた？」

「あんなでけえ声で話してりゃ、聞こえねえわきゃねえだろが」

ヤッさんも密かに気を揉んでいたそうだが、オモニから相談されるまで触れないようにしていたという。

「で、二者択一の期限はいつだ？」

「二週間後って言われた。ただ、唐崎弁護士に相談したら、元家主から黙認されてたことが証明できれば裁判に勝てるって。けど、いまさら裁判だなんて、うんざりしちゃって」

愚痴っぽく言って嘆息すると、

「そうか、なるほど。唐崎のおやじが裁判の話まで持ちだしたとなると、かなり厄介な事態ってことだなあ」

ヤッさんもため息をついてから言葉を継ぐ。

「よし、だったら立ち退きの件についても、あとで話そう。実は、いま西森と一緒にいろいろやってるとこでよ」

「西森くんと？」

そういえば二日前、島本に脅しつけられて店に帰ってきたとき、ヤッさんと二人で深刻そうに話し込んでいたが、いま西森くんも動いてくれているという。

「なんせオモニの一大事は、オモニの店が大好きな西森にとっても一大事だ。根性決めて頑張ってくれてっから、そっちは西森にまかせて、とりあえず里菜と岩村を呼んでくれ。まずは、こっちのピンチから脱出しねえことにはな」

そのカラオケ屋は、すぐに見つかった。神楽坂の街を貫く神楽坂通り沿いの細長い雑居ビル。二階から五階まで占有している大型チェーンの受付に上がると、すでに里菜と岩村Dも到着していた。

オモニは新大久保、里菜は表参道、岩村Dは赤坂のテレビ局と、バラバラに離れている三人が集まるには、ヤッさんのいる神楽坂だと都合がいい。だったらカラオケ屋に集まろうよ、とオモニが提案すると、ヤッさんがこの店を思い出してくれた。島本に倣《なら》ってカラオケ屋で密談とは皮肉な話だが、こういう話し合いには打ってつけだと思った。

カラオケルームに四人が揃ったところで、里菜が真っ先に謝罪した。

「すみません、うちのオーナーのせいで大変なことになってしまって」

途端にヤッさんが叱りつけた。

「馬鹿野郎、里菜が謝ることっちゃねえ」

そんなことより現状把握だ、とばかりに向かいに座っている岩村Dに話を振った。

「まずはテレビだが、その後、どうなんだ？」

岩村Dが眉根を寄せて答える。

「はっきり言って、このままだとお蔵入りは免れません」

八丈島ロケの各シーンは番組のクライマックスにする予定だったから、それが使えないとなると三十分枠を埋めきれない。かといって、いまから別のシーンを撮る時間も予算もないため、事態を打開できなければ、五月末に放送予定の女性レーサー篇を三月末放送に差し戻し、里菜篇は諦めるしかないという。

「それは正式決定か？」

ヤッさんが聞く。

「いえ、ぼくもお蔵入りは嫌なので、ぎりぎり週明けの会議まで引っ張って、打開策を探りたいと」

「だったらまだ間に合うな。この際、おれが日帰りで八丈島に飛んで、浅沼さんたちを説得してこようと思うんだが、ただし」

言葉を切って里菜の目を見据える。

「ただし、浅沼さんたちを説得するためには、里菜がダイニング割烹伯楽を辞めるしかねえと思うんだよな」

あのオーナーが関わっている限り、もはや事態の好転はあり得ないという。

「けどあたし」

言いかけて里菜は言葉を呑み込んだ。辞めたら損害賠償請求された上、路頭に迷う。そう言いたかったのだろうが、里菜に代わってオモニが弁明した。

「里菜が店を辞めるには、相当な覚悟がいるのよね。あの店のオーナーったら、とんでもないパワハラ男だし」

下手に恨まれたら何をしでかすかわかったもんじゃない、と平手打ち事件の目撃談も含めて里菜の窮状を岩村Dにも伝えると、

「あの、これを見てほしいんですけど」

里菜が携帯の画面を見せた。頬を腫らした里菜の写真だった。オーナーのあまりの仕打ちに腹を立てた部下の女性が、証拠写真として撮ってくれたという。

「酷いでしょ？　こんな状態だから、とっとと新大久保に来なさいってあたしは言ったわけ。こっちにもいろいろ事情はあるけど、いまの里菜には守ってあげる人が必要なの」

オモニが言い添えると、岩村Dとともに写真を見ていたヤッさんが、

「今夜、オーナーは店に来るのか？」

里菜を見る。

「はい」

ダイニング割烹のほかにビストロやショットバーなども経営しているオーナーだが、ここ最近は足繁くダイニング割烹にちょっかいを出しにくるらしい。

「そうか、そういうことなら、今夜、おれがオーナーに会う」

「あんたがかい？」

ちょっと不安になった。

「ほかにだれが行くってんだ。そのかわり、里菜の行き場がなくなったら当面はオモニが面倒を見ろ。例の件についてはあとで話すが、とりあえずおめえが里菜を守ってやれ。あ、それと今夜、オーナーに会うとき唐崎のおやじを呼べねえかな。せっかく証拠写真があるんだし、昔馴染みの弁護士と一緒にがつんとかましてやれねえかと思ってよ」

「ただ、今夜だと急すぎるし」

「なあに、おめえが頼めばまず大丈夫だ。唐崎のおやじ、おめえにはさんざん世話になってんだよな？　こういうときこそ恩返しさせてやれ」

にやりと笑い、岩村Dに向き直る。

「ちなみに、ひとつ確認だが、ダイニング割烹の映像を使わねえで三十分番組にまとめることは可能か？」

「は？」

「里菜が店を辞めて、おれが八丈島で話をつけてきたら、ダイニング割烹の看板やら店内やらの映像が使えなくなるだろ？　そうなった場合も、岩村の編集の腕で三十分番組に仕上げられるか？　って聞いてんだ」

岩村Dが考え込んでいる。これまで撮りためた映像の中には、当然ながらダイニング割烹で撮ったシーンも数多くある。それを使わずに編集するとなると、かなり難しいはずだ。

オモニはふと岩村Dから目を逸らし、カラオケの画面を見た。さっきからイメージ映像が流れ続けているのだが、どこかの南国の島が映っている。

八丈島を思い出した。高熱のヤッさんを連れて、このメンバーでたくさんの映像を撮ってきた。あれを上手に生かせば、ダイニング割烹の映像がなくても成立するのではないか。ビューポイントのイメージ映像だって撮ってきたじゃないか。

素人ながら、ぼんやりと編集方法を考えていると、不意に岩村Dが背筋を伸ばし、腹を括ったように言った。

「やってみます。里菜さんの調理シーンや店内にいるシーンは、手元や顔だけアップにしてトリミングすればごまかせると思います。もともと番組のコンセプトは店の紹介じゃなくて、里菜さんという女性料理人にスポットを当てることですから」

まかせてください、と初めてプロの自信を覗かせた。

「よし決まった！」

ヤッさんがパンッと手を叩き、あとは実行に移すのみ、とばかりに勢い込んでソファから立ち上がった。

7

ヤッさんの言葉通り、唐崎弁護士は二つ返事で時間を空けてくれた。

「だったらわたしの車で行きましょう」

そこまで言ってくれて、その晩、オモニの店まで迎えにきてくれた。

最初はヤッさんと唐崎弁護士の二人だけで行く予定だった。ところが、カラオケ屋を後にした直後に、

「オモニも一緒に来てくれ」

とヤッさんが言いだした。

「あたしはダメだよ、あの店は出禁になったって言ったじゃない」

オモニは首を横に振ったものの、

「出禁だからこそ来いって言ってんだろが」

何か作戦を思いついたらしかった。今夜も臨時休業にしてしまうと常連さんたちに申し訳ない気もしたが、〝ごめん、明日は絶対営業します〟と貼り紙をして唐崎弁護士の車に乗り込んだ。

夜の明治《めいじ》通りを飛ばして十五分ほどで表参道の路地に入り、ダイニング割烹伯楽の斜《はす》

向かいにあるコインパーキングに車を駐めた。唐崎弁護士はそのまま車に残り、オモニだけ降り立つと、すでにヤッさんは店の前で待っていた。

あれからヤッさんは、もう一度、神楽坂のマリエの店に行き、たまたま店に顔をだしたマリエの夫、ヨナスとともに作戦を練っていたという。もともとノルウェーで料理人をやっていたヨナスは、和食に興味を抱いて来日し、ヤッさんとの出会いをきっかけに和食に転向した異色の料理人だ。久々の再会に二人は話が盛り上がり、ヤッさんは約束の時間ぎりぎりに慌ててカフェを飛びだし、六キロほどの距離を走ってきたそうで、この寒さの中、相変わらず元気な五十代だと思った。数日前まで寝込んでいたのが嘘のようだ。

ガラスドア越しに店内を覗くと、今夜も女性客で混み合っていた。里菜が二人掛けのテーブルを確保してくれたから席の心配はなかったが、行くぞ、とヤッさんに促されて店に入るときは、いつになく緊張した。

唐崎弁護士はまだ車で待っている。二人掛けテーブルしか押さえられなかったからではない。それがヤッさんの作戦だった。

「いらっしゃいませ」

女性店員に案内されたテーブル席は、調理場のすぐ近くにあった。里菜が配慮してくれたおかげで、今日もまた調理場の中が覗き見える。

オーナーは来ているんだろうか。調理場と店内の両方に目を凝らしていると、やがて店の奥にあるトイレのドアが開き、金髪頭に顎髭を生やしたオーナーが姿を現した。

とっさにオモニは首をすくめた。しかしオーナーは気づくことなく調理場に入り、調理中の里菜に何事か指図しはじめた。

「忘れたのかな、オモニのこと」

ヤッさんが言った。オーナーを挑発するために、あえて出禁のオモニを連れてきたのに、相手が気づいてくれなければ意味がない。寒い中、車で待っている唐崎弁護士には申し訳ないが、もうしばらくチャンスを窺うほかない、とヤッさんは判断した。

夜のメニューもランチと同様、魚メイン、肉メイン、野菜メインの三コース。一律一万二千円だが、使われている食材は先日のランチの食材とかなり重複している。昼も夜もなるべく同じ食材を使い回して仕入れ原価を下げろ、とオーナーから命じられているらしく、どうやって目先を変えた一品に仕上げるか頭を悩ませていると里菜が言っていた。

二人とも魚メインを注文した。早速、先付け、椀物、お造り、と三品が提供されたが、盛りつけと食材の問題はともかく、調理にはそれぞれ里菜なりの工夫が凝らされていた。

「確かに、里菜は腕が立つな」

ヤッさんの言葉に、そうでしょ、とオモニは微笑み返した。

そのとき、オーナーが調理場から出てきた。願ってもないチャンス、とオモニが目配せすると、間髪を容れずヤッさんがオーナーをテーブル席に呼び、問いかけた。

「さっきの吸い物の椀種は何だろう。メニューには白蛤と書いてあったが、ホンビノス貝じゃないのかい？」

先日のオモニと同じ指摘だった。

オーナーが一瞬、眉間に皺を寄せた。それでも、ほかの客を意識したのだろう。すぐに作り笑いを浮かべ、金色の前髪を撫でつけながら言った。

「あの貝は白蛤とも呼ばれておりまして、当店の料理長が厳選した産地直送ものでございます」

「だが、蛤とは違う貝だよな。〝蛤〟って字がついてりゃ本物の蛤と勘違いしてくれると考えたんだろうが、ホンビノス貝ならホンビノス貝と書くべきだろう。ただまあ、それだとこんな値段は取れねえだろうがな」

皮肉な目を向ける。

「だれだおまえは」

「いや、だれってほどのもんじゃねえが、売り値に見合わねえ安価な食材を使わせて、その目くらましに名前をごまかしたり、派手派手しい盛りつけで繕ったりしてるようじゃ、三文役者もいいとこじゃねえか。そんなちんけな根性のオーナーに、名女料理長や腕っこきの漁師が利用されたんじゃ、たまったもんじゃねえと思ってよ」

なあ、とオモニに同意を求める。そのオモニに目をやったオーナーが血相を変えた。

「おまえ、出禁にした女だな。そうか、仲間を連れて言いがかりをつけにきやがったのか。舐めた真似してんじゃねえぞ！　おまえら全員出禁だ！」

目を吊り上げて喚《わめ》き散らす。

「ほう、そいつはありがてえな、ついでに里菜料理長も出禁にしてやってくれるか。辞めたくても脅しつけられて辞められねえって泣いてんだよな」

この言葉にオーナーが切れた。

「舐めたこと言ってんじゃねえ！　ガタガタぬかしてねえで、痛い目見る前に、とっとと失《う》せろ！」

すかさずヤッさんは角刈り頭をぞろりと撫で上げ、

「願ってもねえや！」

と席を蹴った。

店内が、しんと静まり返っている。それでなくても若い女性客ばかりだ。角刈りおやじと金髪中年のやり合いに、だれもが息を呑んでいる。

里菜と二人の部下は調理場に閉じこもっている。店内の騒ぎはもちろん聞こえているはずだが、神楽坂のカラオケ屋でヤッさんから、里菜は黙って引っ込んでんだぞ、と言い含められている。

オーナーに追い立てられるようにしてオモニとヤッさんは店を後にした。その瞬間、ようやく出番だとばかりに唐崎弁護士がコインパーキングの車から飛びだし、店外まで出てきて罵声を浴びせ続けているオーナーに名刺を突きつけた。

「弁護士の唐崎と申します」

「あ？」

意表を突かれたオーナーが名刺を見つめている。

「おたくの料理長さんから相談がありましてね。店を辞めさせてもらえない。辞めたら損害賠償を請求すると恫喝《どうかつ》されたそうでして」

「恫喝だあ？　おまえらグルか！」

もらった名刺を投げ捨てた。それでも唐崎弁護士は淡々と続ける。

「社員には〝辞める権利〟というものが法律で保障されておりましてね。民法627条1項に規定されているように、会社には辞職を止める権利がありません。ましてや、辞めた相手に損害賠償の請求もできません。近頃は、社員が辞めないよう損害賠償をチラつかせるケースが後を絶ちませんが、そうした言動は場合によっては脅迫罪にも抵触します」

「冗談じゃない。損害賠償なんてことは言った覚えがないし、里菜があることないことしゃべってるだけだ」

平然と否定する。

「でしたらもうひとつ、こちらはどうでしょう。料理長に対してパワーハラスメントを繰り返した挙げ句に、社内DVに及んだという証言もあります」

「パワハラだのDVだの、そんなのもでたらめだ！　あることないこと言い触らしてるだけだ！」

またしても否定する。

「嘘です！　それ、全部嘘です！」

里菜だった。調理場に隠れていられなくなったのだろう、コックコート姿のまま飛んできて携帯を突きだし、唐崎弁護士に証拠写真を見せる。これまで言いなりだった里菜が初めてオーナーに立ち向かった瞬間だった。

「なんだこの野郎！」

オーナーが携帯を奪おうと里菜に襲いかかった。間一髪、里菜が身をかわすと、すかさずヤッさんがオーナーに体当たりして、その場に捻《ね》じ伏せた。

一瞬の早業だった。路地に倒れ込んだオーナーがもがいている。その耳元に向かってヤッさんが言い放つ。

「いいかよく聞け！　示談で済ませる気があるなら里菜も穏便に辞めると言ってるが、

そうでなけりゃ訴訟に持ち込む。そうなったら、まずおめえに勝ち目はねえが、覚悟を決めてどっちがいいか選べ！」

帰りの車中は一転して和やかな空気に包まれた。

唐崎弁護士がハンドルを握り、助手席にはヤッさん、後部座席には里菜がオモニと肩を並べて座っているが、だれの顔にも安堵の笑みが浮かんでいる。

「しかしまあ、あっけないもんだったね」

オモニはくすくす笑った。

「まあ結局、パワハラ野郎なんてもんは、根が臆病者ってことだよな。臆病だから怒鳴り散らしたり、手を上げたりして、部下を支配しようとするわけでよ」

ヤッさんも嘲笑してみせると、唐崎弁護士がしみじみと言った。

「実際、わたしのような仕事をやっていると、あの手の卑怯な輩にはしょっちゅう出くわすんですよ。最初のうちは人当たりがよくて、やさしい言葉をかけてきたりする。だから真面目で純粋な人ほどまんまと引っかかってしまうんですけど、まあ里菜さんも災難でしたよね」

慰めるような諭すような言葉に、里菜がふっと頰をゆるめた。こんなにリラックスした里菜を見るのは初めてだった。目の下の隈は、いまも残っているものの、その顔には晴れ晴れとした解放感が宿っている。

あれからオーナーは、あっけなく示談に応じた。唐崎弁護士が用意していた示談書に、ふて腐れながら署名して尻尾を巻くようにどこかへ逃げていった。

それでも里菜は、その日の閉店時間まで店に残って仕事を全うした。オーナーが引き起こした騒動に呆れて途中で帰った客も多かったが、デザートまで食べたいと希望した客には最後まで料理を提供し、帰り際には改めて頭《こうべ》を垂れて一人一人に謝罪していた。

唐崎弁護士を含めたオモニたち三人も、お相伴に与って料理を食べたが、料理人の気持ちが晴れただけで、料理までのびのびとした味になるから不思議だった。

「また一緒に調理場に立とうね」

最後に店を閉めるとき、里菜が二人の部下とハグしていた。里菜がいない調理場は意味がない、と二人も今夜で辞めることにしたそうで、再会の約束を交わしたのだった。

「ただ、まだまだ問題は山積みよね」

車窓を流れる夜更けのビル街を眺めながらオモニは言った。当面、里菜は新大久保のアパートに同居させるにしても、オモニはオモニで立ち退き問題があるから、いつまで住んでいられるかわからない。

すると助手席のヤッさんが振り返って言った。

「その件なんだが、しばらく里菜と二人で同居しながら、引っ越しの準備をしといてくれっかな」

「引っ越し？」

オモニは首をかしげた。

「西森やマリエたちとも話し合ったんだが、いまのアパートに下手に居座って、島本ってやつとガタガタやり合ったところで、おめえが疲弊するだけだ。だったら、上手《うま》いこと立ち退く方向で話を進めたほうが、おめえのためにも店の常連のためにもいいと思うんだよな」

「けど、上手く立ち退くって言ったたって」

「まあ聞け。唐崎のおやじが言うように、昔の写真と証言を探しだして強制退去と闘う方法もあるとは思う。だが、いまから裁判だなんだとなったら、まず長引くのは間違いねえし、そうなったらますます常連客に迷惑をかけちまう。で、今日の朝もチラッと話したが、実はいま西森がいろいろ動いてて、新大久保界隈に店舗兼自宅の空き物件を探してくれてんだよな」

「え、そうなの？」

「最初に立ち退き話を聞いたときから、話がこじれるのはわかってたし、かといって不動産屋が持ってくる代替物件なんか、どうせろくでもねえに決まってる。やつらは安上がりに追いだしてえだけの話だしな。だったら多少家賃が高くついても、地元で長く水道工務店をやってる西森の嗅覚とコネを使って物件を探してもらって、さっさと移転して店を再開したほうが話が早《はえ》えし、常連たちも喜ぶと思うんだよな。オモニの店は、ずっと料理の値段を据え置いてきたから、高くなった家賃ぶんぐらい値上げしてもらっていい、とみんなが言ってくれたんだ。ありがてえもんだよな、常連ってやつは」

「けど」

オモニは口ごもった。そこまでやってくれている気持ちは嬉しかったが、まだ釈然としなかった。

「いやもちろん、オモニの立場にしてみりゃ、愛着のある場所から立ち退くわけだから、貰うもんは貰わねえと納得がいかねえだろうし、その気持ちはおれだってわかる。そこで考えたんだが、こういうのはどうだ。運転上手の辣腕《らつわん》弁護士に登場してもらおうじゃねえか。代替物件なしでさっさと退去するから、そのぶん立ち退き料をがっつり上乗せしろ、と交渉すればいいと思うんだな。どうだい、がっつり上乗せさせられるかい?」

運転席に問いかけた。すると黙ってハンドルを握っていた唐崎弁護士が、ひょいと車線変更しながら口を開いた。

「まあ詳しい話を伺わないと具体的なことは言えませんが、一般論として、立ち退き料に相場ってものはないんですね。ということは、どういうことか」

「交渉次第でどうにでもなる」

ヤッさんの回答に、正解です、と唐崎弁護士がうなずく。

「ちなみに、いま思いついたんですが、向こうから二者択一を迫られているなら、こっちも二者択一を突きつけてやればいいと思うんですよ。契約問題を裁判沙汰にするか、立ち退き料をがっつり上乗せするか、さあどっちを選ぶ？　と。向こうだって、契約問題が裁判沙汰になれば負ける場合があるとわかっているはずですから、そうなれば、厄介な裁判に臨むよりは立ち退き料を上乗せする方向になるんじゃないでしょうか」

「ああ、その手はあるかも」

オモニが声を上げると、

「さすがは辣腕弁護士だ、運転が上手いだけじゃねえな」

ヤッさんがおどけた褒め方をした。

「そんなに持ち上げないでくださいよ。実をいうと、さっきヤッさんがオーナーに、示談か、訴訟か、どっちか選べ！　って啖呵を切ったじゃないですか。あれをちょっと拝借したアイディアでしてね」

唐崎弁護士がぺろりと舌をだす。

「ありゃ、そうだったか」

「これでも長年、歌舞伎町で生き残ってきた弁護士です。お酒さえ飲まなければ、けっこう機転が利きますからね」

照れ臭そうに肩をすくめる。

「あの、どういうことです？」

里菜が首をかしげた。

「まあ、いろいろあったのよ」

オモニは笑って言葉を濁した。

ふだんはこうして温厚な人なのに、実は、飲むとなぜか酒癖が悪くなる。当時の唐崎弁護士は、そういう人だった。オモニが経営していたスナックやクラブに飲みにきては、常連客と喧嘩したり、店の女の子を泣かせたり、何かとトラブルを巻き起こしていた。そんなときにオモニは間に入って常連客と手打ちさせたり、女の子と和解させたりして、いったいどっちが弁護士だ、と周囲の人から苦笑されていたものだが、いまさら暴露しても可哀想だ。あたしとヤッさんの胸の内にしまっておこう、と心に決めて、

「わかった。だったら、その二者択一の線でお願い」

祈るように手を合わせてオモニが言うと、ヤッさんがパンッと手を叩いた。

「よし、これで立ち退き問題も解決だ。あとはおれが八丈島に飛んで、もうひと踏ん張りしてくるだけだ。オモニ、すまんが飛行機代を都合してくれ！」

「うん、今夜中にネットで押さえとく。となると、あとは里菜の今後だけど、里菜ほどの腕前なら、この機会に独立しちゃっていいと思うのよね。あたしも精一杯、応援する

つもりだし」

オモニの気の早い提案に、

「そんな急に独立なんて」

里菜が慌てている。

「もちろん急ぐことはないけど、しばらくあたしのアパートでゆっくりしながら、独立も視野に入れて考えたほうがいいって言ってんの」

その目の下の隈も癒さないといけないしね、と言い添えて、オモニはふと車窓の景色を見やった。気がつけば車は新大久保の街に入っている。

8

翌日の晩。八丈島からとんぼ返りしてきたヤッさんの帰り時間に合わせて、オモニは韓国食堂を再開した。待ちかねていた常連客たちも迎えて、久々に食堂仕事に打ち込んだ。

里菜もその日の午後、元部下の二人に手伝ってもらって西日暮里のアパートから新大久保に引っ越してきて、早速、オモニの店を手伝ってくれた。そして、それを契機に里菜もオモニも、それぞれにごたついてきた一件の後処理を進めていった。

まず八丈島については、ヤッさんが直談判に行ってくれたおかげで、あのオーナーが排除されたのであれば、里菜を応援するにやぶさかでない、と浅沼さんたちが改めてテレビ出演を了承してくれた。それを受けて里菜と岩村Dとヤッさんとオモニ、四人が再び打ち合わせして、岩村Dが局側と話し合った結果、ドキュメンタリー番組『女流プラネット』の里菜篇は三月末放送と正式に決まった。バタつきはしたものの、女性レーサー篇と再び差し替えるのもなんだろう、という上司の判断だったそうで、

「ヤッさんとオモニがいなかったら、どうなっていたことか。本当にありがとうございました」

今回のトラブルを通じて、ひと回り成長した岩村Dが深々と頭を下げてくれた。あとは彼がどんな番組に仕上げてくれるのか、それが楽しみでならない。

一方、オモニの立ち退きについても、その後、唐崎弁護士とともに何度か島本に会って交渉を進めた。二者択一を迫られたら、二者択一で迫り返す、という唐崎弁護士の奇策には、さすがの島本も動揺していた。そこに付け込んで、唐崎弁護士がさらに攻め立てたところ、現状より高い家賃の物件に引っ越しても何年か凌いでいけるだけの立ち退き料が確約されたため、それでよしとした。欲をだせばきりがないが、これ以上、揉め続けたら常連客にも申し訳ない。オモニとしては、これにて一件落着にしたかった。

そんなこんなで、あとはどこへ引っ越すか、懸案事項はそれだけだったが、ある朝、

西森くんから着信があった。

「オモニの引っ越し先、見つかったっすよ」

弾んだ声で告げられた。いまのアパートがある路地より三本西側の路地の物件だという。

「あら近いのね。もちろん店舗兼自宅よね？」

「ええ、アパートの一階なのも同じじっす」

「ありがとう。よくそんな物件があったわね、不動産屋はないって言ってたのに」

「まあ数少ないのは確かですけど、実はそのアパートの家主は、うちが昔、風呂場の改修を請け負った人なんすね。それでお願いしたら最初はしぶってたのに、重田のおやじさんも常連の店です、って言ったら、だったらいいか、って考え直してくれましてね。よくよく聞いたら、重田さん、家主の同級生だったんすよ」

地元ならではの奇遇だった。念のため重田さんに確認した家主は、そういう店ならぜひ入ってほしい、と最後は快諾してくれたという。

「ちなみに、ヤッさんのことも話したら問題ないそうで、万一に備えて契約書にちゃんと入れとくって言ってました」

「もう何から何まで」

「いやどうってことないすよ。じゃ、近々《きんきん》に引っ越しやりますから」

「え、あなたがやってくれるの？」

「だって早く新しいオモニの店で飲みたいじゃないすか。歩いて十分もかかんない距離なんで常連に声かけたんすよ。みんなでチャチャッと運んじゃいますから、荷造りだけしといてください」

どこまでも手回しのいい西森くんだった。

この街で商売していてよかった、と改めて胸が熱くなった。もしほかの街に移っていたら、その日から新しいお客さんを摑まなければならなかったし、こんなにスムーズには運ばなかったはずだ。それもこれもヤッさんと西森くんのおかげで、

「二人とも本当にありがとうね」

オモニがしみじみ礼を言った四日後には、引っ越しの日にちまで決まってしまった。荷造りは引っ越しの二日前から、里菜と美樹さんに手伝ってもらって一気に終わらせた。話を聞いた築地のミサキや神楽坂のマリエからも、応援に行くよ、と電話が入ったが、自分の仕事を頑張んな、とありがたく断ったほどみんなが手助けしてくれた。

そして引っ越し当日の午前九時。平日にもかかわらず、西森くんと重田さんを含めた十人以上の常連さんが駆けつけてくれた。しかも各人が軽トラックや配達用の三輪バイク、リヤカーなどを持ち込んでくれたため、その後の作業は早かった。ヤッさんの陣頭指揮でつぎつぎに荷物を積み込み、三本向こうの路地までピストン輸送し、二時間半ほ

どで食堂の機材からオモニの私物まで運び終わってしまった。

開梱作業もまた早かった。午後から駆けつけてくれた常連さんも参戦してくれたおかげで、夕方にはオモニの新店舗兼自宅が完成してしまった。

新たなアパートは以前と同じ二階建てだが、築年数は十五年ほど新しい。部屋は一階の角部屋で、以前より広めの2DK。家賃は多少高くなったが、立ち退き料がしっかり入ったから結果オーライといっていい。また、これを機会に、単に韓国食堂としていた店名を『韓国食堂　オモニの家』と改めた。

すべてが完了したところで、里菜の手作り料理が新居に運び込まれた。オモニが財布を預けて西森家の台所で調理してもらったものだ。メインの料理は、ヤッさんが豊洲の仲買人から分けてもらった春とびを使って里菜が握った島ずし。ほかにも里菜が腕によりをかけた料亭料理、オモニが漬けておいたケジャンやキムチといった韓国のおつまみなど、これでもかと振る舞い料理が並んだ。

あとはもう、とり立てて乾杯することもなく、気心の知れた常連たちがわいわいと飲み食いしはじめ、気がついたときには以前と変わらない韓国食堂の光景が甦《よみがえ》っていた。

あたしって、なんて幸せ者なんだろう。

オモニは独りごちた。歌舞伎町で手広くやっていた頃とは比較にならないほど小さな食堂だけれど、これだけの人たちの応援で移転存続できた。分譲マンション住まいの夢は消えたものの、あたしには、この食堂を愛してくれる人たちがいる。

この人たちのために頑張っていこう。これからは、あたしが恩返しする番だ。

賑やかに談笑しているみんなを見やりながら感慨に浸っていると、

「遅くなりました！」

岩村Dが駆け込んできた。三日前から二晩徹夜して編集作業に没頭し、今日一日かけてナレーションとBGMをつけた完パケと呼ばれるVTRをノートパソコンに入れて持ってきてくれたそうで、

「ただ申し訳ないんですが、放送前なので関係者にしか観てもらえないんですよ」

と恐縮している。そんなもん、みんなで観りゃいいだろう、とヤッさんはごねたが、

「岩村くんには岩村くんの事情があるんだから、またカラオケ屋に行こ」

オモニがそう提案し、この場は西森夫婦にまかせて、ロケ組四人で職安通りのカラオケ屋へ向かった。

ノートパソコンを繋いだカラオケのモニター画面に、識別用のタイトルが映しだされた。

『女流プラネット〝里菜料理長篇〟』

待ってました、とばかりに観客三人が拍手を送った。

岩村Dが渾身の力をふりしぼって仕上げたビデオは、CMの時間を除いて実質二十分ちょっと。まずは里菜料理長の寵児ぶりの紹介からはじまって調理現場、日常生活、生い立ち、料理哲学と続き、新メニュー開発のために飛んだ八丈島でクライマックスを迎えた。

だれもが食い入るように画面を見つめていた。とりわけヤッさんは、

「おお、鱧の骨切りだ。里菜の包丁使い、大したもんだよなあ」

「いや里菜は旨そうに食うよな。万智子さんの島ずし、おれも食いたかったぜ」

いちいち声を上げるものだから、もう、うるさい、とオモニは何度も叱りつけた。

ただ、叱りつけながらもヤッさんの気持ちはよくわかった。どのシーンからも岩村Dの並々ならぬ気迫が伝わってきたからだ。ダイニング割烹伯楽の痕跡が消されていたのはもちろん、半年に及ぶ密着映像とインタビューを通して里菜料理長の人となりと逸材ぶりが見事に描かれていた。随所でアップになった里菜の引き締まった顔立ちも印象的で、カメラアングルのおかげか目の下の隈もさほど気にならないほど画面の中で輝いていた。

これにはVTRを観終えたヤッさんが、

「なあ岩村、里菜に惚れたんじゃねえか？」

笑いながら冷やかし、

「やっぱ里菜は、あんな店辞めて正解だったな。これが放送されたら料理界の大スターだから、いろんな店から引っ張りだこになるぞ」

早くも放送後のことまで言っている。

「けどあたしは、やっぱ里菜は独立したほうがいいと思う」

オモニは釘を刺した。

「いえいえ、独立なんて本当に無理ですって」

里菜が手をひらひらと左右に振ったが、それでもオモニは続けた。

「あたし、今回のことでいろいろ考えたのね。みんなに助けてもらった恩を返すには、どうしたらいいかって。で、思いついたんだけど、その恩を、これからの人たちに受け渡していったらどうかと思って」

具体的には、あしながおじさんとはちょっと違うかもしれないけれど、あたしの個人基金みたいなものを立ち上げたい、と説明した。

「いま風に言うと個人ファンドってやつか?」

ヤッさんに問い返された。

「そう言っちゃうと大げさになるけど、これからも頑張って食堂をやりながら、若い料理人が店を持つための資金面のお手伝いができないかと思って」

「礼音にやったみたいなことだな」

以前、テンペイロ屋をはじめた礼音のために店舗スペースを借りて、いずれ買い取らせる条件で応援したことがある。

「そう、あのときは思いつきでやったことだけど、たとえば里菜だったら、どう応援したらいいのか。礼音の場合と同じやり方なのか、資金だけ貸してあげればいいのか、唐崎弁護士にも相談して一番いいかたちで応援できたらいいと思って」

「まあ確かにオモニは資産家だしな」

「そんなんじゃないわよ。地道に働いて倹しい生活を続けてたら、小さなマンションが買える程度の貯金が溜まってただけの話。ただね、そういうお金でも里菜みたいな若い人を応援できると思うの。いまどき個人店の開業資金は七百万円から千二百万円ぐらいって言われてるから、何人かの役には立てそうじゃない。で、後々、そのお金が返済されたら、また別の人を応援すればいいわけで、だから」

言葉を止めて隣にいる里菜に向き直る。

「だから、もうあたしは一生、賃貸の店舗兼自宅暮らしでいいから、里菜や礼音みたいな将来がある人たちの役に立ちたいの。子どもがいないあたしにとっては娘や息子みたいなもんだし、ぜひ応援させてほしいのよ」

いいでしょ？　と里菜の肩を摑んで目を見つめると、

「オモニ！」

里菜が抱きついてきた。

その小柄な体を、ぎゅっと抱き締め返した。里菜の肩が小刻みに震えている。嗚咽《おえつ》を堪えているのだろう。そのまましばらく荒い息をついていたかと思うと、言葉を探すようにしてぽつりぽつりしゃべりはじめた。

「あたしは、ずっと、ずっと、一人で生きてきて。とにかく、何もかも、一人で頑張らなきゃ、って思ってて。一人で頑張れば、きっとなんとかなるし、きっとなんとかできる、って思い続けてきて。だけど、オモニとヤッさんに出会って、あたし、あたし」

言葉に詰まり、再びこみ上げた嗚咽を懸命に堪えている。オモニは腕の中の里菜に囁きかけた。

「いいんだよ、もう泣いちゃいな。里菜はいつも涙を堪えてばっかりだったけど、こういうときはいっぱい涙を流して泣いとかないと、体に溜まった涙で心が溺《おぼ》れちゃうの。だから今日は思いっきり泣きな。本当に頼れる人がいるときは、頼っちゃえばいい。安心してあたしを頼って、春とびみたく、ぴょーん、ぴょーん、って明日に向かって飛んでいけばいいの」

穏やかに諭した途端、里菜が堰《せき》を切ったようにわっと泣きだした。それは初めて見る里菜だった。幼子のようにぽろぽろ涙をこぼし、だれ憚ることなく泣きじゃくるその姿に、黙って見守っていた岩村Dまでもらい泣きしている。

どれくらいそうしていたろう。

里菜の嗚咽がようやく治まり、オモニがそっと抱擁を解いて涙に濡れた里菜の頬をハンカチで拭ってやっていると、ヤッさんがひょいとソファから腰を浮かせた。

「さてと、おれはそろそろ行くかな」

え、とヤッさんを見た。泣き腫らした里菜と岩村Dも、きょとんとしている。

「いやすまん、神田の鰻屋で、ちょっとした揉め事が起きてるらしいんでよ」

「けど打ち上げに戻んないと」

オモニが戸惑いの声を上げると、問い返された。

「これからも、おれはオモニんちに泊まったりできるんだろ？」

「もちろん、それはちゃんと契約したから大丈夫だけど」

「だったら今日はもういいだろう。常連たちとは、また飲めるんだしよ」

にやりと笑ってみせると、そんじゃな、とカラオケルームを飛びだしていく。

思わず里菜と顔を見合わせてしまった。

「あ、あの、いいんですか？」

岩村Dも呆気にとられている。でも、オモニは内心痛快だった。

「いいんだよ、あれがヤッさんだし、あたしたちは、これからもずっと、そういう仲なの」

ふふっと笑うと、

「さ、打ち上げに戻ろっか。お腹も空いたし、今夜は朝まで飲むから覚悟しときな！」

里菜の背中をぽんと叩いてソファから立ち上がった。

その瞬間、ふと鼻歌が口をついて出た。

〽ラーメンたべたい

ひとりでたべたい

熱いのたべたい

この歌を楽しい気分のときに歌ったのは、初めてだった。

この物語はフィクションであり、実在の人物、店、企業、団体等には一切関係ありません。

本書は二〇一九年一二月に小社より刊行された単行本を文庫化したものです。

双葉文庫

は-24-05

ヤッさんⅤ
春《はる》とび娘《むすめ》

2022年12月18日　第1刷発行

【著者】
原宏一《はらこういち》

【発行者】
箕浦克史
【発行所】
株式会社双葉社
〒162-8540 東京都新宿区東五軒町3番28号
［電話］03-5261-4818(営業部)　03-5261-4831(編集部)
www.futabasha.co.jp（双葉社の書籍・コミックが買えます）
【印刷所】
大日本印刷株式会社
【製本所】
大日本印刷株式会社
【カバー印刷】
株式会社久栄社
【DTP】
株式会社ビーワークス

【フォーマット・デザイン】
日下潤一

ISBN978-4-575-52621-9 C0193
Printed in Japan

JASRAC 出 2208774-201

ヤッさん

原宏一

「誇り高き宿無し」にして食の達人・ヤッさんが大活躍する人気シリーズ第一作。

双葉文庫

ヤッさんⅡ　神楽坂のマリエ

原宏一

カフェ経営に失敗したマリエに「食の達人」ヤッさんが救いの手を差し伸べる。

双葉文庫

ヤッさんⅢ　築地の門出

原宏一

ヤッさんが襲われた！　築地市場の豊洲移転をめぐる騒動をどう解決するのか？　双葉文庫

ヤッさんⅣ　料理人の光

原宏一

料理人を志す青年にヤッさんが料理人にとって大切なことを伝えるシリーズ第4弾。　双葉文庫